Hauptsache Millionär

Geld oder Liebe?

... Ist für Mia keine Frage. Enttäuscht von ihrem reichen Verlobten setzt sie jetzt ganz auf Unabhängigkeit und Geldverdienen. Leider ist das schwieriger als gedacht, denn sie bekommt nur schlecht bezahlte Praktika. In ihrer Not versucht sie sich als Autorin eines Liebesromans. So ein bisschen Geschreibsel ist doch eine Kleinigkeit, und mit Einhaltung der Genreregeln ist der Erfolg praktisch garantiert. Das ist ihre Vorstellung, als sie sich in ihrem Stammcafé motiviert an die Arbeit macht. Ben, der denselben Lieblingstisch hat, setzt sich zu ihr. Er trägt T-Shirts mit schrägen Sprüchen, ist selbstbewusst, charmant ... und geht Mia mit seinen neunmalklugen Kommentaren gehörig auf den Wecker. Als er von ihren schriftstellerischen Ambitionen erfährt, bietet er sich selbstlos als Muse an. Und Mia? Die fühlt sie sich auf sonderbare Weise zu ihm hingezogen ...

Alica H. White kommt aus Norddeutschland und lebt im Rheinland. Sie liebt gute Liebesromane und das Bauchkribbeln, das sie auslösen können. Deshalb wollte sie es auch selbst einmal mit dem Schreiben versuchen. Der erste Roman, „Somebody Perfect? Traummann mit Fehlern", war auf Anhieb ein Erfolg und dadurch ein Ansporn weiterzumachen. Ihre Romane sind mit viel Herzblut geschrieben, sehr gefühlvoll, manchmal witzig oder auch frech. Das Ganze gewürzt mit einer guten Portion Erotik, einer Prise Tiefgang und einem Happy End.

Alica H. White

HAUPTSACHE MILLIONÄR

Bibliografische Information der Deutschen
Nationalbibliothek:
Die Deutsche Nationalbibliothek verzeichnet diese
Publikation in der Deutschen Nationalbibliografie;
detaillierte bibliografische Daten sind im Internet über
http://dnb.dnb.de abrufbar.

Cover: © Kooky Rooster

Herstellung und Verlag:
BoD – Books on Demand, Norderstedt

ISBN: 9783744837439

Das Geld, das man besitzt, ist das Mittel zur Freiheit, dasjenige, dem man nachjagt, das Mittel zur Knechtschaft.

Jean-Jacques Rousseau (1712-1778)

Kapitel 1

SCHICKSALSBEGEGNUNG

Das Leben ist doch manchmal ein A..., oder? Aber mich kriegt es nicht klein. Ich werde es machen, wie die Maus, die in den Sahnetopf fiel. Irgendwann werde ich die Sahne zu Butter geschlagen haben und klettere heraus aus dem Topf, in dem ich seit meiner Geburt schwimme.

Die Sonne scheint durch die Butzenscheiben des gemütlichen Cafés. Ich hätte mich genauso gut ins Moonbucks, gegenüber, setzen können. Aber da ist es mir zu hip. Mehr Plastik geht nicht. Und erst diese Musik ...

Nein, hier bekomme ich viel mehr Inspiration für meinen Roman, den auch die Leute dort drüben kaufen sollen, damit ich endlich zuhause ausziehen kann.

Ja, ich wohne noch bei meiner Mutter, zwangsläufig. Obwohl ich mit dem Studium fertig bin, muss ich mich zwangsweise als Praktikantin anbiedern. Aber es geht aufwärts. Nach dem ersten (unbezahlten) Praktikum habe ich eindeutig einen Sprung gemacht. Für das zweite bekomme ich immerhin vierhundertfünfzig Euro im Monat. Da muss ich natürlich aufpassen, dass ich auf dem Teppich bleibe. Zynisch? Ich doch nicht!

Ich bin wie die Maus, ich werde strampeln. Und zwar solange, bis es endlich reicht. Ich stelle mir das so vor: In den acht Wochen, zwischen den beiden Praktika, werde ich einen Liebesroman schreiben, mit dem ich mein spärliches Gehalt aufbessere. Wenn ich es richtig gut mache, dann geht er durch die Decke. Immerhin war ich in der Schule besonders gut darin, Aufsätze zu schreiben. Die Veröffentlichung mit Self-Publishing geht ja heutzutage ganz einfach, praktisch ohne Risiko.

Ich sitze, wie immer, an meinem Lieblingstisch, hinten in der Ecke. Hier ist es etwas ruhiger. Man kann gut die Leute beobachten oder aus dem Fenster sehen. Ein Ort, um mich zu beflügeln. Ohne die grässliche Musik, mit der man gegenüber zugedröhnt wird. Ich liebe das Röcheln, Dampfen und Zischen der alten Espressomaschine in diesem Café. Das Klappern des Geschirrs und die leisen Unterhaltungen der Gäste bilden dabei die perfekte Untermalung.

Mein Blick schweift über das zusammengewürfelte Mobiliar. Ich liebe es bunt und abwechslungsreich. Die Leute sind hier so echt.

Noch einmal sehe ich durch die Butzenscheiben hinüber zu Moonbucks. Die grelle Fassade passt zum Publikum. In dem großen Schaufenster, wo sich die Hipster zur Schau stellen lassen, blinkt ein Leuchtschriftzug mit »open«. Mich würde das Geblinke wahnsinnig machen, na ja.

Dort gibt es auch Kaffee, aber keinen gewöhnlichen. Dort will keiner durchschnittlich sein. Fast alle

Sorten sind aromatisiert. Wahrscheinlich, damit man die schlechte Qualität nicht so schmecken kann.

Ja, man muss sich eben verkaufen können.

Eigentlich ist es doch ganz einfach. Man braucht eine gute Recherche und orientiert sich am Erfolg der anderen Autoren. Schon kennt man die Zutaten für einen solchen Groschenroman. Ideen? Nein, braucht man eher weniger. Man muss nur die richtigen Bausteine wählen. Fast Food fürs Hirn, gleicher Nährwert. Ich glaube, so könnte es etwas werden. Das wird auf jeden Fall meine Strategie.

Ich bestelle einen Cappuccino beim Kellner und fange mit dem Recherchieren an. Reicher Schnösel, selbstverständlich unverschämt gut aussehend, trifft seine Herzensdame. Im Gegensatz zum Helden muss die Heldin nicht perfekt sein, aber taff.

Das klingt natürlich hart. Nur, wenn man genügend Geld verdienen will, scheint man nicht darum herumzukommen. Ich werde mich diesem Diktat beugen.

Der Schnösel hat nur einen einzigen Fehler ... die Frauen ... an jedem Finger zehn. Er kann sich vor Verehrerinnen nicht retten. Kein Wunder, er ist ja so ein toller Typ ... mit unfassbar viel Kohle.

Ja genau, das ist es. Mein Protagonist braucht gaaanz viel Geld.

Millionär.

Am besten taucht das Wort gleich im Titel auf. Probeweise gebe ich das Stichwort beim größten Anbieter ein ... Puh! Fast fünftausend Ergebnisse. Mein Blick fliegt über die Buchstaben. Vom Tellerwäscher zum Millionär – Spüllappen und Handtücher.

Okay, da sind alle Worttreffer dabei.

Na, dann beschränken wir die Geschichte mal auf Bücher. Oh je, immer noch fast zweitausend.

Runtergehen kann ich nicht mit der Kohle, also rauf. Stichwort ›Billionär‹. Die Ergebnisse sind ziemlich schräg, zu viel Hardcore-Erotik. Nein, damit will ich auch nicht konkurrieren …

Ich stöhne. Es hilft nichts, ich muss einen neuen Titel mit ›Millionär‹ finden. Ich glaube, das wird die größte Herausforderung dieses Romans sein.

»Ist hier noch ein Platz frei?«, vernehme ich, während ich immer noch in der Recherche versunken bin.

Ich schaue hoch, in das Gesicht eines seltsam aussehenden Typen. Als Erstes fallen mir die zerzausten Haare auf. Fein gekräuselt und dick lassen sie sich bestimmt nicht gut bändigen. Wahrscheinlich sind sie deshalb so kurz. Er trägt ein leuchtend blaues T-Shirt mit dem Spruch: Niveau ist keine Creme. Na toll! Darf mich so ein Freak nerven? Ein Rundumblick sagt mir, dass tatsächlich alle Tische besetzt sind. Sein Dackelblick ist herzerweichend.

Ich nicke … widerwillig. Warum mache ich nur immer wieder Sachen, die ich eigentlich gar nicht machen will? Definitiv ein Problem, an dem ich arbeiten sollte.

»Danke«, sagt er. »Dies hier ist mein Lieblingstisch. Er ist etwas ruhiger. Ich liebe es, von hier aus die Leute zu beobachten. Manchmal sehe ich auch nur aus dem Fenster.«

Er lächelt mich an. Der erste Eindruck ist entscheidend, sagt man. Mein erster Eindruck: sympathisch.

Oh Gott, nein! Der ist doch völlig verpeilt! Hilfe Mia, dein Personenradar ist gerade gestört.

»Ja, das hier ist auch mein Lieblingsplatz«, höre ich mich sagen.

»Ich bin übrigens Ben.«

Hatte ich danach gefragt? Oh Mann. Er erwartet jetzt hoffentlich nicht, dass ich ihm auch verrate, wie ich heiße.

»Ich muss dir doch wohl nicht meine Lebensgeschichte erzählen, oder?« Okay, das kam ein bisschen zickig rüber. Zur Entschuldigung lächle ich ihn an.

»Nein, dein Vorname würde mir völlig reichen«, sagt er mit einem unschuldigen Lächeln.

Ich kenne solche Typen, denen kann man nichts abschlagen. Zum Dank wird man gnadenlos ausgenutzt. Ja, ich habe Vorurteile. Und aufgrund meiner Lebensgeschichte völlig zu Recht.

»Wieso willst du meinen Vornamen unbedingt wissen?«

»Ganz einfach, weil ich immer gerne netten Menschen begegne. Ich hab keine Hintergedanken«, beteuert er ... glaubwürdig.

»Und mich willst du kennenlernen?« Während ich ihn das frage, mustere ich ihn bewusst streng.

Er weicht zurück und nickt.

»Warum? Dir ist doch klar, dass du baggerst.«

»Nein, tu ich nicht. Ich glaube einfach nur, dass du nett bist. Du siehst jedenfalls so aus. Aber möglicherweise bist du auch nur ...«

»Auch nur was?«, frage ich und beuge mich vor, während ich meine Augen zusammenkneife.

»Nett«, beteuert er nochmals. Er unterstreicht diese Worte, indem er beide Hände hebt.

»Nett? Nett ist die kleine Schwester von langweilig.« Okay, das ist jetzt … sagen wir mal … ein selbstbewusster Spruch. »Ich. Bin. Nicht. Nett. Du willst dich bei mir einschmeicheln.«

»Na gut, unnahbar«, verkündet er. »Ich kapier schon, du machst einen auf spröde. Nein, du bist nicht gezwungen mir deinen Namen zu verraten, wenn du nicht willst. Natürlich nicht«, mault er.

Geht doch!

Er mustert mich aufmerksam. Um seinem Blick auszuweichen, senke ich den Kopf und führe meine Recherche weiter. Ich scrolle durch die vielen Titel mit Millionär. Oh Mann, da hatten schon viele Autoren, viele gute Ideen. Das muss jetzt etwas Griffiges sein …

»Was machst du da?«, fragt er kurz darauf.

Eine neugierige Nervensäge. Was antwortet man so einem Typen? Vielleicht sollte ich ihn mit der Wahrheit schocken.

»Ich suche einen Buchtitel mit Millionär.«

»Das dürfte doch kein Problem sein, da hat man sicher viel Auswahl.«

»Ja, aber ich brauche einen, den es noch nicht gibt.«

Er sieht mich verwirrt an. »Wieso?«, fragt er.

»Weil ich einen benötige, für mein Buch.«

»Du willst ein Buch schreiben?«

»Du bist ein echtes Cleverchen.« Gibt der jetzt nicht eher Ruhe, bis ich ein Loch im Bauch habe?

Er lacht ... sympathisch. Ich muss mir ein Mitlachen verkneifen.

»Ein Buch? Mit Millionär im Titel? Du bist doch auf einen Bestseller aus.«

»Jep«, antworte ich. »Wie ich schon sagte, Cleverchen.«

»Du bist Autorin?«

»Noch nicht.«

»Stehst du denn auf diese Bücher?«

»Ben, ja? Willst du mir eigentlich ein Loch in den Bauch fragen? Nein, natürlich nicht. Ich stelle mich nie auf Bücher, nicht mal auf diesen Schund.«

»Sehr witzig. Warum willst du dann eins schreiben?«

»Ich bin jung und brauche das Geld.«

Er nickt zaghaft.

»Fällt dir einer ein?«, frage ich.

»Ein Millionär?«

Mir entfährt ein genervtes Geräusch. Ich sehe wieder auf mein Smartphone und scrolle weiter.

»Dem Millionär ist nichts zu schwer«, kommt es zaghaft.

Ich blicke auf, er grinst mich an.

»Na, dann darf die Herzensdame aber kein Übergewicht haben«, erwidere ich.

»Übergewicht hat sie nie, sie glaubt es nur«, antwortet er immer noch grinsend.

Mir entfährt ein »tsst«, dann führe ich meine Recherche fort.

»Der Millionär und sein Smombie«, sagt er nach einer Weile.

»Was ist ein Smombie?«, frage ich, obwohl ich nicht glaube, dass es mich interessiert.

»Das kennst du nicht? Eine Wortkombination aus Smartphone und Zombie.«

»Interessant, aber ich muss jetzt weiter recherchieren«, bemerke ich, während ich erneut auf das Handy schaue.

Er räuspert sich.

Mann, ist der anstrengend. Mit meinem energischsten Blick sehe ich auf. »Sag mal, hast du eigentlich nichts Besseres zu tun, als die arbeitende Bevölkerung zu nerven?«, ranze ich.

»Nein«, antwortet er wie aus der Pistole geschossen.

Jetzt ist mein Interesse geweckt. »Wieso nicht? Was machst du eigentlich hier?«

»Ich bin ein Millionär und suche eine Frau, die nicht hinter meinem Geld her ist.« Schon wieder dieses ... Grinsen.

Mein Gott, hat der ein tolles Lächeln.

Ich schüttle meinen Kopf. »Da bist du bei mir an der falschen Adresse.«

»Warum?«, fragt er.

Noch einmal dieser Dackelblick ...

»Weil ich definitiv hinter Geld her bin.«

»Hinter meinem?«

»Wenn du wirklich welches hast.«

»Hm, so hätte ich dich gar nicht eingeschätzt.«

Er wirkt enttäuscht.

»Ich mich auch nicht«, sage ich und seufze. Warum gehe ich auf solch ein dämliches Gespräch ein?

»Sagst du mir jetzt, wie du heißt?«

»Wenn du dann endlich Ruhe gibst ... Mia.«

»Oh, was für ein schöner Name.«

»So schön, dass viel zu viele so heißen. Massenware.«

War ich das, die das gerade sagte? »So wie Ben«, schiebe ich schnell hinterher.

»Mein eigentlicher Name ist Benjamin.«

»Auch nicht viel besser.«

Der Kellner kommt und stellt mir meinen Cappuccino auf den Tisch. Erwartungsvoll blickt er zu Ben.

»Wie immer«, sagt er lakonisch. Der Kellner nickt.

»Du bist wohl öfter hier?«

»Wie ich merke, bist du auch sehr clever«, kontert er.

»Blitzmerker.«

»Ja, ich liebe diese Atmosphäre hier. Die Menschen sind hier so echt.«

Er lächelt mich an, ich lächle zurück. Jetzt hat er meine Aufmerksamkeit gewonnen und ich sehe genauer hin. Er hat große dunkelbraune Augen, die warm funkeln. In solchen Augen kann man versinken ...

Was denke ich denn da schon wieder? Schnell hole ich die abschweifenden Gedanken zurück in die Realität.

»Darf ich dich einladen?«, fragt er mich, als der Kellner in Rekordzeit den Espresso vor ihn auf den Tisch stellt.

Ich nicke. »Wenn damit keine Verpflichtungen verbunden sind.«

»Nimm den Cappuccino doch bitte mit auf meine Rechnung, Gregor, ja?«

Gregor nickt. »Natürlich.«

Ich bin beeindruckt, man scheint Ben hier zu kennen. Zudem hat sein Ton eine bestechende Routine.

»Warum willst du eigentlich unbedingt das Wort Millionär in deinem Buchtitel?«

»Da weiß man doch gleich, worum es geht, oder? Billiges Schnulzen-Geschreibsel.«

»Du magst keine Liebesromane?«

»Ich finde sie scheußlich, besser gesagt, unerträglich unrealistisch.«

»Dann muss es doch für dich eine Qual sein, so etwas zu schreiben?«

»Das werde ich ja herausfinden. Auf jeden Fall ist es leicht, einen solchen Roman zu Papier zu bringen. Man braucht keine besondere Kreativität, sie sind alle gleich.«

»Woher weißt du das, wenn du keine liest?«

»Meine Mutter hatte früher auf dem Klo immer diese Heftchen liegen. Ich kann dir genau sagen, wann etwas passierte. Gewechselt wurden nur das Aussehen der Helden und der Schauplatz. Am wenigsten Änderungen kamen bei der Handlung vor.«

»Und warum dann Liebesromane, wenn du sie langweilig findest?«

»Weil ich ein umsatzstarkes Genre brauche, um möglichst viel Geld zu verdienen.«

»Such dir doch einen Millionär.«

»Sehr witzig«, stöhne ich. »Ich habe gerade von Männern die Nase voll. Und ... ein nicht unerhebliches zusätzliches Problem.«

»Welches denn?«

»Verrat ich dir nur, wenn du dann Ruhe gibst.«

Er nickt.

»In der Realität sind doch alle echten Millionäre alt und hässlich. Jedenfalls, wenn sie sich ihre Kohle selbst verdient haben. Ein verwöhntes Millionärssöhnchen, das geht ja wohl noch weniger.«

»Interessant. Du bist also von einem Mann enttäuscht worden. Jetzt weiß ich auch, warum du auf unnahbar machst. Ich frag jetzt nicht, wer dir so wehgetan hat«, antwortet er und streicht sich übers Kinn. »Dann scheint ›reich zu heiraten‹ ja ein Thema für dich zu sein«, schiebt er nach. Bei ›reich zu heiraten‹ macht er Gänsefüßchen mit den Fingern in der Luft.

»Du wolltest doch Ruhe geben«, stöhne ich genervt. »Und im Übrigen ist es das Lieblingsthema meiner Mutter. Was mich betrifft, ich möchte mein Geld lieber selbst verdienen.«

»Deine Eltern wollen, dass du reich heiratest?«

»Meine Mutter. Sie hat zugunsten meines Vaters einmal den Antrag eines Baulöwen abgelehnt. Da sie aber inzwischen von meinem Vater geschieden ist, bereut sie es heute.«

»Tja, das ist natürlich dumm gelaufen.« Ben grinst.

»Ich weiß nicht. Der Baulöwe ist inzwischen auch pleite.«

»Doppelt dumm gelaufen.«

Eine Weile ist Sendepause. Gott sei Dank! Ich nutze die Zeit, um weiter zu recherchieren.

»Bist du eigentlich öfter hier?«, fragt er und unterbricht damit die himmlische Stille.

»Wenn ich nicht arbeiten muss. Musst du gar nicht arbeiten?«, erwidere ich genervt.

»Doch, ich komme immer für die Pausen hierher. Meine Firma ist nicht weit von hier.«

»Nicht weit von hier? Womöglich bei der GET SMARTER-Group?«

»Ja genau.«

Na, das passt ja. Er ist ein zukünftiger Kollege. Ich überlege, was er wohl dort arbeiten könnte. Bei dem Aufzug kann er ja eigentlich nur ein Bürobote sein, oder etwas in der Art. Obwohl ich vor Neugier platze, frage ich ihn nicht. Vielleicht ist es ihm ja peinlich. Dann ist es sicher besser, ihm nicht zu verraten, dass ich demnächst dort mein Praktikum antreten werde. Nur, was soll ich jetzt antworten?

»Na dann«, sage ich schließlich und erhebe mich. »Hier komme ich heute nicht mehr weiter. Ich werde nach Hause gehen und dort anfangen zu schreiben. Vielleicht ergibt sich der Titel dann ganz von selbst. Vielen Dank für den Cappuccino.«

»Sehr gerne. Bist du morgen eigentlich wieder hier?«

»Vielleicht, kommt darauf an.«

»Worauf?«

»Ob ich Lust habe.«

»Aha. Na dann hoffe ich doch mal, dass du Lust bekommst. Natürlich nicht doppeldeutig gemeint«, antwortet er und zwinkert. Er sieht dabei niedlich aus, aber der Kommentar könnte blöder nicht sein.

Ich verdrehe die Augen. Schnell weg hier.

»Bis morgen ... vielleicht«, murmle ich, während ich meinen Stuhl an den Tisch schiebe.

Kapitel 2

DER GANZ NORMALE WAHNSINN

Auf dem Weg nach Hause geht mir dieser Ben nicht mehr aus dem Kopf. Ständig habe ich sein Gesicht vor mir. Nicht klassisch schön, aber hübsch, und dann diese Augen ... Es war, als hätten sie mir tief in die Seele geschaut und sie mit seinem Funkeln gewärmt. Dazu noch dieses sympathische Lächeln ...

Immer wieder muss ich den Gedanken an ihn aus meinem Kopf verbannen. Eigentlich habe ich mit dem Thema Männer abgeschlossen, denn mein Ex hat mich betrogen. Ganz klassisch, mit meiner besten Freundin. Beide beteuern zwar, dass es nichts Ernstes war und nichts zu bedeuten hatte, aber das kennt man ja ... aus Romanen und Filmen, oder?

Ich kann ja wirklich viel gebrauchen, aber sicher keinen neuen Mann in meinem Leben. Und schon gar keinen schrägen Büroboten, der T-Shirts mit schlauen Sprüchen trägt.

Als ich aus der Bahn aussteige, um die letzten Meter zu Fuß zurückzulegen, zwinge ich mich, über die Handlung meines Bestsellers nachzudenken. Wenn man selbst ein eher fades Liebesleben hat, ist es gar nicht so einfach, gute Ideen zu entwickeln. Also werde ich gezwungen sein, mir die Ideen irgendwo anders zu besorgen. Nein, klauen würde ich es nicht nennen. Ich bin mir ziemlich sicher, dass jede Idee zu dieser Thematik schon mal jemand hatte. Schließlich ist das Thema so alt wie die Menschheit.

Jetzt bin ich an meinem Elternhaus angekommen. Ein Reihenhäuschen mit schmalem Garten. Der Vorgarten ist der ganze Stolz meiner Mutter. Er ist nach Süden ausgerichtet. Auf dem drei Meter langen Weg bis zur Haustür sind links und rechts edle Rosen gepflanzt. An warmen Sommertagen verströmen sie einen betörenden Duft.

Aber Rosen haben nicht nur Dornen, sondern auch Blätter. Sobald eine Blüte richtig aufgeblüht ist, könnte das erste Blättlein fallen. Dann wird sie von meiner Mutter sofort abgeschnitten, denn sonst müsste sie ja ständig gefallene Blätter von der Erde sammeln. Das triste Braun derselben wäre unterbrochen und die Regenwürmer hätten Futter. Ja, meine Mutter ist eine ganz ordentliche. Sie verbringt endlose Stunden mit der Pflege dieser, eher kleinen, Beete.

Aber nicht nur das – natürlich sieht das ganze Haus so aus. Mich hat das früher immer zur Rebellion animiert. Ich habe mir alle Mühe gegeben, mein Zimmer so schlampig und unordentlich wie möglich zu halten. Erst als Gerrit, mein Ex, immer zu Besuch war, änderte sich das.

Vielleicht ein Grund, warum meine Mutter ihn so abgöttisch liebt. Aber er hat auch die Gabe, sich mit endlosen Loborgien über ihren exzellenten Geschmack erfolgreich bei ihr einzuschleimen.

Vor dem Küchenfenster steht eine kleine Holzbank, auf der man in der Sonne sitzen kann. Der rückseitige Garten ist nach Norden ausgerichtet und deshalb praktisch nur an heißen Sommertagen nutzbar.

Ich setze mich noch ein wenig vor das Haus in die Sonne. Es ist ein wahres Highlight, die Schmetterlinge zu beobachten, die manchmal hier vorbeiflattern. Das Gesurre und Gebrumme der anderen Insekten ist so beruhigend.

Wie komme ich wohl mit meiner Recherche am schnellsten zu einem Ergebnis? Ob ich die Bestseller der letzten Jahre mal lesen soll? Und dann aus jedem einen Happen nehmen, alles gut mixen und: et voilà ... der Bestseller.

Ich werde aus meinen Gedanken gerissen, als sich die Tür öffnet. Die Stimme von Gerrit jagt mir einen Schauer über den Rücken. Warum lässt er nicht einfach von dieser Rolle als ›Schwiegermamis Liebling‹ ab?

»Ah Mia, da bist du ja. Jetzt wollte ich gerade gehen.«

»Ja, wie schade«, antworte ich mit einem künstlichen Lächeln. So wird wohl auch solch ein Dummbeutel wie Gerrit begreifen, dass ich auf seine Besuche keinen Wert lege – sie schmerzen.

Jedes Mal wenn ich ihn sehe, zieht sich mein Herz zusammen. Wie kann man jemanden nur so kalt hintergehen? Und Elena erst, die Schlange. Mit ihr werde ich nie wieder ein Wort reden.

Ich mustere meinen Ex ausgiebig. Er hat Ringe unter den Augen, sieht erschöpft aus. Es wird ihm doch wohl nicht mitnehmen, dass Schluss ist? Egal! Mir geht es schlechter – schließlich bin ich die Betrogene.

Er kommt auf mich zu und küsst mir die Wangen. Ich schließe kurz die Augen, um seinen vertrauten Geruch wahrzunehmen. Früher war es für mich der Geruch nach Sicherheit und Geborgenheit. Das hat sich gründlich geändert. Jetzt läuft mir ein Schauer den Rücken hinunter.

»Ja, wirklich schade. Ich hätte so gerne ein bisschen mit dir geplaudert«, murmelt er in mein Ohr, was mir einen zweiten Schauer beschert.

»Musst du gar nicht arbeiten?« Das hätte ich besser nicht gefragt, denn er setzt sich einfach neben mich.

»Mir ging es heute nicht so gut. Da hab ich mir einen Tag freigenommen. Seit wir uns getrennt haben, schlafe ich so schlecht.«

Meine Mutter verkrümelt sich schnell mit einem »Tschüss Gerrit, und danke für den Katalog.«

Jetzt sitze ich neben meinem Ex auf der Bank vor unserem Haus – in der Sonne. Nur meine Gefühle sind nicht gerade sonnig.

»Wie geht es dir, mein Häschen?«, fragt er und legt seine Hand auf mein Knie.

Vor meinem geistigen Auge erscheine ich als Playboy-Bunny. »Bevor du kamst, gut. Und ich bin nicht dein Häschen, nie gewesen«, gifte ich zurück. Das Blut schießt in meinen Kopf. »Wenn du willst, dass wir Freunde bleiben, dann nennst du mich nie wieder so. Kapier das endlich.«

Gerrit seufzt und senkt den Kopf. »Ja, entschuldige«, kommt es im reumütigen Ton.

Diese Unterhaltung hier bringt mich nicht weiter.

»Ich muss jetzt rein, habe Hunger«, entschuldige ich mich mit einem Lächeln. Er sieht enttäuscht zu mir auf. Weil er mir leidtut, lege ich beim Vorbeigehen kurz meine Hand auf seine Schulter. Sofort hält er sie fest. Wie war das noch mit dem kleinen Finger? Er nimmt immer die ganze Hand ...

»Warum bist du nicht noch ein bisschen draußen geblieben?« Meine Mutter ist enttäuscht, dass ich so schnell das Weite gesucht habe.

»Mama, du weißt doch, dass es nichts mehr wird, zwischen Gerrit und mir.«

»Kind ... Schätzchen ... er vermisst dich so. Das hat er mir eben gestanden. Man muss doch auch einmal einen Fehler verzeihen können.«

»Ja? Hast du Papa denn seine Fehler verziehen? Ich kann Gerrit einfach nicht mehr vertrauen. Punkt. Wenn es irgendeine Frau gewesen wäre ... aber meine beste Freundin?«

»Ich will ja nur nicht, dass du dieselben Fehler machst, wie ich.«

»Ach, ist ja interessant. In Bezug auf Papa?«

Meine Mutter seufzt, das ist Antwort genug.

»Soll ich uns etwas kochen?«, frage ich, um sie von diesem Thema wegzubringen.

»Oh ja«, antwortet sie mit einem freudigen Lächeln. »Mach uns doch mal wieder deine fantastischen asiatischen Nudeln. Ich habe auch alle Zutaten besorgt.«

Meine Mutter kocht nicht, sie erwärmt höchstens Fertiggerichte. Deshalb habe ich mich schon früh im Kochen versucht. Mit der Zeit ist aus mir eine sehr gute Köchin geworden, die natürliche Nahrung zu schätzen weiß.

Meine Mutter findet das auch gut, aber mehr die Kostenseite. Deshalb kauft sie dafür ein, damit sie die Kostenkontrolle behält. Schließlich läuft sie bei mir Gefahr, dass ich zu viel Geld für hochwertige Lebensmittel aus dem Fenster schmeiße. Meiner Mutter ist das egal. Hauptsache das Essen ist billig.

Wenn es nach ihr ginge, bräuchte man nur eine Pille einzuwerfen, die den Hunger beseitigt. Eine schlanke Figur ist ihr allemal wichtiger als alle Gaumenfreuden. Deshalb trägt sie auch eine Konfektionsgröße weniger als ich. Und diese, für ihr Alter fantastische Figur, ist natürlich wie geschaffen für die neuste, edle Mode. Da sie aber von Arbeit nicht so viel hält, ist das Budget dafür naturgemäß sehr bescheiden.

Bisher sind ihre Bemühungen, einen Partner zu finden, im Sande verlaufen. Kaum jemand auf dem ›Premium Partner‹ Portal genügt ihren Ansprüchen. Anscheinend sind da nur Leute zu finden, die selbst nichts im Portemonnaie haben. Ich muss mir immer das Grinsen verkneifen, wenn sie wieder einmal ein enttäuschendes Date hatte.

Ich verdrücke mich in unsere Hochglanzküche. Die darf ich nur benutzen, wenn ich hinterher auch gut aufräume. Ich habe allerdings durchgesetzt, dass meine Mutter die Fingerabdrücke danach allein entfernt. Das ist mir dann doch zu blöd. Ich würde mir nie solch eine Küche kaufen, in der Arbeit solche Spuren hinterlässt.

Beim Essen fängt meine Mutter wieder mit ihrem Lieblingsthema an. Natürlich hatte ich das befürchtet und kaue automatisch mit mehr Kraft, was ein knirschendes Geräusch hervorruft. Ich schlucke den besonders gut gekauten Brocken hinunter, bevor ich kontere.

»Mama, willst du mir eigentlich den Appetit verderben? Hör doch bitte endlich auf, auf diesem Thema herumzureiten. Gerrit ist für mich Geschichte, basta!«

Meine Mutter tupft ihren Mund mit der Serviette, bevor sie schluckt und flehend antwortet.

»Liebling, sieh doch. Selbst wenn du dich nicht wieder zu Gerrit durchringen kannst, so sollte eure Freundschaft fortbestehen. Dadurch bleibst du in den richtigen Kreisen und kannst dich nach adäquatem Ersatz für ihn umsehen.«

»Adäquater Ersatz. Wie sich das anhört! Mama du spinnst doch. Auch wenn du seine Freunde als die richtigen Kreise ansiehst, so muss ich das ja noch lange nicht tun, oder?«

Ich hatte mich unter seinen Freunden nie wohlgefühlt. Allesamt verwöhnte Wohlstandskinder, die zum Kaffeetrinken ins Moonbucks gehen. Dort wird dann endlos über Tennis, schnelle Autos und Geld geredet. Bei solchen Treffen zog sich für mich die Zeit endlos hin. Am liebsten hätte ich dort am Tisch nur Kartenhäuser mit Bierdeckeln gebaut.

Noch schlimmer war es, wenn sie etwas getrunken hatten. Dann wurde auch noch über Frauen geredet und Noten von eins bis zehn verteilt. Dabei kringelten sich manchmal meine Fußnägel. Selbst wenn die Schwachmaten eigentlich auf große Brüste standen, es musste trotzdem ein dürres Klappergestell als Freundin her. Man muss ja irgendwie repräsentieren ...

Diese Dinge haben sie natürlich nur kundgegeben, wenn sie meinten, ich höre nicht zu. Aber ich hörte immer zu, mit einem Ohr ... jedenfalls bei diesen Themen. Ja, und was soll ich sagen? Jetzt kommt es mir zugute. Die Vorlieben meiner Leser-Zielgruppe brauche ich jedenfalls nicht zu recherchieren.

»Gerrit braucht eine Begleitung für ein Charity-Event, nächste Woche. Dort werden Haute-Couture-Kleider für einen guten Zweck versteigert. Er würde dir auch ein angemessenes Kleid dafür besorgen«, reißt Mama mich wieder aus meinen Gedanken.

»Und da hat er dich gefragt? Warum fragt er mich nicht selbst? Oder er nimmt am besten gleich Elena mit?«

»Dafür hat er den Katalog mitgebracht. Sieh doch mal hinein. Er hat erst mich gefragt, weil er meint, du würdest dich sowieso dagegen sperren. Zwischen ihm und Elena ist doch nichts, nichts Ernstes jedenfalls. Beide haben ein fürchterlich schlechtes Gewissen.«

»Ja, da meint er richtig. Und nebenbei, das schlechte Gewissen haben sie verdient. Ich hatte noch nie Lust, auf eine solche Veranstaltung zu gehen. Das Thema Gerrit ist für mich durch ... und das Thema Elena auch. Und jetzt möchte ich in Ruhe essen.«

Für den Rest der Mahlzeit schweigt meine Mutter. Sie kann wirklich gut die Beleidigte spielen. Ich genieße die Stille, das war mir der Streit wert.

Nach dem Essen verziehe ich mich auf mein Zimmer. Ich muss endlich mit meinem Roman anfangen. Aber Lust habe ich leider gar keine. Ich bin mir immer noch nicht über die Handlung im Klaren. Egal. Einfach hinsetzen und anfangen ...

Ich schreibe:

Lina war ein liebenswertes Mädchen. Leider schien das in ihrer Welt keinen Wert zu haben. Geld musste her, sie brauchte einen Millionär.

Ob ich so mit der Tür ins Haus fallen kann? Wohl eher nicht. Vielleicht ist es doch nicht so einfach, wie ich dachte. Vor allen Dingen, um auf Romanlänge zu kommen, sollten diese drei Sätze eigentlich die ganze Aussage im ersten Kapitel darstellen ... mindestens.

Genervt entferne ich die ersten Sätze wieder. Jetzt habe ich noch weniger Lust zu schreiben. Ich sollte mich doch noch ein wenig inspirieren lassen ...

Ich glaube, ich werde es einmal mit einem Film versuchen. Der Klassiker »Wie angelt man sich einen Millionär« scheint mir am geeignetsten. Ich schnappe ihn mir aus dem Regal meiner Mutter und schiebe ihn in den Laptop. Der Film beginnt mit der Beschreibung der drei Freundinnen, die aus Geldnot unbedingt reich heiraten wollen.

Drei völlig unterschiedliche Typen. Der Film endet überraschenderweise damit, dass jede ihren Traummann findet. Das nennt man Happy End. Ein Muss für jeden billigen Liebesroman.

Die eine fährt mit einem verheirateten Geldsack in die Ferien. Dort trifft sie ihren Traumtypen, leider ein armer Schlucker. Aber sie lieben sich doch so ... zuckersüß.

Die zweite muss eigentlich nur ihre Brille aufsetzen und schon kann sie ihren (durchaus wohlhabenden) Prinzen sehen. Der ist, wie sie, ohne Brille blind wie ein Maulwurf. Ja, das hat schon etwas mehr. Eine Brille, mit der man Millionäre sehen kann ... das wäre der Verkaufsschlager.

Die Geschichte der dritten gefällt mir am besten. Sie verliebt sich in einen coolen Typen, von dem sie meint, er wäre nur Tankwart. Natürlich ist er Millionär, aber er spielt die Geschichte mit, um sie auf die Probe zu stellen. Als sie schließlich seinetwegen ihre reiche Heirat mit einem alten Sack platzen lässt, weiß er natürlich, dass sie ihn und nicht sein Geld liebt ... seufz.

Alle drei starten ihr Abenteuer auf einer Veranstaltung, bei der sich viele reiche Leute treffen.

Jetzt geht mir ein Licht auf. Vielleicht habe ich das Charity-Event zu früh abgesagt. Es wird der perfekte Ort sein, um sich für den Roman inspirieren zu lassen.

»Mama!« ...

Kapitel 3

WIEDERSEHEN

Am nächsten Morgen ist meine Mutter immer noch aus dem Häuschen.

»Oh mein Liebling ich freue mich ja so, dass du endlich vernünftig geworden bist. Danke, dass ich dich beraten darf. Du könntest mich nicht glücklicher machen«, jubelt sie.

»Können wir jetzt anfangen? Ich muss noch etwas erledigen.«

»Ja, ja natürlich. Ich hole schnell meine Zeitschriften. Weißt du, Satin ist das neue Samt. Du wirst großartig in einem Satinkleid aussehen.«

Aufgeregt sprintet meine Mutter in ihr Schlafzimmer. Auf dem Nachtschränkchen befinden sich immer große Stapel von Modezeitschriften. Ich finde ja nicht, dass es die richtige Einschlaflektüre für sie ist. Sie ist immer ziemlich aufgeregt, wenn es um Mode geht.

Mit ein paar Heftchen in der Hand wedelnd, kommt sie zurück und setzt sich neben mich auf die Couch. Sie blättert und zeigt, und zeigt, und blättert. Ihr endloses Geplapper bringt mich fast zum Einschlafen.

»Was meinst du dazu?«, fragt sie auf einmal unvermittelt.

»Zu was?« Leider muss ich aufwachen und setze mich etwas auf.

»Na, zu diesem Kleid hier.« Sie zeigt auf ein Bild und mein Blick folgt ihrem Finger.

»Das sieht aus wie ein Nachthemd, tut mir leid. Ich finde, sie sehen alle aus wie Nachthemden.«

»Na ja, die Mode ist eben zurzeit leicht, seidig und pastellfarben.«

»Du weißt doch, ich mag keine Kleider ... und Röcke.«

»Und warum hast du eben nichts dazu gesagt?«

»Wozu?«

»Na zum letzten Schrei, den salonfähigen Satinpyjamas. Sieh nur, wenn du das Hemd aufknöpfst, kannst du ein Brokat Bandeau-Top darunterziehen. Das zeigt eine unaufgeregte Sinnlichkeit ... steht hier so. Ich finde, da hat die Autorin recht.«

»Mama! Das ist jetzt nicht dein Ernst, oder? Ich geh doch nicht zu einer Pyjamaparty.«

»Damit würdest du aber zeigen, dass du dich für die aktuellen Modetrends interessierst.«

»Tu ich doch gar nicht. Und außerdem würde ich mich darin niemals wohlfühlen. Ich glaube, ich ziehe die einfache schwarze Stoffhose an. Darin fühle ich mich wenigstens wohl. Dazu vielleicht das blaue Glitzertop, das dir zu groß ist. Das ist doch ein Designerstück, oder?«

»Aber warum willst du es nicht ausnutzen, wenn Gerrit dir etwas Schönes kaufen will?«

»Ich werde ihn fragen, ob er etwas für dich ersteigert. Das wäre doch viel besser angelegtes Geld. Damit würde er doch viel mehr Freude bereiten.«

Das Gesicht meiner Mutter hellt sich auf. »Ich finde das ja nicht richtig«, bemerkt sie trotzdem pflichtbewusst.

Hoffentlich habe ich jetzt endlich den Ausschaltknopf bei meiner Mutter gefunden.

»Doch ist es. Ist das Thema jetzt endlich durch? Ich will noch in die Stadt.«

»Aber eins musst du mir dann versprechen.«

»Das wäre?«, frage ich genervt.

»Du musst wenigstens High Heels tragen.«

»Du weißt, darauf kann ich nicht laufen.«

»Das kann man lernen, Schätzchen. Es wird sowieso Zeit für dich, dass du das tust. Du willst doch nicht, dass man dich für ein Landei hält.«

»Ich will es gar nicht lernen. Was diese Typen von mir halten, ist mir herzlich egal. Es tut doch schon weh, wenn man diese Dinger nur am Fuß hat. Die Teile sind die moderne Fußfessel der Frau.«

»Ach«, stöhnt meine Mutter. »Was habe ich bloß bei dir falsch gemacht?«

»Dazu sag ich jetzt nichts. Ich muss los, sonst bekomme ich die Bahn nicht mehr.«

Ich habe mich schon umgedreht, werfe mir nur noch die Jacke über und atme tief durch, als die Haustür ins Schloss kracht.

Auf dem Weg zum Café werde ich ganz hibbelig. Ob er wohl auch da ist? Er hat mich gefragt und jetzt bin ich es, die wieder mal insgeheim auf ihn warten wird. Als ich mir das eingestehe, möchte ich am liebsten gleich wieder umkehren. Aber zu Hause kann ich auch nicht arbeiten. Deshalb sollte ich zu mindestens die Voraussetzungen schaffen ... oder so tun, als ob. Im nächsten Schreibwarengeschäft, an dem ich vorbeikomme, besorge ich mir Schreibblock und Stift. So kann ich im Ernstfall so tun, als würde ich mir Notizen machen.

Als ich ankomme, ist es halb zwölf. Leicht angespannt betrete ich das Café. Es ist hier schon wieder brechend voll. Aber ich brauche nicht lange zu suchen. Ben winkt mir aufgeregt zu, als ich in die Richtung meines Lieblingstisches sehe. Er sitzt schon da.

Schnell schlängle ich mich zwischen den Tischen zu ihm hin. Oh Gott, hoffentlich wirkte das jetzt souverän genug.

Doch er strahlt mich an und all meine Bedenken fallen von mir ab. Er trägt ein T-Shirt auf dem ›Loading – please wait‹ steht. Schnell nimmt er seine Jacke vom Stuhl, als hätte er ihn für mich freigehalten.

»Da bist du ja.« Er wirkt so, als wäre es für ihn keine Frage gewesen, dass ich komme.

»Hallo, hast du schon Pause?«

»Ja, wir können uns unsere Arbeitszeit bei GET SMARTER frei einteilen.«

»Gilt das denn auch für Büroboten?«

»Wie kommst du darauf, dass ich Bürobote bin?«

»Dein Aufzug«, sage ich und nicke in seine Richtung.

Er sieht an sich herunter und schmunzelt. Wie kann man nur so ein charmantes Lächeln haben? Das müsste verboten werden.

»Oh nein, ich helfe eher im kreativen Bereich. Der Dresscode ist dort ziemlich casual.«

Ich setze mich und er sieht mich erwartungsvoll an.

»Wie bist du mit deinem Buch vorangekommen? Hast du schon etwas geschrieben?«

»Ja«, antworte ich und das ist noch nicht mal gelogen.

»Wow, toll! Wie viel hast du?«

»Ach, nur ein paar Sätze«, flunkere ich jetzt doch. »Ich habe erst mal noch recherchiert. Ich bin mir über die Handlung noch nicht ganz im Klaren.«

»Ja? Ach, ich dachte, die ist immer gleich?«

Jetzt weiß ich gerade nicht, wohin ich sehen soll, denn er sieht mich so prüfend an. Also führe ich das Gespräch weiter, dann kann ich seinem Blick besser standhalten.

»Na ja, es gibt schon ein paar Schemata zur Auswahl.«

»Ja? Klär mich auf.«

»Warum sollte ich? Sag mal, gehörst du eigentlich auch zu dieser Verschwörung, die sich die Zerstörung meiner Nerven zum Ziel gesetzt hat? Wer ist dein Auftraggeber?«

»Verzeihung, ich wollte dir nicht auf die Nerven gehen. Mein Interesse ist ehrlich.«

Er sieht mich dabei offen und sympathisch an. Dieser Typ kann bestimmt auch Eskimos Kühlschränke verkaufen.

Demonstrativ hole ich Block und Stift aus der Tasche und beuge mich konzentriert darüber. Wenn mir bloß etwas einfallen würde ... doch mein Kopf ist wie leer gefegt. Ob die Anwesenheit von Ben etwas damit zu tun hat?

»Schreibblockade?«, dringt es an mein Ohr.

»Die habe ich immer, wenn ich genervt bin«, ranze ich zurück und drücke im schnellen Takt auf den Kuliknopf.

»Darf ich dir einen Kaffee spendieren? Vielleicht regt der die Gehirnzellen an. Gregor kommt da gerade vorbei.«

Er macht ein Handzeichen in der Luft und Gregor spurtet herbei. Entweder sie sind Freunde, oder er gehört zu den besten Stammgästen des Lokals.

»Wieder einen Cappuccino?«, fragt mich Ben.

Ich nicke.

»Und ich bekomme das Übliche«, verkündet er im lässigen Ton.

Gregor nickt und wendet sich wieder ab. Wie gestern lässt der Kaffee nicht lange auf sich warten.

»Bist du mit dem Kellner befreundet?«, kann ich meine Neugier jetzt doch nicht mehr zügeln.

»Nein, wie kommst du darauf?«

»Weil wir so bevorzugt bedient werden.«

»Ach so, ich bin hier doch Stammgast.«

»Dann musst du aber ganz schön viel Geld hier lassen. Noch prompter geht es ja gar nicht. Ich bin hier auch Stammgast, aber wenn ich hier allein bin, muss ich immer ewig warten, bis der Kaffee endlich anrollt.«

»Ja«, sagt er und rutscht auf seinem Stuhl herum. »Ich trinke hier jeden Mittag Kaffee und esse zwei Cupcakes. Natürlich muss man auch ein gutes Trinkgeld dalassen, dann funktioniert das schon.«

Wie zur Bestätigung erscheint Gregor am Tisch und stellt ihm die beiden Kuchen hin.

Ich nicke, das leuchtet mir ein. »Zwei Cupcakes? Ist das eigentlich dein Mittagessen?«

»Ja, warum?«

»Na ja, gesund ist wohl anders.«

»Kann schon sein, aber sie sind fantastisch hier, selbst gebacken. Willst du sie mal probieren? Du kannst dir den einen nehmen.«

Ich schüttle mit dem Kopf. »Nein danke, ich steh nicht so auf Süßes.«

»Bestimmt, weil es ungesund ist. Aber Schokolade magst du doch, oder? Ich kenne keine Frau, die keine Schokolade mag.«

Ich kann mir gut vorstellen, dass er jede Menge Frauen kennt und sie mit seiner charmanten Art um den Finger wickelt. Wieso passt mir das eigentlich nicht? Es ist ja eigentlich nur eine Vermutung ... »Interessant, da scheinst du ja eine Menge Frauen zu kennen«, kann ich mich dann doch nicht zurückhalten.

»Na ja, ein paar sind es schon«, antwortet er und zwinkert. »Hier sieh mal, fette Schokostücke im Kuchen.«

Er nimmt einen der Cupcakes und bricht eine Ecke ab. Es erscheinen verlockend dicke Schokostücke.

»Mhm, der ist noch ein kleines bisschen warm und duftet himmlisch ... du weißt ja gar nicht, was dir entgeht«, sagt er, während er das Stück dicht an meiner Nase vorbeizieht. Ein Hauch von Vanille und Schoko kitzelt meine Nase. Warum bekomme ich sofort Hunger? Warum funktioniert so etwas? Instinktiv schließe ich die Augen und öffne den Mund.

»Brav«, sagt er, während er das Stückchen in meinen Mund schiebt. »Warte, da ist ein Krümel im Mundwinkel hängen geblieben.« Ich spüre seinen Finger in meinem Gesicht. Er streicht erst einen Tick zu lang über den Mundwinkel und dann mit dem Fingerrücken über meine Wange. So fühlt es sich jedenfalls an.

Überrascht öffne ich die Augen. Er sieht auch überrascht aus. Einen winzigen Moment verbinden sich unsere Blicke, so etwas wie Elektrizität liegt in der Luft. Wir beide werden verlegen.

»Und? Wie schmeckt er?«, fragt er, wohl um die Situation zu entschärfen.

»Mhm, ja du hast recht, das schmeckt wirklich fantastisch«, murmele ich hinter vorgehaltener Hand. Nein ich will den Brocken noch nicht runterschlucken. Genüsslich lasse ich mir die süße Sünde noch ein Weilchen im Mund zergehen.

»Jetzt bereust du, dass du nicht den ganzen Kuchen genommen hast, stimmts?« Er grinst mich dabei süffisant an. Was für ein Filou. »Komm, nimm ihn. Es macht mir wirklich Freude, zuzusehen, wie du ihn genießt. Soll ich dich weiterfüttern?«

Energisch schüttle ich den Kopf. Was mache ich da eigentlich? Ich habe doch der Männerwelt abgeschworen. Ist mir nicht gerade erst das Herz gebrochen worden? Und jetzt mit einem Everybodys-Darling-Typen flirten? Das kann doch nur in die Hose gehen. Ich sollte mich jetzt langsam zur Vernunft rufen, bevor es zu spät ist …

Angefixt von dem kleinen Bissen, kann ich dennoch nicht widerstehen und nehme mir den Rest.

Ben lächelt mich einfach nur freundlich an. Wie kann man diesen Typen eigentlich nicht sympathisch finden? Oder ist es vielleicht schon mehr?

Er scheint instinktiv zu spüren, was in mir vorgeht und konzentriert sich jetzt auf sein Stück Kuchen. Eine Weile kaut nun jeder schweigend vor sich hin. Traut er sich jetzt nicht mehr?

»Zum Backen komme ich nicht so oft. Aber ich liebe es zu kochen«, versuche ich das Gespräch wieder aufzunehmen.

»Ich auch. Mir fehlt leider oft die Zeit.«

Das ist der Auftakt zu einem langen Gespräch über unsere Vorlieben und Abneigungen. Wir verplaudern uns regelrecht, die Zeit vergeht wie im Flug.

Die meiste Zeit starre ich dabei auf seinen schönen Mund, aus dem so viele schöne kluge Worte kommen. Wir haben ja so viele Dinge gemeinsam. Ich habe noch nie einen Menschen getroffen, mit dem ich so auf einer Wellenlänge bin.

Wie es sich wohl anfühlt, diese Lippen zu berühren? Sie zu spüren und zu schmecken. Ein zärtlicher Kuss, eine flüchtige Berührung, seinen Geruch wahrnehmen. Für einen Moment schließe ich meine Augen, um diese Gedanken ganz schnell wieder zu verscheuchen. Moment mal! Das geht hier jetzt gerade in die ganz falsche Richtung.

»Warum sind wir uns hier eigentlich noch nie begegnet?«, fragt er auf einmal, als hätte er meine Gedanken gelesen.

»Woher willst du wissen, dass wir uns hier noch nie begegnet sind? Vielleicht haben wir uns nur nicht gesehen.«

»Du wärst mir bestimmt aufgefallen, so hübsch, wie du bist. Außerdem sitzt du ja auch immer auf meinem Lieblingsplatz, das hast du mir schon verraten.«

»Hübsch? Ich? Nein bestimmt nicht, ich bin Massenware, genau wie mein Name.«

»Das nennt man wohl *Fishing for Compliments*«, erwidert er kopfschüttelnd. »Nein, du wärst mir ganz bestimmt aufgefallen.«

»Das nennt man wohl *Süßholz raspeln*.«

»Nein! Ganz und gar nicht. Es ist mein voller Ernst. Du bist mittags nicht hier, sonst wärst du mir schon lange aufgefallen.«

Er hat schon wieder diesen offenen Blick mit diesem verdammten Lächeln. Mittlerweile fühle ich eine tiefe Sympathie für ihn. Es ist, als wären wir schon ewig befreundet. Oder ist es vielleicht schon mehr? Mia, du musst deine Gedanken in den Griff bekommen!

»Ja, das stimmt ... Ich bin fast nur nachmittags hier«, gebe ich zu. »Aber, da ich ein paar Tage freihabe, hab ich gedacht, ich schau mal in meinem Lieblingscafé vorbei und lasse mich inspirieren.«

Ben stützt seinen Kopf auf und sieht mich unverwandt an. Ich werde immer nervöser, sollte wohl besser das Weite suchen. Aber ein anderer Teil von mir möchte einfach nur seine Gesellschaft genießen. Oder seine Nähe?

Nein! Natürlich nicht. Was denke ich da nur schon wieder?

»Ich hab mal gelesen, dass das viele Autoren so machen. Sich irgendwo hinsetzen, die Leute beobachten und sich dann dazu Geschichten ausdenken«, fahre ich fort.

»Und? Inspiriere ich dich?«, fragt er, und sein Lachen verwandelt sich in ein freches Grinsen.

»Im Moment hältst du mich eher von meiner Arbeit ab.«

»Schade, ich wäre so gerne deine Muse ... die dich küsst.«

Dieser Satz schießt in meinen Bauch und verursacht ein seltsames Gefühl. Ich glaube, es ist besser, wenn ich mich jetzt vom Acker mache.

»Ich glaube, ich muss jetzt ...«, stottere ich während ich schnell Block und Stift einpacke.

»Ach, jetzt schon? Der Abend hat doch gerade erst angefangen.«

»Ja, genau, es ist schon dunkel.«

»Und bei Anbruch der Dunkelheit musst du nach Hause?«

Er seufzt. Ob ich doch noch etwas bleiben soll?

»Bleib doch noch! Lass uns zusammen etwas essen gehen.«

Schlagartig fallen mir meine Vorsätze ein. Ich muss mich irgendwie unter Kontrolle bekommen, da ist Flucht ein geeignetes Mittel. Er hat schon wieder diesen Blick ...

»Vielleicht ein andermal«, tröste ich ihn.

»Ja bitte. Ich bin so froh, dass ich dich hier kennengelernt habe.«

»Ich muss jetzt wirklich«, murmle ich und senke den Blick, damit ich ihm nicht ins Gesicht sehen muss.

»Dann gehe ich auch«, antwortet er und ist schon aufgesprungen.

Kapitel 4

DER KUSS

Als wir auf die Straße hinaustreten, empfängt uns milde Luft. Wie geschaffen, um noch ein Stück weit spazieren zu gehen. Unschlüssig verweilen wir einen Augenblick vor dem Café.

»Soll ich dich noch nach Hause bringen?«, fragt Ben nach einiger Zeit.

Die Versuchung ist groß, mit ihm ein bisschen durch die Straßen zu schlendern. Aber ich reiße mich zusammen und erwidere: »Nein danke, das ist wirklich nicht nötig. Ich finde schon allein nach Hause.«

»Ja, da hab ich leider keine Bedenken«, seufzt er.

Ich setze mich in Bewegung, Richtung Bahn. Er läuft hinter mir her. Genervt drehe ich mich um.

»Was?«, lacht er und zieht seine Schultern hoch. »Es sieht so aus, als ob wir denselben Weg hätten.«

Was soll ich da machen? Also stapfe ich weiter, versuche, ihm wegzulaufen. Der Kerl macht mich kirre. Er schließt leider schneller auf, als mir lieb ist.

»Wann sehen wir uns eigentlich wieder? Bist du morgen auch im Café?«, fragt er.

»Nein, wohl eher nicht. Ich muss mit meinem Roman vorankommen.«

»Habe ich dich jetzt doch inspiriert?«

Im Schein der Straßenlaterne erkenne ich sein freches Grinsen. Oh Mann, dieser Typ macht mich fertig!

»Nein, wohl eher nicht. Du lenkst mich ab, da kann ich mich nicht konzentrieren.« Gott sei Dank bin ich gleich an der Haltestelle der Bahn, denn ich werde zunehmend nervöser.

An der Haltestelle angekommen, bleibt er auch stehen.

»Ich dachte, du hast nur denselben Weg. Warum bleibst du jetzt mit mir hier stehen?«

Er sieht mich ernst an, seine Augen funkeln im Schein der Laterne.

»Weil ich dir noch etwas zeigen wollte.«

»Und wa...« die Frage kann ich nicht zu Ende aussprechen, denn er zieht mich zu sich heran und presst seine Lippen auf meine.

Was für ein überwältigendes Gefühl! Genauso hatte ich es mir vorgestellt! Genießerisch muss ich meine Augen schließen.

Sein Kuss sagt eindeutig: Ich will dich!

Mein verräterischer Körper sagt: Bitte sofort alle Alarmglocken ausschalten, ich will dich auch!

Einen Moment kann ich ganz in meinen Gefühlen schwelgen. Wie von selbst öffnen sich unsere Münder und wir verschmelzen in einem sinnlichen Tanz unserer Zungen.

Leidenschaftlich drückt er seinen Körper fester an meinen, seine Hände wandern ein kleines Stück meinen Rücken hinab. Sein Duft steigt mir in die Nase. Diese Mischung aus Rasierwasser, purem Mann und der Lederjacke, lässt mein Verlangen wachsen. Ein

Riesenschwarm Tango tanzender Schmetterlinge flattert gerade in meinem Bauch herum.

Ich kann nur noch riechen, fühlen und schmecken.

Die Zeit steht still.

... Bis die Bahn kommt. Da meldet sich mein Verstand: Du musst jetzt einsteigen!

Aber mein Körper will noch nicht, er will diesen Kuss fortsetzen.

Die Türen der Bahn schließen sich wieder, sie fährt davon. Meinem Körper ist das gerade so was von egal. Ich kann den Hormonschub geradezu spüren. Immer weiter sinke ich in das lustvolle Vergnügen, genieße seine Zärtlichkeit und höre seinen schnellen Atem, der ein angenehmes Kribbeln auslöst.

Er nimmt meinen Kopf zwischen seine Hände und intensiviert den Kuss, ich stöhne leise in seinen Mund. Junge, Junge, kann der küssen. Ich bin praktisch gezwungen, noch weiter darin zu versinken.

Alles in meinem Körper schreit nach mehr. Ich vergesse alles um mich herum.

... Die nächste Bahn fährt vor. Also müssen fünfzehn Minuten vergangen sein. Nein! Das darf jetzt noch nicht zu Ende sein! Ich schlinge die Arme noch einmal fester um seinen Hals und lasse mich treiben.

Wieder fährt die Bahn davon. Grinst er da etwa gerade? Zärtlich knabbere ich an seiner Lippe ... aber ich könnte auch fester zubeißen ... Hör sofort auf zu grinsen! Gott sei Dank hört er auf und ich kann mich wieder hingeben. Jede einzelne Sekunde soll zur Ewigkeit zerfließen.

Er legt eine Hand an meinen Hinterkopf, die andere drückt mich sanft gegen seinen Unterleib. Sein leises Knurren geht mir durch Mark und Bein. Ich spüre seine Erregung und mein Atem geht schneller. Hitze sammelt sich in meinem Unterleib und meine Knie werden weich. Gleich brechen alle Dämme ...

Hallo! Mia! Gleich gibt es kein Zurück mehr. Dann verstrickst du dich wieder in die alte Verletzbarkeit und Wehrlosigkeit. Das darf auf keinen Fall geschehen!

Mit einem enormen Willensakt rufe ich meine Leidenschaft zurück und lande wieder in der Wirklichkeit. Ich löse mich, hole erst mal tief Luft und trete einen Schritt zurück.

Mit einem enttäuschten Blick entlässt mich Ben.

Die Hand auf meinen Mund gelegt, kämpfe ich mit meinen weichen Knien.

Was war denn das? Mein Kopf fühlt sich an wie Brei.

Ich bin heilfroh, als umgehend die nächste Bahn einfährt.

»Was ist denn jetzt? Wann sehen wir uns wieder? Kommst du morgen in das Café? Gibst du mir deine Handynummer?«, wirft er mir hektisch hinterher.

Kraftlos drehe ich mich um und schüttle den Kopf. So durcheinander war ich noch nie. Beim Einsteigen bin ich so wackelig, dass ich Angst habe es nicht zu schaffen. Mit zitternden Knien setze ich mich auf den nächsten freien Platz. Die Bahn fährt los. Nur ganz langsam und unendlich mühselig gelingt es mir, mich halbwegs zu sortieren.

Aus dem Augenwinkel sehe ich, wie Ben der Bahn ein paar Schritte folgt. Sein geknickter Gesichtsausdruck verursacht mir seelische Schmerzen. Ich beiße auf meine Lippe. Nein! Meine Entscheidung war richtig. Ich kann mich nicht schon wieder auf ein Abenteuer, oder womöglich eine Beziehung einlassen. Meine alten Wunden sind noch nicht verheilt.

Während der Fahrt spiele ich nervös mit der Kordel an meiner Jacke. Die Sache geht mir nicht mehr aus dem Kopf.

Wie kann sich etwas, das ganz offensichtlich falsch ist, so richtig anfühlen?

Ich lecke noch einmal über meine Lippen, um noch ein wenig von seinem Geschmack in meine Erinnerung zu rufen. Oh Mann, war das eben gut. Es war eindeutig der beste und leidenschaftlichste Kuss, den ich je bekommen habe. Ganz hoher Suchtfaktor ... brandgefährlich. Es wird ein hartes Stück Arbeit werden, das jetzt wieder aus dem Kopf zu bekommen ...

»Da bist du ja! Wo warst du denn so lange?«, empfängt mich meine Mutter zu Hause.

Müde werfe ich meine Schlüssel auf die Kommode und hänge meine Jacke auf. Ich bin durch, völlig fertig ... nur meine Mutter wird dafür kein Verständnis haben.

»Ich war in der Stadt, habe mir noch ein paar Abendkleider angesehen«, flunkere ich. Reine Notlüge, denn ich weiß, das ist für sie die einzige Ausrede, erschöpft zu sein. »Ich bin ganz schön kaputt und gehe gleich nach oben.«

Meine Mutter nickt. »Hast du denn etwas gefunden?«

Zur Antwort schüttle ich den Kopf.

»Natürlich«, lässt meine Mutter im herablassenden Tonfall verlauten. »Wie konnte ich so etwas Dummes fragen? Nächstes Mal fahre ich besser mit.«

Eher friert die Hölle zu! Aber das darf ich jetzt ganz bestimmt nicht antworten. »Ja, das ist wohl besser«, antworte ich daher. Da dies sicher niemals passieren wird, kann ich ganz gelassen bleiben.

»Was ist mit Essen? Hast du schon etwas gegessen?«

Ach ja, vor dem Kuss hatte ich einen Bärenhunger. Der ist momentan wie weggeblasen. Meine Mutter hätte jetzt sicher gerne etwas Leckeres zu essen ... natürlich von mir gekocht. Aber diesmal wird sie sich selbst etwas machen müssen. Denn dazu habe ich heute garantiert keine Lust mehr.

»Ja, danke. Ich habe mir etwas auf die Hand geholt.« Auf ein Gespräch mit meiner Mutter habe ich jetzt gerade ein Verlangen wie nach Bauchschmerzen oder Nasenbluten, oder Fußpilz.

»Du hast dir etwas auf die Hand geholt?« Meine Mutter sieht mich ungläubig an.

»Ja im Asia-Imbiss«, murmle ich und verschwinde schnell.

»Ach so«, tönt es hinter mir her.

Als die Tür zu meinem Kinderzimmer hinter mir geschlossen ist, lehne ich mich zurück und atme erst mal tief durch. Am liebsten würde ich jetzt heulen, aber das verbiete ich mir. Bleibt die Frage, warum ich am liebsten heulen würde. Ich habe gegen mein

Bauchgefühl gehandelt, und das ist gut so. Es hat mich doch bisher immer nur in Schwierigkeiten gebracht.

Ich werde mich jetzt auf mich selbst konzentrieren und mein Ding durchziehen. Also setze ich mich an den Schreibtisch und fahre meinen Laptop hoch. Aber schon während des Hochfahrens schweifen meine Gedanken wieder ab.

Die überwältigenden Gefühle, die ich bei dem Kuss hatte, dringen sofort wieder in mein Bewusstsein. Das lässt mich vor Sehnsucht leise stöhnen. Mann Mia, ich glaube, da hast du echt Scheiße gebaut. Diese Sache hätte weitaus früher abgebrochen werden müssen.

Wieder einmal braucht es eine enorme Willensanstrengung mich in die Gegenwart zurückzuholen.

So meine Liebe, da bleibst du jetzt!

Doch immer wieder muss ich mich selbst ermahnen. Beängstigend, denn meine Kraft ist nur begrenzt.

Der Computer ist jetzt startbereit und in meinem Kopf herrscht konsequent gähnende Leere. Frustriert stütze ich meinen Kopf auf und reibe mir über die Augen. Warum brennen die eigentlich schon wieder?

Ich schlucke.

Noch einmal von vorn. Titel, wenigstens einen Titel sollte ich finden ... Küssen ... Ein Millionär zum Küssen ... Scheiße! ... Immer wieder dieses Wort! Ein Millionär, schnapp ihn dir ... einfach grotti. Ein Millionär zum Verlieben ... unterirdisch langweilig.

Eine gewisse Ahnung beschleicht mich, dass es ähnliche Titel wahrscheinlich schon gibt. Deshalb recherchiere ich noch einmal und finde über vierhundert Ergebnisse mit ›Ein Millionär zum …‹. Es ist zum Haare raufen und Knochen kotzen, vollkommen witzlos. Verzweifelt rotiert es in meinem Kopf, du musst einen Titel finden, Hauptsache Millionär! Ich schließe die Augen und versuche schon wieder aufsteigende Tränen zu unterdrücken.

Vielleicht hilft es, den Tränen einmal freien Lauf zu lassen. Das ist sicher einen Versuch wert. Und so verwandle ich mich in ein heulendes Häufchen Elend. Was ist nur mit mir los? Gott sei Dank hört mich keiner.

Falsch gedacht! Meine Mutter steckt unangekündigt den Kopf durch die Tür. »Alles in Ordnung mit dir mein Schatz?«

Das darf doch nicht wahr sein! Womit hab ich das jetzt verdient? Jetzt kann man sich nicht einmal mehr ungestört in seinem Elend wälzen.

»Ja klar, alles bestens. Ich bin nur ziemlich fertig. Kann ich allein sein bitte?«, beruhige ich sie.

»Ja, selbstverständlich«, stammelt meine Mutter verwirrt und schließt die Tür wieder.

Uff, so viel Feingefühl hat sie wenigstens. Aber vielleicht will sie auch nur nicht mit meinem Mist belastet werden.

Etwas Positives hat das Ganze, die Tränen sind schlagartig versiegt. So schnell werde ich mich jetzt nicht mehr gehen lassen.

Diese Stimmung muss sofort genutzt werden, deshalb beschließe ich, erst einmal etwas auf das virtuelle Papier zu bringen und dann den Titel zu suchen. Also konzentriere ich mich wieder auf die Suche nach meinem Ablaufschema, dem Plot, wie es die Autoren nennen. Das habe ich immerhin mit meiner Recherche schon herausgefunden. Aber ich bin unentschlossen wie eh und je. Diese Sache habe ich mir wirklich einfacher vorgestellt.

Liebesromane zu schreiben, ist eben doch nicht so einfach, deshalb sollte ich besser auch Alternativen überlegen.

Aber eigentlich wird das Projekt dadurch nur zur Herausforderung. Ich will und werde es schaffen, ein Buch zu schreiben.

Okay, aber fang endlich an, Mia. Ich muss jetzt auf die kleinste Einheit zurück und wenigstens eine Szene schreiben. Da kommt nur eine Schlüsselszene infrage, wie sie in jedem Liebesroman vorkommt. Irgendwie muss ich ja mal anfangen.

Als sich gerade einmal wieder der Kuss ins Gedächtnis drängt, ist auf einmal alles ganz einfach. Nur das gerade Erlebte nachspüren und formulieren. Das birgt zwar die Gefahr wieder aufblühender Sehnsucht, aber bevor mein Frust noch größer wird ...

Ich schließe die Augen und erinnere mich, spüre, erlebe alles noch einmal. Und tatsächlich, ich fange an zu schreiben, und schreiben, und schreiben ... Jetzt ist dieser Ben doch tatsächlich zu meiner Muse geworden.

Am Ende habe ich eine beeindruckend lange Szene in Worte gekleidet. In meinem Kopf fällt die Klappe.

Cut!

Zufrieden speichere ich erst einmal ab. Beflügelt vom Erfolg, kann ich die wieder aufgekeimte Sehnsucht besser verdrängen.

Nun ist es wirklich Zeit ins Bett zu gehen. Aber kaum liege ich, macht sich ein bohrender Hunger bemerkbar. Ich kann gefahrlos nach unten, denn meine Mutter schläft schon. Schnell schmiere ich mir einen Stapel Brote, den ich heißhungrig verdrücke. So, jetzt kann ich beruhigt einschlafen.

Aber das erweist sich als gar nicht so einfach. Ich versuche, an alles Mögliche zu denken, inklusive Schäfchen zählen. Warum lässt sich dieser Kerl eigentlich nicht aus meinen Gedanken verdrängen? Es dauert lange, ewig lange, bis ich einschlafe.

Ich bin noch nicht ganz wach, als am nächsten Morgen schon wieder der Gedanke an den Kuss in mein Gehirn schießt. Das darf doch wohl nicht wahr sein! Was mache ich denn bloß? Aufstehen, das wird das Beste sein.

Nach dem Frühstück setze ich mich gleich an den Schreibtisch. Ins Café will ich jedenfalls nicht, da lenkt Ben mich sicher wieder ab.

Aber am Schreibtisch übernehmen erneut die Hormone mein Gehirn. Wie kann so etwas nur möglich sein? Ich komme einfach kein Wort weiter, denke nur an den Kuss ... und an ihn. Immer wieder taucht sein Gesicht vor meinem inneren Auge auf. Sein Lachen, seine Stimme, sein Duft, diese warmen Augen, die so spitzbübisch funkeln können und der Mund, der so unverschämt gut küssen kann.

Shit!

Nach zwei Tagen schmeiße ich frustriert das Handtuch. Ich bin kein einziges Wort weitergekommen, kann mich überhaupt nicht konzentrieren.

Ich will ihn wiedersehen, nein, ich muss!

Heute ist Freitag. Morgen ist diese gruselige Spendenauktion, ich seufze. An einem Samstag wird Ben sicher nicht im Café sein. Ich muss also heute noch hin, wenn ich ihm dort begegnen will.

»Hast du eigentlich einen Friseurtermin gemacht, Liebes?«, fragt mich meine Mutter und reißt mich damit aus meinen Gedanken.

Mist! Ich hatte alles Mögliche im Kopf, aber das nicht. »Ach nein, das hab ich doch glatt vergessen.« Theatralisch halte ich die Hand vor den Mund, in dem Wissen, dass es Schlimmeres gibt. Allerdings gilt dies nicht für meine Mutter.

»Dann werde ich sofort bei Sascha anrufen. Hoffentlich ist noch ein Termin frei. Er soll dir dann auch gleich das Abend-Make-up auflegen.«

Ich nicke. In diesem Fall kann man sich nur seinem Schicksal fügen.

»Mach das, ich habe noch etwas zu erledigen«, murmle ich und bin schon verschwunden.

Während der Bahnfahrt werde ich immer aufgeregter und mit jedem Schritt zum Café langsamer.

Es ist halb zwölf, er müsste da sein. Was ist, wenn er nicht da ist? Was ist, wenn er da ist? Ich frage mich, welche Katastrophe nun größer ist.

Als ich die Tür zum Lokal öffne, werden meine Knie schon wieder weich. Sofort schwenkt mein Blick hinüber zu unserem Lieblingstisch. Dort sitzt ein anderes Pärchen ... Fuck! Wo ist er nur? Gregor scheint auch nicht da zu sein, den hätte ich fragen können.

Was soll ich nun tun? Warten, auf jeden Fall ein paar Minuten warten. So setze ich mich an den Tisch neben unserem Lieblingsplatz. Alle paar Minuten sehe ich zur Uhr. Die Zeit vergeht quälend langsam und sie vergeht, ohne dass etwas geschieht. Warum habe ich ihm nicht wenigstens meine Handynummer gegeben?

Irgendwann stelle ich fest, dass es draußen schon dunkel geworden ist. Das Café wird bald schließen. Ich habe die ganze Zeit dagesessen und auf die Tür gestarrt wie ein liebeskranker Teenager. Die Vorstellung ihn niemals wiederzusehen ist gerade unerträglich.

Memo an mich selbst: Ich kann vor meinen Gefühlen nicht weglaufen. Schon gar nicht mit diesen Bleifüßen, die mich jetzt nach Hause tragen.

Kapitel 5

MEMO AN MICH SELBST

Die Nacht war fürchterlich, ich habe Stunden gebraucht, um einzuschlafen. Immer wieder kamen Tränen. Das Kopfkissen ist nass. Unvermeidlich führte mich meine Gedankenspirale abwärts, in die Schwarzmalerei:

Ich bin die blödeste Kuh auf diesem Planeten. Er wird nie mehr in dieses Lokal kommen, weil er mich nicht mehr sehen will. Er ist sicher maßlos enttäuscht von mir und will nie mehr etwas von mir wissen ...

Mann, bei solch einem Kuss ist doch eigentlich klar, seine Gefühle sind echt, meine Gefühle sind echt. Warum hatte ich da Angst? Warum habe ich IMMER Angst? Ich hätte selbst Angst, wenn er jetzt vor mir stehen würde.

Notgedrungen rede ich mir ein, er hätte mich enttäuscht. Ich weiß, es ist Quatsch, aber es ist die einzige Möglichkeit, ihn endlich aus meinem Kopf zu verbannen. Nur, wie komme ich jetzt aus dem Bett? Meine Glieder sind schwer wie Blei. Am liebsten würde ich liegen bleiben – für immer.

Irgendwie muss ich jetzt diese Gedankenspirale stoppen. Was passiert ist, ist passiert, nur die Zukunft kann besser werden.

Es ist einfach dumm gelaufen. All meine Kraft sollte jetzt in den Aufbau meines neuen, besseren Lebens fließen. Also nehme ich alle meine Energie zusammen und quäle mich aus dem Bett.

Geht doch!

Wer ist nur dieses Gespenst, das mich da aus dem Spiegel ansieht? Verquollenes Gesicht, rote Augen und tiefe Augenringe jagen mir einen Schrecken ein. So sieht jemand aus, dem es nicht gut geht und jeder wird es erkennen. Heute ist es besonders dumm, denn heute ist die Wohltätigkeitsauktion. Gerrit muss nicht unbedingt wissen, wie es mir geht. Er könnte Gefahr laufen, daraus falsche Schlüsse zu ziehen.

Ich versuche es erst einmal mit viel kaltem Wasser. Das bringt nur mäßigen Erfolg. Ich muss warten, bis meine Mutter einkaufen fährt. Erst dann kann ich mich gefahrlos nach unten wagen und einen Happen frühstücken.

Jetzt sitze ich bei Sascha und er sieht mir über den Spiegel ernst ins Gesicht.

»Das wird eine Herausforderung«, murmelt er. »Willst du darüber reden?«

Ich schüttle meinen Kopf.

»Dachte ich mir«, antwortet er kopfnickend. »Dann legen wir dir erst mal etwas auf deine hübschen Augen, damit sie ein wenig abschwellen. Und da ja wahrscheinlich ein Rückfall droht, empfehle ich wasserfestes Make-up. Für dein Event würde ich eine Hochsteckfrisur wählen, das geht immer. Was meinst du?«

Ich nicke. »Ja, hört sich gut an. Ich verlasse mich da ganz auf dich.«

Sascha ist der ungekrönte König im Verstecken der Wahrheit, deshalb liebt meine Mutter ihn abgöttisch. Und er ist Friseur, mit Leib und Seele. Wenn einer den Smalltalk beherrscht, dann er. Eigentlich hasse ich oberflächliche Gespräche, aber er versteht es, so auf die jeweilige Person einzugehen, dass es sich wie eine großartige Unterhaltung anfühlt.

Meine Laune ist beträchtlich gestiegen, als ich den Salon wieder verlasse. Jetzt bin ich zuversichtlich, ich werde den Abend überleben … irgendwie.

Natürlich wollte meine Mutter mir hohe Schuhe andrehen, aber das konnte ich abwenden. Sieg auf ganzer Linie. Ich trage Klamotten, in denen ich mich halbwegs wohlfühle und ein Paar Lackleder-Ballerinas dazu.

Deshalb habe ich passable Laune, als Gerrit mich mit seinem Mazda MX-5 abholt. Das Wetter wäre geeignet, ohne Dach zu fahren, meine Frisur leider nicht. Ja, auch hier gilt, wer schön sein will, muss leiden.

Ich habe ihn schon durch das Küchenfenster ankommen sehen und stehe in der Haustür.

Gerrit trägt einen Smoking. Sein Seidenschal, den er für die Fahrt mit dem offenen Dach umgebunden hat, flattert im Wind, als er auf mich zukommt. Das sieht ein bisschen … na ja … aus. Aber jetzt wird er ihn ablegen können.

»Du siehst toll aus! Ich freue mich, dass du dich entschieden hast, doch noch mitzukommen«, sagt er und strahlt mich an.

»Ja, ich hab mir gedacht, dass es doch ganz nett werden könnte«, antworte ich und lächle zurück. So wie er mich ansieht, sehe ich wirklich toll aus. Ich bin überaus dankbar, dass es Sascha gibt ... und meine Mutter, die ihn gefunden hat.

Strahlend reicht mir Gerrit die Hand, um mich zum Auto zu führen. Ich komme mir vor, wie eine Prinzessin, die zum Ball geführt wird. Anderen mag das ja etwas geben, aber ich finde es affig. Galant öffnet er mir die Tür und ist mir beim Einsteigen behilflich. Wenn ich ein rosa Prinzessinnen-Rauschekleid hätte, dann wäre es sicher sinnvoll und er könnte meine Schleppe noch ins Auto stopfen. Aber so ist es doch eher peinlich.

Ach, ich bin mäkelig ... Das ist eben nicht meine Veranstaltung.

Und, der Fahrstil von Gerrit ist auch nicht mein Ding. Sehr sportlich, um nicht zu sagen, extrem sportlich. Man könnte auch sagen, er rast. Als wir noch zusammen waren, war sein Fahrstil ein Dauerthema zwischen uns.

»Platz da, jetzt kommt mein Mazda«, gifte ich und er hat verstanden, geht vom Gas. Ich atme durch, kann entspannen und die Fahrt genießen. Warum war es nicht auch so einfach, als wir noch zusammen waren?

Durch den Sonnenschein und die schöne Landschaft, die an uns vorüberzieht, bessert sich meine Laune wieder etwas. Gerrit hat auch gute Laune und

56

plaudert ein bisschen, das kann er gut. So erreichen wir schnell das Schloss.

Es ist einfach toll, diese lange Allee uralter Bäume entlangzufahren. Licht und Schatten wechseln ständig. Am Ende sieht man das Schloss Schönwald blinken. Ein imposantes Gebäude, in leuchtendem Gelb, mit reichlich Fassadenstuck und Schieferdach. Umgeben von einer Parkanlage, strahlt es pure Altehrwürdigkeit aus. Das kann schon ganz schön einschüchtern.

Hier finden diverse Kunst- und Kulturveranstaltungen statt. Entweder im Schloss, oder im parkähnlichen Garten. Aber auch alle möglichen Märkte und Konzerte. Also, ein perfekter Ort für Wohltätigkeitsveranstaltungen.

Ich bin froh, dass ich keine hochhackigen Schuhe trage, als wir, vom Parkplatz aus durch den Kies, zum Eingang stapfen. Im Eingangsbereich müssen die Schuhe erst mal geputzt werden. Natürlich ist Gerrit für diesen Notfall ausgestattet, denn er kennt sich hier aus.

»Ähm Mia ... eins noch«, stammelt er plötzlich herum.

Ich drehe mich um, er fasst meinen Arm.

»Meine Eltern sind auch da.«

Er sieht mich beschwörend an, als ich tief nach Luft schnappe, um mich aufzuregen. Warum sagt er das erst jetzt?

»Ich weiß, ich hätte es dir früher sagen müssen«, raunt er, damit es keiner mitbekommt. Die Leute sehen trotzdem pikiert zu uns rüber.

Er fasst seinen Griff etwas fester, zieht mich zu sich und kommt mit dem Gesicht dichter an mein Ohr. Meine Nase streift ein Hauch von diesem Rasierwasser, das ich nicht ausstehen kann.

»Ich habe ihnen gesagt, dass ich versuchen werde, dich wiederzugewinnen«, flüstert er.

Aber warum trägt er dann dieses widerliche Rasierwasser?

»Sie geben sonst einfach keine Ruhe. Du hast bei ihnen einen solchen Stein im Brett. Sie jammern mir jeden Tag die Ohren voll, dass ich dich hab gehen lassen«, erklärt er.

Gerrits Eltern sind sehr konservativ. Da betrügt man seine Frau oder Freundin nicht. Und wenn, dann lässt man sich zumindest nicht dabei erwischen. Das Rasierwasser erklärt das trotzdem nicht, denn er weiß, dass ich es nicht leiden kann.

»Du brauchst keine Angst zu haben«, führt er fort. »Ich habe inzwischen eingesehen, dass es wohl keinen Zweck mehr mit uns hat. Ich habs einfach verbockt.«

Ich schließe kurz die Augen, um ein Stoßgebet an den Himmel zu senden, und nicke. Es geschehen noch Zeichen und Wunder.

»Aber meine Eltern wollen sich einfach nicht damit abfinden. Sie sagen, ich habe mir nicht genug Mühe gegeben. Bitte spiel einfach mit.«

»Du hast Nerven«, erwidere ich.

»Hab ich eben nicht. Es ist der einfachere Weg. Wenn sie sehen, dass ich mich bemüht habe, dann finden sie sich eher damit ab.«

»Na schön«, lenke ich ein. Jetzt erwische ich mich wieder einmal damit, etwas zu tun, das ich eigentlich nicht tun will. Mann, ich wollte doch daran arbeiten.

»Aber du solltest dich endlich von deinen Eltern emanzipieren. Das nennt man ›erwachsen werden‹.« Ich seufze noch einmal hinterher.

Gerrit löst seinen Griff und fasst meine Hand. Auf dem Weg zum Veranstaltungssaal hängen lauter Ölschinken, die wohl die Besitzer und deren Familien zeigen. Ich kann mir nicht helfen, sie sehen irgendwie alle aus, wie bedauernswerte Opfer jahrhundertelanger Inzucht.

Er zieht mich in den Veranstaltungssaal. Plötzlich überfällt mich Schüchternheit.

Frage an mich selbst: Warum tue ich mir das hier gerade an?

Antwort an mich selbst: Weil du in der Welt der Millionäre recherchieren wolltest.

Memo an mich selbst: Das nächste Mal reicht eine Recherche im Fernsehen. Da laufen schließlich genug Dokusoaps.

Für meine Mutter wäre das hier jetzt der siebte Himmel. Für mich nicht. Das rutschige Parkett der Reichen und Schönen ist einfach nicht mein Ding. Ich ziehe an Gerrits Hand und bremse ihn damit aus. Es ist taktisch günstiger, in der Nähe des Saaleingangs erst einmal die Lage zu sondieren. So kann ich schneller flüchten, falls ich es hier doch nicht aushalten sollte.

Das Licht der vielen Kronleuchter spiegelt sich auf dem Parkett und lässt es in der Tat ziemlich glatt aussehen. Die vielen antiken Spiegel, mit den blattgoldverzierten Rahmen, spiegeln die Deckenbeleuchtung und lassen den Raum ziemlich hell erscheinen, obwohl durch die relativ kleinen Fenster nicht so viel Licht dringen kann. Die Fensterseite ist mit dunklem Edelholz verkleidet, die restlichen Wände mit Seidentapeten.

Auf einem Podest steht ein Streichquartett und spielt gerade ›Die vier Jahreszeiten‹ von Vivaldi.

Mich beschleicht das Gefühl, doch auf einer Pyjamaparty gelandet zu sein, denn die pastellfarbenen Seidenkleider sind hier überdurchschnittlich stark vertreten. Eine Frau hat sogar solch einen Pyjama an. Ach ja, hier wird ja auch Haute Couture versteigert, da sind die modeinteressierten Personen natürlich in der Überzahl. Aber ich sehe auch einige, wenige Leute mit Jeans.

Durch die plaudernde Menschenmenge rennen Kellner im ›Pinguinanzug‹ mit Champagnergläsern auf dem Tablett. Ich bin HIER, schreit es in meinem Inneren. Allerdings scheint es niemanden zu interessieren, dass ich verschämt versuche, die Hand zu heben.

Und dann sehe ich IHN. Augenblicklich wird mir klar, dass ich immer noch Gerrits Hand halte, und lasse sie sofort los. Meine Knie werden weich, mein Magen dafür umso härter. Hitze schießt mir in die Wangen.

Memo an mich selbst: Du musst einfach cooler werden, blöde Kuh. Zu Hause sofort einen Ratgeber kaufen.

Er läuft auch durch die Menge, mit einem Tablett Horsd'œuvre. Als einziger Kellner trägt er keinen

Frack, bekleidet mal wieder mit einem seltsamen T-Shirt in Knallrot, und einer Jeans. Dazu trägt er eine Fliege.

Dann dreht er sich, und ich kann seine Aufschrift auf dem T-Shirt lesen. ›Ich wurde sehr gut erzogen‹, steht in der ersten Zeile. ›Keine Ahnung, was dann geschah‹, in der zweiten. Also, ich finde es ziemlich merkwürdig, dass er sich da anscheinend nicht anpassen muss. Für mich ist er allerdings eine wahre Augenweide, zwischen so viel gedeckter Kleidung.

»Sag mal, wer ist eigentlich der Veranstalter hier?«, frage ich Gerrit.

Er sieht mich verständnislos an. »Die GET SMAR-TER-Group, wieso?«

»Ach nichts, nur so, weil ich es nicht wusste.«

Ein Kellner kommt vorbei und Gerrit nimmt für uns zwei Champagnergläser.

»GET SMARTER engagiert sich sehr viel im sozialen Bereich. Wir sind hier, weil wir demnächst auch ein Image in den sozialen Medien aufbauen wollen«, erklärt er mir, nachdem wir angestoßen haben.

Ich nicke. Gerrits Eltern haben einen kleinen Betrieb, der Trachtenjanker in Handarbeit herstellt.

»Ja, halte ich auch für eine gute Idee. Man muss aufpassen, dass man nicht zu angestaubt rüberkommt.«

»Wie ich sehe, hast du nichts von deinem alten Charme verloren«, sagt Gerrit und grinst, bevor er einen großen Schluck Champagner trinkt.

Vorsichtig sehe ich mich um, ob Ben uns schon entdeckt hat. Was wird er denken, wenn er mich hier mit meinem Ex sieht?

Genervt von mir selbst wende ich mich wieder Gerrit zu. Der hat gerade seine Eltern entdeckt.

»Komm, da sind meine Eltern, lass es uns hinter uns bringen«, raunt er und schiebt mich mit seiner Hand auf meinem unteren Rücken in deren Richtung.

Ich schließe kurz meine Augen, um mich für die Höhle des Löwen zu wappnen. Diesmal verbiete ich mir ein Memo an mich selbst, schließlich habe ich mir das alles persönlich eingebrockt.

Memo an mich selbst: Ich sollte öfter an meine eigenen Memos denken.

»Ach mein Liebchen, da bist du ja! Es ist schön, dass du gekommen bist. Ich bin ja so froh, dass ihr euch wieder vertragen wollt!« Gerrits Mutter nimmt mein Gesicht zwischen ihre Hände und quetscht mein Gesicht so, dass ich einen Froschmund bekomme.

Ich sehe zu Gerrit, mit einem Was-hast-du-da-wieder-erzählt?-Blick. Er presst die Lippen aufeinander, seine Augen werden zu Sehschlitzen. Das ist sein Bitte-stillhalten!-Blick. Dieser Mann kostet Nerven!

Gerrits Vater fällt auf, weil er hier einen seiner eigenen Janker trägt. Von ihm bekomme ich zum Glück nur ein wohlwollendes Nicken.

»Warum hast du eigentlich keinen Janker von euch an?«, frage ich Gerrit. Ich weiß, das ist gemein, deshalb ernte ich auch einen giftigen Blick von ihm. Sicher haben seine Eltern versucht, ihn zu überreden. Er kann ihnen ja schlecht sagen, dass die Jacke nicht zum Auto passt.

Eine Weile plaudern wir noch mit Gerrits Eltern. Sie sind sehr enttäuscht, dass ich jetzt nicht in ihren Betrieb einsteige. Ich finde die Stimmung sehr verkrampft und bekomme deshalb einen starken Champagnerdurst. Darum tausche ich bei der nächsten Gelegenheit mein leeres Champagnerglas gegen ein volles aus.

Da ich nichts gegessen habe, steigt mir der Alkohol sofort in den Kopf. Die Musik und der endlose Smalltalk lassen mein Gehirn zusätzlich zu Wackelpudding werden.

Memo an mich selbst: Alkohol ist keine Lösung.

Auf einmal spüre ich, wie etwas in meine Aura dringt. Ich wende meinen Kopf zur Seite und sehe in die warmen Augen von Ben. Obwohl meine Coolness aufgrund des Alkohols schon merklich gestiegen ist, wird mein Atem schneller und mein Herz schlägt bis zum Hals. Die roten Bäckchen allerdings könnte man auch dem Alkohol zuordnen.

Memo an mich selbst: Um den Coolnessfaktor zu erhöhen, ist Alkohol vielleicht doch eine Lösung.

Kapitel 6

Alkohol ist doch keine Lösung

Ben klappt die Kinnlade nach unten. Er scheint überrascht und hatte mich wohl noch nicht bemerkt. Die elektrische Spannung zwischen uns lässt die Luft vibrieren. Kurze Zeit verhaken sich unsere Blicke. Er holt tief Luft und die Atemfrequenz wird sichtlich schneller. Ich frage mich bloß, warum Männer nicht rot werden.

Gerrit scheint sofort bemerkt zu haben, dass da etwas zwischen uns ist. Besitzergreifend legt er einfach seinen Arm um meine Schulter.

Das ist ja wohl die Höhe! Bens Blick pendelt schnell zwischen uns hin und her. Kurz blitzt Verachtung in seinem Gesicht auf.

Aber ich merke auch, wie das Gesicht von Gerrits Mutter aufleuchtet, deshalb habe ich Hemmungen, den Arm einfach wegzuschlagen. Dieser Mann kostet Nerven! Vorsichtig versuche ich, mich aus seiner Umarmung zu winden, aber er hält mich fest. Wut steigt in mir hoch. Warum mache ich nicht einfach das, was ich will?

Ben scheint sich inzwischen gefangen zu haben.

»Haben Sie vielleicht Appetit auf ein paar Horsd'œuvre?«, fragt er mit ungerührter Mine und hält das silberne Tablett in die Gruppe.

Ich versuche, noch einmal Blickkontakt aufzunehmen, aber er weicht mir aus. Alle nehmen sich, nur mir ist gerade gehörig der Appetit vergangen. Bei dem bin ich wohl für alle Zeit unten durch. Na prima, meine Laune sinkt gerade auf den absoluten Nullpunkt.

Wo sind die Kellner mit dem Champagner?

Ich schnappe mir Gerrit und ziehe ihn in Richtung des prickelnden Stimmungsaufhellers. Mit einer energischen Bewegung schnappe ich mir ein Glas und schleife ihn weiter, Richtung Flur. (Oder wie auch immer das in einem Schloss heißt.)

»Was ist?«, kommt es genervt von ihm.

»Wieso hast du mich umarmt? Das ist gegen die Abmachung.«

Wütend stürze ich etwas Champagner hinunter.

»Welche Abmachung? Wir haben nie eine abgeschlossen.«

»Du hast gesagt, ich brauche keine Angst zu haben. Du willst nichts mehr von mir.«

Schon ist das Champagnerglas leer. Die sind aber auch viel zu klein, die Dinger. Und dann werden die noch nicht mal anständig gefüllt ...

»Dass du immer gleich die ganze Hand nimmst!«, schimpfe ich.

Wie der Mann, der seinen Schatten verkauft, hält er mir die Hand auf den Mund und zischt ein »Pssst!«

»Wieso regst du dich so auf?«

»Wieso soll ich mich nicht aufregen? Du nutzt meine Gutmütigkeit schon wieder aus!«

»Nun mach mal halblang. Oder ist es wegen dieses Spinners mit dem Horsd'oeuvre? Kennst du den etwa?«

»Das geht dich nichts an!«, zische ich. Das war wohl etwas zu emotional geraten, Gerrit hat sofort den Braten gerochen.

Memo an mich selbst: Coolness erhöhen! Trink noch einen Schluck! Ich gehorche.

»Also ja. Das hab ich mir doch gedacht. Dein Niveau ist ja ins Bodenlose gesunken«, spottet er kopfschüttelnd.

»Nach dir kann mein Niveau gar nicht mehr weitersinken!«, schnauze ich und drehe ihm den Rücken zu. Wo sind die Kellner mit den Tabletts?

Wütend stapfe ich zurück in den Veranstaltungssaal, schnappe mir gleich zwei Gläser und stelle mich schmollend an den Rand. Das eine habe ich Rekordzeit hinuntergestürzt.

Da kommt Gerrit und stellt sich neben mich.

»Tut mir leid, ich wollte dich nicht verärgern, wirklich. Deine Affären gehen mich ja auch nichts an. Ich möchte nur nicht, dass dir wehgetan wird.«

Meine Ohren fangen an zu kribbeln. Im Kopf staut sich das Blut.

»Du hast Glück, dass ich zwei Gläser in der Hand halte, sonst würde ich dir jetzt eine scheuern. DU warst es doch, der mir wehgetan hat. DU und Elena, sonst keiner.«

Da ich das zweite Glas auch schon leer habe, stelle ich sie jetzt auf das Tablett eines vorbeikommenden Kellners und nehme noch einmal Nachschub.

»Ja, entschuldige. Willst du nicht vorsichtiger mit dem Alkohol sein? Ich werde jetzt auch nichts mehr anstellen, versprochen«, murmelt er kleinlaut. Er streichelt beruhigend über meinen Arm und sieht mich an. Wieso funktioniert das schon wieder?

»Das will ich dir auch geraten haben«, raune ich.

Er nimmt mir das Glas aus der Hand, das ich schon wieder halb leer habe. Jetzt habe ich so viel Alkohol getrunken. Aber es fühlt sich nicht so an, als ob mein Coolnessfaktor wesentlich erhöht worden wäre. Es fühlt sich ... schwindelig an. Ich würde mich gerne an die Wand lehnen, aber da sind die Spiegel und die Seidentapete.

Immer dieses Gerümpel überall!

Also stelle ich mich möglichst breitbeinig hin und schlinge die Arme vor meine Brust, in der Hoffnung, dass das als Coolness ausgelegt wird. Ups, die Arme sollte ich lieber hängen lassen, dann kann ich besser ausbalancieren. Eine Weile bin ich mit meinem Gleichgewicht beschäftigt. Gut, dass ich keine High Heels anhabe, dann hätte ich den Kampf sicherlich schon verloren.

Gerrit greift meinen Arm.

»Nein! Das llaßn wir mal schön bleibn«, lalle ich. »Ich hab aaless unnner Kontrolle.« Ei jei jei, das war wohl ein Gläschen zu viel Schampus. Wieso lalle ich denn schon? Reiß dich zusammen, Mia!

Memo an mich selbst: Sofort aufhören zu trinken und erst mal pinkeln gehen.

Auf dem Weg zur Toilette schwanke ich gefährlich. Reiß dich endlich zusammen, du schaffst das. Mist, dass diese Toiletten aber auch immer nur über Trep-

pen zu erreichen sind. Alle Stufen sind doppelt da ...
unverantwortlich!

Memo an mich selbst: Gaanz langsam und vor-
sich... Ups, die Stufe war ja auch noch da!

Gott sei Dank war das die letzte, und ich hatte
mich noch am Geländer festgehalten. Mein Körper
schwingt einmal um den Geländerpfosten.

Doch ich werde von muskulösen Armen festgehalten. »Holla, Vorsicht!«, tönt es an mein Ohr. Kann es
sein, dass mir die Stimme bekannt vorkommt?

Ich drehe mich um und habe das Gefühl, schlagartig wieder nüchtern zu werden.

Ben!

Was tun? Er darf nicht mitbekommen, dass ich getrunken habe. Ob ich noch ein bisschen in seinen Armen bleiben darf? Ich schließe die Augen, genieße
seinen Duft und seine Nähe ... mein Ritter, er hat
mich gerettet. Ich fühle mich sicher und aufgehoben,
aber das darf er natürlich nicht wissen.

»Oh ... die Stufe hatte ich doch glatt übersehn ...
und ein Knall ... bonbon hat mich gerettet«, kann ich
ohne lallen hervorbringen. Das kostet mich jetzt all
meine Konzentration. Es war doch ohne lallen, oder?

»Ja, das hab ich bemerkt. Wieso Knallbonbon?«,
lacht er.

Wieso grinst er so blöd? »Blitzmerker ... hab ich
doch schon immer gesagt!«, antworte ich etwas beleidigt. Ich glaube, er nimmt mich nicht ernst.

»Gern geschehen. Wieso Knallbonbon?«, antwortet er nur. Warum bietet er eigentlich keine Angriffs-
fläche?

»Knallrotes T-Shirt«, sage ich und zupfe kräftig daran. »Und wenn ich am Idiotenpropeller drehe, dann platzt es irgendwann.« Dabei drehe ich an seiner Fliege.

Er greift an das Gummi, damit ich ihm nicht den Hals abschnüre.

»Vorsicht! Eine Dame tut so was nicht!«

»Ich bin keine Dame.«

»Brauchst du nicht extra zu erwähnen. Hab ich auch so schon bemerkt.«

»Blitz ... mer ... ker!«, sage ich mit erhobenem Zeigefinger.

»Und du bist Kellner ohne Pinguinanzug«, fahre ich fort und bohre den Finger in seine Brust. »Wieso brauchst du eigentlich keinen zu tragen?«

»Weil ich, als einziger, dafür kein Geld bekomme. Die anderen sind Obdachlose, die für diesen Abend bezahlt werden. Es ist eine Wohltätigkeitsveranstaltung, falls du das noch nicht weißt.«

»Ohhh! Eine milde Gabe von der GET SMARTER-Group. Und nach der Veranstaltung dürfen sie wieder in ihren Pappkarton kriechen.«

»Na ja, besser als nichts. Wir stellen aber auch solche Leute ein, wenn sie Qualifikationen haben, die wir benötigen.«

Was mache ich hier gerade eigentlich? Diskutiere ich mit einem Mitarbeiter über die Firmenpolitik seiner Firma? Er kann doch gar nichts dafür, oder?

Memo an mich selbst: Nicht mit tollen Typen ernste Probleme wälzen, das ist UNSEXY.

»Tschuldigung ... es ist nur, du kannst ja nichts dafür ... aber ich werde für mein Praktikum von der

GET SMARTER-Group alles andere als fürstlich bezahlt ... alles Pappnasen. Tschuldigung, du kannst ja nichts für deine Firma ... und die blöde Firmenpolitik ... und die Pappnasen.«

Ich versuche ein Lächeln ... Er lächelt zurück.

»Du machst ein Praktikum bei uns?«

»Jep!«

»Dann sind wir ja demnächst Kollegen.«

»Blitzmerker, sag ich doch!«, spotte ich und boxe mit der Faust gegen seine Brust.

»Darf ich fragen, was du für eine Ausbildung hast?«

»Mediengestaltung.«

»Ach so, da müssen wir erst sehen, was die so drauf haben.«

»Uhh, was die so drauf haben«, äffe ich nach. »Und wenn sie was ›draufhaben‹ fließt die dicke Kohle?«

»Na ja, dann gibt es eine Festanstellung, wenn die Kandidaten noch wollen.«

»Oohha!«

»Warum hast du mir das nicht gleich verraten, dass du bei uns anfängst?«

»Ich hab dir schon viel zu viel verraten. Alle meine dunklen Geheimnisse.« Ich nutze die Gelegenheit, mich noch einmal etwas an meinen Ritter zu schmiegen.

»Tatsächlich? Wann?«

»Im Café, da hab ich dir sowieso schon alles erzählt. Du bist eine treulose Tomate. Ich hab auf dich gewartet.«

»Du hast auf mich gewartet?«

Ich nicke übertrieben.

»Jep!«

»Sag an, wann und wo?«, fragt er ungläubig.

»Gestern! Im Café.«

Er grinst schon wieder so triumphierend.

»Was gibts denn da zu grinsen? Du hast mich enttäuscht. Du bist jetzt auf meiner gelben Freundesliste«, schmolle ich.

»Oh das tut mir leid«, sagt er ernst ... und sieht mich liebevoll an. »Gelbe Freundesliste?«

»Noch eine Enttäuschung und du landest auf der roten, das heißt ... Trommelwirbel ... Arschtritt!« Bei meinem stark gestikulierten Vortrag, komme ich gefährlich ins Schwanken. Er fängt mich auf. Mann, so ein paar starke Arme fühlen sich echt gut an.

»Aha, ich nehme an, du hast auch eine grüne Liste?«

Ich bestätige wieder mit einem ausladenden Nicken.

»Da bist du zuerst gestanden.«

»Ach was ... Ich wusste gar nicht, dass ich überhaupt auf einer Liste von dir gelandet bin.«

»Jaaa, ich erst auch nicht.«

Ich schwanke wieder etwas und Ben hält mich fest. Eine gute Gelegenheit, mich noch dichter an ihn zu kuscheln. Ich seufze.

»Und auf welcher Liste steht eigentlich dein Begleiter, der Smokingträger? Dunkelgrün?«

»Gerrit? Pah! Dunkelstes Rot! Wie die Hölle!«

»Uh! Danach sieht es aber gar nicht aus.«

»Iss aber so. Gerrit ist mein Ex.«

Ich sehe zu ihm hoch, er sieht mich an. Liebevoll –
wow! Ich lächle ihn an. Er beugt sich runter und
küsst mich.

»Moooment«, sage ich und schiebe ihn wieder
weg. »Vorher haben wir noch ein Hühnchen zu rup-
fen.«

Er fängt an, meinen Hals zu küssen. Uhi, das kitzelt. Ich bekomme eine Gänsehaut am ganzen Körper.

»Ja, was denn für eins? Schieß los.«

»Warum warst du nicht im Café, gestern?«

»Ach so. Ich hatte Proben für die Vorführung, für
die ich mich jetzt umziehen muss. Deshalb habe ich
im Moment eigentlich keine Zeit, erst nachher. Eine
Frage: Bekomme ich jetzt deine Handynummer?«

»Hm«, überlege ich übertrieben und streiche mir
über das Kinn. »Erst nach dem Kuss.«

»Mit Vergnügen«, lacht er und hat schon seinen
Mund auf meinen gesetzt.

Wow! Ich habe ja mit vielem heute gerechnet,
aber nicht mit einem solchen Kuss. Und dann auch
noch von IHM ... meinem Ritter in der roten Rüs-
tung.

»Da bist du ja! Ich habe mich gefragt, wo du
bleibst und mir schon Sorgen gemacht«, tönt es auf
einmal von der Seite.

Gerrit!

Shit! Der Mann kostet Nerven! Ich hätte mich ja
nicht stören lassen, aber Ben unterbricht den Kuss.

Gerrit kommt auf mich zu und drückt mir doch
tatsächlich einen Kuss auf die Wange. Meine Augen

werden zu Schlitzen und ich wische mir den Kuss wieder ab.

»Du wolltest doch nur pinkeln gehen ... Wer ist das?«, fragt er und mustert Ben abschätzig.

»Ben – Gerrit – Gerrit – Ben«, stelle ich die beiden mit einer lässigen Handbewegung vor.

»Hallo«, knurrt Gerrit zu Ben, der nickt ihm nur zu. Oho! Zwei Kampfhähne. Ob das noch interessant wird?

»Komm, das Programm geht gleich weiter«, drängelt Gerrit und zieht mich einfach weg.

»Nicht ohne mich. Ich muss mich jetzt umziehen. Bis später«, grummelt Ben und verkrümelt sich.

Gerrit sieht mich auffordernd an. Oder abfällig?

»Ich war noch nicht beim Pinkeln«, antworte ich und zucke mit den Schultern. Schnell mache ich mich auf, Richtung Toilette. Erst jetzt merke ich, wie dringend ich muss ...

Betrunken pinkeln ist eine echte Herausforderung. Die Tatsache, dass es sich hier um eine Toilette mit gehobenem Publikumsverkehr handelt, macht die Sache nicht leichter.

Am besten wird es sein, ich setze mich hin. Aber auf eine nackte, kalte, wildfremde Brille? Niemals! So betrunken kann ich gar nicht sein. Ich kreuze meine Beine und beginne mit dem Klopapierorigami.

Kunstvoll gefaltet soll es die Klobrille abdecken ... theoretisch. Praktisch bläst der winzige Lufthauch, der durch das Herunterziehen der Hose verursacht wird, das kunstvolle Gebilde wieder von seinem Platz. Fuck! So, jetzt wissen alle Reinigungskräfte, warum in Damentoiletten immer so viel Klopapier auf dem Boden liegt.

Oh Mann, ich glaube, es fängt schon an, zu tröpfeln ... Schnell versuche ich es erneut. Das Ergebnis ist jetzt lange nicht so perfekt. Egal! Ich muss jetzt!

Trotz des Alkoholpegels habe ich gemischte Gefühle, als ich kalte Stellen, die nicht vom Papier geschützt sind, fühle. Hoffentlich geht das jetzt gut ... aber die Erleichterung, die umgehend eintritt, lässt meine Sorgen verfliegen.

»Mia! Alles in Ordnung? Du brauchst so lange!«

Gerrit! König aller Nervensägen.

»Ja, alles in Ordnung!«, rufe ich genervt, »Frauen brauchen doch immer lange, liegt in der Natur der Sache! Ich komme gleich!«

Als ich endlich fertig bin, und meine Hose wieder hochziehe, entdecke ich einen Spender für Klobrillenabdeckungen an der Wand.

Memo an mich selbst: Du bist ein Trottel!

Kapitel 7

GRIFF INS KLO

Wie heißt es doch so schön, wenn eine Prinzessin stolpert? Krone richten, weiterlaufen. Ein Blick in den Spiegel bestätigt mir, ich bin zwar keine Prinzessin, aber meine Frisur muss unbedingt gerichtet werden. Was habe ich damit nur angestellt? Und warum ist die wisch- und wasserfeste Schminke so verschmiert, als hätte ich eine heiße Liebesnacht hinter mir. Schön wärs ja ...

Für eine gründliche Renovierung bleibt keine Zeit, aber ein paar punktuelle Restaurierungen müssen unbedingt sein. Auch wenn ich nicht besonders eitel bin, aber ich sehe gerade aus, als wäre ich das abgetakelte Luder aus einer Sitcom.

Ich sehe mich um. Kein Handtuchspender, sondern ein Trockner. Da hätte ich hier aber ein besseres Niveau erwartet. Zum Beispiel ein Stoffhandtuch, das nur einmal benutzt wird. Das ist natürlich teuer und dadurch könnten ja Menschen beschäftigt werden ... Obdachlose, zum Beispiel.

Auf dieser Toilette ist sowieso gespenstisch wenig los. Ich kenne hier zwar nur wenige, aber es ist trotzdem gut, wenn mich nicht so viele in diesem derangierten Zustand sehen.

Gerade bereue ich, dass ich das silberne Handtäschchen meiner Mutter nicht mitgenommen habe.

Ich bin erklärter Handtaschenfeind. Diese Dinger rutschen ständig von der Schulter, sind ewig im Weg und werden von mir ständig liegen gelassen. Und wenn man dann mal etwas sucht, ist man auch noch stundenlang am Graben. Gefunden wird es oft nur, wenn man den ganzen Inhalt auskippt. Einfach grausam!

Nur, gerade könnte ich ein Taschentuch gebrauchen, um die Schminke notdürftig zu sanieren. Für eine richtige Rekonstruktion braucht man wieder ein Täschchen mit den entsprechenden Tools. Oder eine beste Freundin, die Handtaschen liebt und diese Bedürfnisse befriedigen kann. Leider auch die von deinem Freund ... Fuck! Ich seufze und fange erst einmal mit der Frisur an.

Es klopft.

»Mia!«, tönt es leise durch die schwere Holztür. »Geht es dir gut?«

Gerrit, wer sonst. Als ob diese Ausbesserungsarbeiten nicht schon nervig genug wären.

»Ja, ich komme gleich!«, rufe ich zurück. »Ich muss nur noch ein bisschen die Frisur wiederherstellen. Geh doch schon mal vor.«

Ich höre einen lauten Stoßseufzer durch die Tür. Der spinnt wohl? Wenn hier einer einen Grund zum Stöhnen hat, dann ja wohl ich. Nicht nur, weil Männer unkomplizierte Frisuren haben. (Von einigen Ausnahmen mal abgesehen.) Auch um das Pinkeln habe ich sie schon oft beneidet.

Verzweifelt versuche ich, die losen Strähnchen wieder mit den kleinen Spängchen zu befestigen. Das Ergebnis kann man nur mit Wohlwollen als unbefriedigend bezeichnen. Meine Ehrfurcht vor Sascha wächst ins Unermessliche. Ich sehe aus, als hätte ich in eine Steckdose gefasst. Was mache ich jetzt nur?

Es hilft nichts, ich muss dieses Kunstwerk vollends zerstören. Mit Bauchschmerzen mache ich mich ans Werk. Als ich auf die Trümmer meiner Frisur sehe, wird mein Herz schwer. Viel verbessert habe ich nicht gerade. Ich müsste zu mindestens mal mit einer Bürste durch ...

Jetzt sehe ich aus wie damals auf dem Abiball, als ich zu viel getrunken hatte.

Memo an mich selbst: Nerv dich jetzt nicht mit einem Memo.

Es ist immer noch kein Mensch hier auf der Toilette, den ich um ein Taschentuch anpumpen könnte. Es hilft nichts, ich muss wohl auf Klopapier zurückgreifen, um die verschmierte Schminke zu entfernen. Warum habe ich da eigentlich Hemmungen? Es ist doch ganz normales Papier, wenn es nicht gerade so ekelhaft billig beduftet ist.

Ich weiß übrigens, wann diese Schminke wasserfest ist. Und zwar nur, wenn man sie aus dem Gesicht entfernen will. Das, was ich da im Spiegel sehe, kann man kaum als Verbesserung bezeichnen. Vielleicht halten die Gäste mich ja jetzt für eine verkleidete Obdachlose. Frustriert schmeiße ich das provisorische Schminktuch in den Müll.

Memo an mich selbst: Wenn du keine Freundin mit hast, dann musst du eine Handtasche mitnehmen. (Ups, jetzt hab ichs wieder getan)

Am liebsten würde ich mir die Verzweiflung aus dem Gesicht reiben, aber damit würde ich es noch schlimmer machen. Ob das überhaupt geht? Ich lasse noch einmal einen tiefen Stoßseufzer aus, bevor ich mich in die Höhle des Löwen zurück traue.

»Na endlich«, stöhnt Gerrit, als ich wieder aus der Toilette komme. »Komm schon, es geht gleich mit dem Programm weiter.« Er sieht mich an und schlägt die Hand vor den Mund. »Wolltest du dich nicht zurechtmachen?«

»Wie denn?«, gifte ich zurück. »Hier sind ja nicht mal Papierhandtücher, geschweige denn Kosmetiktücher auf der Toilette.«

»Warum gehst du denn auch auf die Personaltoilette? Auf den Toiletten oben ist alles da, sogar Stoffhandtücher.«

Gut, dass Gerrit nicht sehen kann, wie ich mir selbst vor den Kopf haue. Vielleicht sollte ich besser das nächste Drehbuch für Bridget Jones schreiben ...

Auf der richtigen Toilette ist tatsächlich alles da, inklusive eines dunkelhäutigen Klomannes. Ob das deren Ernst ist? Gott sei Dank sind nur wenige Leute dort, sie beachten mich anscheinend nicht weiter. Ich kämme mit einer goldenen Bürste mein Haar und entferne die Schminke mit einem Kosmetiktuch, auf das ich Handcreme gebe. Das Leben kann so einfach sein.

Als ich wieder herauskomme, lächelt Gerrit mich an. »Schon besser«, murmelt er. »Du sahst ja aus, wie die Hundetaler auf Ecstasy.«

»Hundetaler?«

»Ja, du weißt schon, diese Blondine mit den riesigen Airbags.«

»Airbags?«

»Oh Mann, Möpse, Melonen, Tüten, Hupen oder meinetwegen auch Holz vor der Hütte.«

»Gerrit!«

»Was?«

»Woran erkennt man, dass du dummes Zeug redest?«

»Keine Ahnung.«

»Deine Lippen bewegen sich.«

»Mia!«

»Was?«

»Was ist der Unterschied zwischen einem Yeti und einer netten Mia?«

»Keine Ahnung.«

»Der Yeti ist schon mal gesehen worden.«

Ich verdrehe die Augen. »Wie lange wollen wir dieses alberne Spiel treiben?«

»Komm, ich glaube, das Programm geht weiter«, sagt er und hält mir versöhnlich die Hand hin.

Im Veranstaltungssaal angekommen zieht er mich zielgerichtet zu seinen Eltern, die dort mit einer älteren Frau zusammenstehen.

»Komm, diese Frau möchte ich kennenlernen. Es ist Lana Fröhlich, die Geschäftsführerin der GET SMARTER-Group.«

»Lana Fröhlich? Kennst du sie?«, frage ich und bleibe stehen. Gerrit weiß ja nicht, dass ich dort als Praktikantin anfange. Ob sie wohl über jeden Bescheid weiß, der in ihrer Firma anfängt? Bei Praktikantinnen eher nicht, denke ich und lasse mich weiterziehen.

»Nein, darum möchte ich sie ja kennenlernen. Sie hat den Grundstock der Group mit ihrem Sextoy Vertriebssystem gelegt. Ganz genial, Versandhandel und Vertriebspartys. Das war damals ziemlich revolutionär und mutig.«

»Aha«, sage ich. Er muss ja nicht wissen, dass ich mich in dieser Hinsicht natürlich schon längst informiert habe.

»Ah, da ist ja mein Sohn, und seine Freundin!«, ruft Gerrits Mutter, als sie uns kommen sieht.

»Muss das jetzt sein?«, raune ich zu Gerrit.

»Tut mir leid, ich kann doch auch nichts dafür«, raunt er zurück.

»Was hast du mit deiner hübschen Frisur gemacht, Kindchen?«, fragt sie mit einem zuckersüßen Lächeln, als wir zur Gruppe stoßen.

Was soll ich jetzt sagen? Wegen eurer einnehmenden Art habe ich mich betrunken und dabei hat die Haartracht gelitten?

Dass ich dann antworte: »Ja, dein Sohn ist immer so wild«, ist wohl dem Restalkohol geschuldet.

Als mich Gerrits Mutter vorstellt, fällt bei Lana der Groschen anscheinend sofort.

»Ihr Name kommt mir bekannt vor. Kann es sein, dass Sie demnächst bei uns anfangen?«

Shit!

»Ja, in sieben Wochen«, antworte ich, nachdem ich blitzschnell entschieden habe, dass es besser ist, die Wahrheit zu sagen.

»Waaas? Du fängst doch nicht bei uns an? Ich denke, ihr habt euch wieder versöhnt, oder nicht?«

Soll ich ihr gestehen, dass eher die Hölle zufriert, bevor ihr Sohn und ich noch einmal zusammenkommen? Frage an den Endlos-Zwickmühlen-Gott: Warum gibt es eigentlich keine Lösung, ohne jemandem dabei wehzutun? Am besten versuche ich es mit Diplomatie, denn Lana muss das Drama ja nicht mitbekommen.

»Ähm, ich dachte, ich mache auf jeden Fall erst mal das Praktikum«, erkläre ich deshalb. Ist das jetzt klug? Es ist doch immer klug, Zeit zu gewinnen ..., oder nicht?

Gott sei Dank tritt in dem Moment ein Ansager auf die Bühne.

»Meine sehr verehrten Damen und Herren, ich hoffe, Sie haben sich genügend gestärkt, um gleich kräftig mitzubieten. Damit die Bieterlaune vorher noch etwas steigt, sehen Sie jetzt eine Vorführung der Breakdance-Gruppe ›Smart-Break‹, der viele Mitglieder unserer Firma angehören. Die Choreografie soll an das harte Leben auf der Straße erinnern und so an ihre Nächstenliebe appellieren. Denken Sie daran, Sie ersteigern nicht nur einzigartige Kleidungsstücke, sondern Sie helfen damit auch denjenigen, denen es nicht so gut geht.«

Er sieht auf seine Karte.

»Breakdance ist eine ursprünglich auf der Straße betriebene Tanzform, die als Teil der Hip-Hop-Bewegung unter afroamerikanischen Jugendlichen in Manhattan und der südlichen Bronx im New York der frühen 1970er Jahre entstanden ist. Für viele Jugendliche bot das Tanzen eine Alternative zur Gewalt der städtischen Straßengangs. Heute fordert der Tanz eine hohe Disziplin und oft athletische Fähigkeiten. Die Breakdance-Kultur begreift sich als frei von Grenzen der Rasse, des Geschlechts oder des Alters.

Lassen Sie sich entführen in die faszinierende Welt des ›Top Rocking‹, den ›Styles‹ und der ›Powermoves‹. Wir wünschen Ihnen viel Spaß.«

Er wendet sich zur Gruppe in seinem Rücken. »Ich bin stolz, Ihnen vorstellen zu dürfen: ›Smart-Break‹ mit ›Street-Life‹.«

Er tritt von der Bühne und die Tänzer strömen herauf. Vorneweg Ben, wer auch sonst. Er trägt, wie alle Jungs, eine Sporthose und Turnschuhe, dazu ein loses T-Shirt. Natürlich sind die T-Shirts beschriftet. Auf Bens steht: ›Ich lebe am Existenzmaximum und es macht mir nichts aus‹. Was für eine Provokation.

Musik mit schnellem Rhythmus erklingt, bunte Scheinwerfer werfen Lichter auf die Bühne. Die Tänzer stellen sich im Halbkreis auf und einer nach dem anderen zeigt, was er kann. Sie scheinen die Schwerkraft aufzuheben und die Gesetze der Physik außer Kraft zu setzen. Salto, Flips, Helikopterfiguren oder Drehungen jeglicher Art.

Wie gebannt stehe ich vor der Bühne. Fasziniert laufe ich mit kleinen Schritten darauf zu. Erst jetzt sehe ich, wie durchtrainiert Ben ist. Wow! Wenn er dran ist, lasse ich mich hypnotisieren von dem Muskelspiel der sehnigen Arme und der kraftvollen Körperspannung. Ist er im Halbkreis, lächelt er mir immer wieder zu.

Es ist verrückt, aber diese Vorführung fährt mir sofort in den Unterleib. Mein Blut läuft dahin und mein Gehirn wird dadurch offensichtlich nicht ausreichend versorgt. Denn ich kann nur noch daran denken, wie sich dieser Hammerkörper anfühlen mag. Im Geiste streichle ich über die weiche Haut mit den harten Muskeln darunter.

Mein Atem wird schneller und ich fühle die Hitze, die sich im Körper sammelt. Nur unter Anstrengung kann ich ein sehnsüchtiges Seufzen unterdrücken. Seine Muskeln spielen und meine Hormone tanzen Breakdance. Im Scheinwerferlicht sind jetzt seine Schweißtropfen zu erkennen, denn ich stehe direkt vor der Bühne.

Wieder lächelt er mir zu, ich lächle zurück. Oh Ben, ich würde dich auch so gerne zum Schwitzen bringen ...

Danach wird noch eine Choreografie gezeigt. Zusammen mit den wenigen Mädchen der Gruppe führen sie ein kleines Stück auf, in dem es um Liebe und Eifersucht geht. Das schönste Mädchen bekommt der, der den Wettkampf gewinnt. Das Stück endet mit einem Kuss für den Sieger.

Wer sollte da schon der Sieger sein? Ben natürlich! Gut gelaunt küsst er seine Wettkampfbeute ...

Mein Atem stockt und ich fühle umgehend einen Stich im Herzen. Das verursacht Hitze, Schmerz und schlechte Laune. Was ist das jetzt gerade? Das darf doch nicht wahr sein! Mensch Mia, es ist eine Vorführung!

Auf einmal merke ich, wie mich zwei Arme zur Seite drehen. Gerrit drückt mir einen Kuss auf die

Lippen. Er überrumpelt mich damit völlig. Ich weiß nicht, warum ich diese idiotische Geste einen Augenblick lang zulasse. Ich will doch keine Retourkutsche für Ben! Eifersüchtig? Ich? ... wegen eines lächerlichen Bühnenkusses? Niemals!

Nur langsam dringt die Erkenntnis in mein Bewusstsein. Als sie angekommen ist, reiße ich erschreckt meine Augen wieder auf und beobachte, wie Gerrit seine geschlossen hat.

Im Augenwinkel kann ich noch die Bühne wahrnehmen. Ich sehe Ben, der mir lachend einen Handkuss zuwirft und noch während dieser Geste erstarrt. Seine lachenden Gesichtszüge verwandeln sich unzweifelhaft in enttäuschte. Fuck!

Mir läuft es abwechselnd heiß und kalt den Rücken hinunter. Schlagartig weicht die Lähmung und ich stoße meinen Ex entrüstet von mir.

»Was ist denn jetzt los, es hat dir doch gefallen?«, entfährt es Gerrit sichtlich überrascht.

Ich antworte mit einer Ohrfeige.

Gerrit hält sich die Wange und sieht verwirrt aus.

»Das ist gegen die Abmachung«, schnauze ich zur Erklärung. »Es hat mir nicht gefallen! DU gefällst mir nicht mehr! Kapier das endlich!«

Während meine Hand vom Schlag noch kribbelt, sehe ich, wie Ben den Saal verlässt. Gerrit dreht sich in die Richtung und schüttelt den Kopf.

»Das glaub ich jetzt nicht! Es ist wegen dieses Spinners, oder? Was willst du mit solch einem Honk. Da hab ich dir aber mehr Klasse zugetraut.«

»Irrtum mein Lieber, der Vollhorst bist du. Aber egal, wir sprechen uns gleich noch. Ich muss erst noch was klären«, werfe ich in seine Richtung, während ich meine Schritte Richtung Saalausgang lenke.

Wieder einmal bin ich froh, dass ich heute keine High Heels anhabe. Denn ich kann langsam zu Ben aufschließen, obwohl er eine energische Schrittgeschwindigkeit an den Tag legt.

»Ben!«, rufe ich, um ihn aufzuhalten.

Er dreht sich kurz um und läuft danach einfach weiter.

Boah! So ein Ignorant!

»Ben, bleib stehen! Lass uns doch reden.«

Ich muss das noch dreimal wiederholen, dann bleibt er endlich stehen und dreht sich zu mir. Die Füße tun mir weh, denn wir laufen schon wieder durch den ekelhaften Kies und der drückt durch meine dünnen Sohlen.

»Was gibt es denn da noch zu reden, du hast mir doch gerade alles gezeigt. Das war auch ohne Worte eindeutig.«

»Blödsinn, du hast das völlig missverstanden«, hechele ich völlig außer Atem. Aber, und das kann ja wohl nicht sein, seine Atemfrequenz scheint völlig normal.

Blitzmemo: Du musst mehr Sport machen.

»Ach ja? Dann erklärs mir doch«, schnauzt er mich an.

Oha, da ist einer wütend!

Mein eigenwilliger Kopf schickt sofort ein zweites Memo hinterher: Dies Blitzmemo hat sich schon öfter als sinnlos erwiesen, kann also wieder gelöscht werden.

Letztes Memo überhaupt: Hör endlich mit den bescheuerten Memos auf, du hörst ja doch nicht drauf.

Was ist das denn jetzt schon wieder? Gibt es denn nichts Wichtigeres zu denken?

Ich reiße meine Gedanken aus diesem unfruchtbaren Selbstgespräch, um Bens Gesicht zu studieren. Ist seine Wut schon etwas verraucht? Ich sollte ihn lieber noch etwas beruhigen.

»Du bist doch nicht etwa eifersüchtig?«, wage ich den Vorstoß.

»Was? Ich und eifersüchtig? Hast du noch mehr Witze auf Lager?«

Das bringt nichts, ich muss Farbe bekennen. »Na ja, ich dachte bloß, weil ICH eben eifersüchtig war.«

»Eifersüchtig? Auf einen Bühnenkuss? Das sind ja keine Witze, sondern Märchen, die du mir da auftischen willst.«

»Nein im Ernst, das Ding mit Gerrit ist durch. Ein für alle Mal.«

»Weiß ER das auch? Weißt du was Mia? Ich seh das ganz und gar nicht so. Und für deinen Ex ist das Ding mit Sicherheit nicht durch. Schließ doch erst einmal die alten Sachen ab, bevor du neue anfängst.«

»Das ist ja wohl die Höhe! Wer hat denn hier angefangen?«

»Womit?«, krächzt Ben.

»Mit Sachen machen! Darf ich dich an den Kuss am Bahnsteig erinnern?«

»Das war ein Fehler«, schnauft er.

»Wieso?«, ächze ich und kann nur schwer meine Enttäuschung verbergen.

»Ich hatte dich nicht gefragt, ob du frei bist.«

»Aber ich bin doch frei«, antworte ich mit sinkender Stimme.

»Dann klär das. Du weißt ja, wo du mich finden kannst«, sagt er, während er sich umdreht und geht.

Fassungslos blicke ich ihm hinterher. Dann steigt rasende Wut in mir auf.

Memo an mich selbst: Auch in Gerrit steckt etwas Gutes ... vielleicht ein Messer?

Kapitel 8

Charmebolzen und Kratzbürste

Fassungslos sehe ich Ben hinterher. Auf einmal bekomme ich rasende Kopfschmerzen. Ein Griff an die Nasenwurzel kann verhindern, dass ich auch noch anfange zu heulen. Das kommt davon, wenn man es immer allen recht machen will. Am Ende ist keiner zufrieden.

Plötzlich fällt ein dicker Tropfen auf meine Wange, dann einer auf die Nase, es donnert. Im Sekundentakt klatscht kalter Regen in mein heißes Gesicht.

Unschlüssigkeit über den nächsten Schritt lähmt die Beine. Dafür steigt Wut auf. Ärger über den eifersüchtigen Gerrit. Empörung, dass Ben mich hier im Regen stehen lässt. Innerhalb kürzester Zeit bin ich vom Platzregen durchnässt bis auf die Haut.

Ich will nach Hause! Aber nicht zu meiner Mutter, die mir diese Suppe mit eingebrockt hat. Ich will heiß baden, mich verkriechen und Schokolade essen ... mindestens zwei Tafeln. Ungehalten streiche ich die nassen Haarsträhnen aus dem Gesicht und stampfe Richtung Schloss.

Es tropft an mir herunter, als ich in den Saal komme. Die Auktion hat begonnen. Ich drängle zu Gerrit durch, der in der losen Menschenmenge vorne steht. Da sich dabei Körperkontakt nicht vermeiden lässt, ernte ich einige entrüstete Blicke. Nicht alle scheinen mit dem gemurmelten »Entschuldigung« zufrieden zu sein.

»Gerrit, fahr mich nach Hause. Sofort!«, fauche ich ungehalten. Mittlerweile habe ich Gänsehaut. Ich reibe mit den Händen über die Oberarme, damit mir bisschen wärmer wird.

»Gleich mein Häschen. Das Kleid, das ich ersteigern muss, ist noch nicht dran.«

»Das ist jetzt nicht dein Ernst, oder? Hast du mich überhaupt angesehen? Ich bin patschnass!« Wütend zupfe ich am Top. »Du bist daran schuld ... und nenn mich nicht Häschen! Das habe ich dir schon tausendmal gesagt.«

»Ruhe bitte«, raunt jemand neben uns. Einige Köpfe wenden sich zu uns. Ich muss mich zusammennehmen, um nicht ›was?‹ zu knurren.

Der Typ soll sich bloß wieder einkriegen ... der Auktionator ist laut genug.

»Ich bin schuld? Das ist ja wohl ein Witz, mein Häschen«, lacht er, während er sich endlich zu mir dreht. »Nein«, fährt er kopfschüttelnd fort, »ich habe dir nicht gesagt, lauf diesem Deppen hinterher. Das ist doch klar, dass dich so einer im Regen stehen lässt.«

»Können sie jetzt bitte Ruhe geben?«, bekräftigt der Nachbar noch einmal. Mir entfährt ein unwilliger Grunzlaut. Fast bin ich versucht, ihm zu sagen, dass er sich um seinen eigenen Kram kümmern soll.

»Du hast Glück, dass hier so viele Leute sind. Am liebsten würde ich dir jetzt eine Ohrfeige verpassen, dagegen war die von eben ein reines Streicheln«, ranze ich meinen Ex ungerührt weiter an. Ich muss mich zusammenreißen, um keine Rumpelstilzchen-Showeinlage hinzulegen.

Aber auch Gerrit bleibt unbeeindruckt. »Ich habe es deiner Mutter versprochen«, murmelt er lakonisch.

»Pssst!«, zischt es ärgerlich nebenan. Ich verdrehe die Augen. Soll der Blödmann ruhig mitbekommen, dass er nervt – beide Blödmänner.

Weiter hinten stecken Gerrits Eltern ihre Köpfe zusammen. Einen Moment überlege ich, sie zu fragen, ob sie mich nach Hause fahren können. Dabei könnte ich dann einen Schwank über ihren braven Sohn erzählen.

Aber dann verwerfe ich den Gedanken. Auf solch eine Fragestunde habe ich absolut keine Lust. Womöglich glauben sie mir gar nicht. Gerrilein ist ja so ein braver Sohn. Soll er ihnen doch selbst erzählen, was da vorgefallen ist. Der Gedanke amüsiert mich gerade irgendwie.

»Meine Mutter scheint dir ja wichtiger zu sein als ich«, verhöhne ich ihn und seufze.

»Ach mein Häschen, ich habe es ihr doch versprochen.«

»Mir hast du auch so einiges versprochen, dabei denkst du nicht dran, es zu halten. Aber lass nur, ich nehme ein Taxi.« Mit diesen Worten wende ich auf der Hacke und kann gar nicht schnell genug verschwinden. Ich denke, ihm ist klar, dass er damit endgültig bei mir unten durch ist ... aber so was von ...

Als ich vor die Tür trete, ist das Gewitter noch in Gang. Es hat einen Temperatursturz mit sich gezogen. Dadurch zittre ich, wie ein Schneider. Warum habe ich nur keine Jacke mitgenommen? Da im Schloss der Handyempfang ausgesprochen bescheiden ist, muss ich mich auch noch in den Regen stellen.

Ich suche gerade die Taxinummer, da hält neben mir ein grüner Smart. Auf der Wagentür prangt dick das GET SMARTER-Logo.

Ben.

Mein Herz macht einen Hüpfer. Bin ich froh, ihn zu sehen.

»Fahrdienst gefällig?«, fragt er und sein Grinsen schlägt in einen mitleidigen Blick um. »Dann steig ein, du begossener Pudel.«

Ich bin versucht, den Kopf zu schütteln, aber mittlerweile ist mir so kalt, dass ich nur noch so schnell wie möglich nach Hause will. Zögernd nicke ich.

»Ich werde deine Sitze nass machen.«

Ben muss mein Zittern gesehen haben, denn er nimmt eine Decke vom Rücksitz und breitet sie auf dem Beifahrersitz aus. Anschließend steigt er aus dem Auto. Während er auf mich zukommt, zieht er seine Jacke aus und hängt sie mir über die Schulter.

»Kein Ding«, raunt er, »bitte, steig ein. Du holst dir ja den Tod.«

»Na, nur nicht so dramatisch! Den Tod ... Ich denke, eine Erkältung reicht. Sieh du nur zu, dass du auch schnell wieder ins Trockene kommst, sonst bist du gleich genauso durchnässt«, erwähne ich überflüssigerweise, denn wir spurten beide auf den Wagen zu.

»Bin ich froh, dass du hier vorbeigekommen bist. Wenn ich jetzt noch auf ein Taxi warten müsste ...« erleichtert schlage ich die Autotür zu.

»Ich lass dich doch nicht im Regen stehen«, sagt er. Fürsorglich schlägt er dabei die Decke über meine Beine. Kann er sie nicht wie zufällig berühren? Ich stelle mir vor, wie seine Hand auf dem Oberschenkel nach oben wandert ...

Oh Gott, was sind das denn wieder für Gedanken? Mein Hormonhaushalt scheint zu entgleisen.

»Schnall dich bitte an«, befiehlt er. Damit bin ich zurück in der Realität.

»Na ja, vorhin schon ... da hast du mich stehen lassen ... im Regen.«

»Ach Mia, da war ich wütend ...«

Er bereut doch nicht etwa auch sein Verhalten?

»Und jetzt nicht mehr?«

»Na ja ...«, raunt er dunkel, während er den Wagen startet. »Wohin darf ich Mylady bringen?«

»Waldstraße ... und danke! Du hast mich heute schon zum zweiten Mal gerettet.«

»Zum zweiten Mal? Ach ja, an der Treppe ... ist doch selbstverständlich. Das würde ich für jeden machen.«

Ich bin aber nicht jeder, bin ich versucht zu sagen. Warum versetzt mir das jetzt wieder einen Stich? Es ist doch vollkommen in Ordnung, wenn man hilfsbereit und aufmerksam gegenüber jedermann ist.

»Dich zu retten, war mir natürlich eine besondere Ehre«, tröstet er mich, als hätte er meine Gedanken gelesen. Meine Laune erhellt sich umgehend.

»In der Waldstraße wohnst du? Ich habe, bis ich fünf war, im Sonnenweg gewohnt.«

»Wirklich? Dann sind wir ja wahrscheinlich in denselben Kindergarten gegangen.«

»Ich war im Kindergarten Eichenstraße. Kennen wir uns daher?«

»Vielleicht. Wie alt bist du?«

»Achtundzwanzig, und du?«

Eine alte Flirtregel von meiner Mutter kommt mir in den Sinn. Wenn sich ein Mann für dich interessieren soll, musst du dich geheimnisvoll geben.

»Nein, dann kann es nicht sein. Man fragt eine Dame übrigens nicht nach ihrem Alter.«

»Hattest du mir nicht erklärt, dass du keine Dame bist?«

»Soll ich dir jetzt doch meine Lebensgeschichte erzählen? Hatte ich dir nicht erklärt, dass ich das nicht leiden kann?«

Wieso fühle ich mich schon wieder auf den Schlips getreten? Ich hatte ihm doch selbst gesagt, dass ich keine Dame bin. Möglicherweise bin ich auch nicht reif genug, um aus meinem Alter ein Geheimnis zu machen. Ein Seufzer entfährt mir.

»Ist ja schon gut, ich bin ja schon still«, lenkt er ein und wirkt dabei geknickt.

»Mann, du brauchst doch nicht gleich zu schmollen.«

»Tu ich auch nicht, Frau.«

»Dann ist ja gut, es war wirklich nicht bös gemeint.«

Er schweigt ein paar Minuten und ich bekomme ein leicht mulmiges Gefühl. Manchmal ist es einfach besser, Dinge unausgesprochen zu lassen. Aber das kapier ich meistens erst, wenn es zu spät ist.

Memo an mich selbst: Die Karriere als geheimnisvolle Flirtkanone an den Nagel hängen.

Leicht zerknirscht lehne ich meinen Kopf an die Nackenstütze, als Ben den Wagen startet.

Mann, hat der einen souveränen Fahrstil. Zügig, aber nicht zu schnell. Ich fühle mich sicher, ganz anders als bei Gerrit. Er konzentriert sich auf die Fahrt, ist still, wenn es besser ist. Eine echt coole Socke. Hingerissen sehe ich zu ihm rüber, möchte mich nicht sattsehen, an dem klassisch-schönen Profil.

Der Breakdance-Auftritt von eben kommt mir in den Sinn und ich gerate insgeheim weiter ins Schwärmen. Er sieht wirklich ganz passabel aus. Ganz passabel? Er hat eine Hammerfigur, nicht so aufgepumpt, total mein Geschmack. Dazu hat er diesen unwiderstehlichen Charme und ist ganz auf meiner Wellenlänge. Klug ist er auch und witzig und schlagfertig ... ein guter Küsser.

Sonst noch Pluspunkte auf der Liste? Oh Mia, bleib bloß auf dem Teppich, gleich läuft dir der Sabber aus dem Mund. Kein Wunder, dass Eifersucht dein Bewusstsein trübt. Wie kann ich nur den Fehler von vorhin vergessen machen?

»Was ist eigentlich mit deinem Schnösel?«, unterbricht Ben meine Gedanken.

»Gerrit? Der ist ein Idiot. Er muss erst noch ein bestimmtes Kleid für meine Mutter ersteigern. Die beiden stecken unter einer Decke. Sie kriegt den Fummel, wenn sie erreicht, dass ich mit zur Auktion komme.«

»Da hast du doch deinen Millionär. Warum schlägst du nicht zu?«

Ich mustere ihn. Seine Coolness von eben ist verflogen. Er wird doch nicht auf Gerrit eifersüchtig sein?

»Erinnerst du dich an unser erstes Gespräch im Café? Als ich sagte, dass Millionärssöhne nur verwöhnte Bürschchen sind? Dabei hatte ich ihn im Sinn. Er geht mir höllisch auf die Nerven. Sein Verhalten grenzt an Stalking.«

»Das sah eben aber noch ganz anders aus.«

»Ich hab dir doch schon erklärt, ich war überrumpelt ... und ich war irgendwie eifersüchtig auf deine Bühnentussi.«

Er schüttelt den Kopf und schaut ernst zu mir herüber. »Genau das ist der Punkt, an dem ich dir nicht glaube ... Weshalb lässt du dich so lange küssen? Er ist doch angeblich dein Ex?«

»Aber so was von«, bekräftige ich schnell. »Ich weiß überhaupt nicht, was ich an dem mal gefunden habe. Warum habe ich das Gefühl, dass du auch eifersüchtig bist?«

»Ich und eifersüchtig?«, lacht Ben. »Ich kenne gar keine Eifersucht.«

»Ach ja? Dann würdest du aber über dieser Sache stehen.«

»Ich finde es nur prinzipiell nicht in Ordnung. Wenn du ihn nicht mehr willst, warum lässt du ihn so nah an dich ran?«

»Mein Verhalten ist öfter taktisch etwas unklug«, gebe ich zu. ›Dafür aber emotional notwendig‹, ergänze ich gedanklich.

»Emotional notwendig?«, fragt er und sieht mich mit hochgezogenen Augenbrauen an.

Oh, habe ich da schon wieder meine Gedanken laut ausgesprochen?

»Ja, genau«, antworte ich trotzig. »Du bist ja sofort weggerannt. Da ist dir ja auch die saftige Ohrfeige entgangen, die ich ihm anschließend verpasst habe. Meine Hand brennt immer noch.«

Bens Gesicht verzieht sich zu einem süffisanten Grinsen.

»Ich glaube, er hätte schon längst aufgegeben, wenn seine Eltern und meine Mutter ihn nicht immer wieder ermuntern würden.«

»Deine Mutter findet den Lackaffen gut?«

»Meine Mutter findet alle Männer gut, die einen gewissen gesellschaftlichen Status haben.«

»Du stehst auch auf Lackaffen?«

»Danke für das Kompliment. Manchmal ist man einfach nur jung und dumm. Ich habe mich von ihm einwickeln lassen.«

»Vielleicht hat deine Mutter dich zu sehr beeinflusst?« Kurz sieht er zu mir herüber.

»Nein, ich glaube nicht.« Energisch schüttle ich den Kopf. »Gerrit hat mich damals mit seiner Hartnäckigkeit beeindruckt. Er hat monatelang um mich geworben, mit allen möglichen romantischen Aktionen.«

»Wie lange wart ihr zusammen?«

»Zehn Jahre. Wir wollten uns verloben.«

»Zehn Jahre? Unfassbar! Wie alt bist du fünfunddreißig?«

Ich stöhne. »Sehe ich etwa so aus? Nein, ich bin fünfundzwanzig. Jetzt weißt dus ... zufrieden?«

»Dann warst du fünfzehn, als du mit ihm zusammenkamst?«

»Ja, was dagegen?«

»Puh«, entfährt ihm und bläht dabei die Backen. »Viel Erfahrung kannst du dann aber nicht gerade haben.«

Boah, dieses Thema ist für mich ein rotes Tuch. Meine Oma hat früher immer auf mich eingeredet, ich sollte mich etwas mehr umschauen, bevor ich mich binde.

»Jetzt klingst du wie meine Oma. Muss man denn immer durch tausend Betten gestiegen sein?«

Ben lacht schallend, ich stimme ein. Welche Oma empfiehlt schon, Erfahrungen zu sammeln?

»Meine Oma war ein Hippiemädchen«, erkläre ich. »Sie hat sich durch ganz Europa treiben lassen und dabei selbst gemachten Schmuck verkauft. Mit meiner Mutter im Schlepptau haben sie sich durchgeschlagen, bis sie zur Schule musste. Mama hat dieses Nomadenleben gehasst. Ich glaube, deshalb ist es ihr so wichtig, dass ich einen soliden Mann mit viel Geld bekomme.«

Was erzähle ich ihm da eigentlich alles? Er gehört eindeutig zu den Typen, bei denen man das Gefühl hat, dass man ihnen alles erzählen kann. Trotzig schlage ich die Arme vor die Brust.

»Jetzt erzähle ich dir doch meine Lebensgeschichte«, grummle ich.

Er grinst mich an.

»Dann war Geld ja sicher ein Thema bei euch.«

»Gute Fragetaktik. Nein, nicht unbedingt. Interessanterweise ist mein Opa Millionär. Meine Oma wollte sein Geld aber nicht. Sie und er waren eine Zeit lang das Glamourpaar der Hippieszene.«

»Habt ihr noch Kontakt?«

»Nein, nie gehabt. Er wollte angeblich keine Familie. Aber ich glaube, er wollte nur nicht so leben, wie meine Oma es wollte. Als meine Mutter zur Schule kam, hat er meiner Oma das Haus gekauft. Nur meiner Mutter zuliebe hat sie es angenommen.«

Er reibt sich am Kinn. Eine Weile sagt er nichts.

»Warum habt ihr euch eigentlich getrennt, Gerrit und du?«, kommt es unvermittelt.

Es brodelt sofort in mir bei dieser Frage. Die Geschichte mit Elena werde ich meinem Ex wohl nie verzeihen. Und dann diese Arroganz, mit der er versucht, mich zurückzuerobern. »Wir hatten vollkommen unterschiedliche religiöse Ansichten.«

»Tatsächlich?«

»Ja, Gerrit dachte, er ist Gott ... und ich dachte das nicht.«

Ben lacht schallend. Himmel, klingt sein Lachen sympathisch.

»Mia, du bist köstlich!«

»Er hat mich betrogen, mit meiner besten Freundin.«

Das Lachen hört augenblicklich auf. »Er ist ein Idiot, das habe ich sofort gemerkt.«

Er ist sympathisch und empathisch, eine tolle Mischung. »Danke, das weiß ich jetzt auch. Er hat gesagt, er hätte Torschlusspanik bekommen. Aber mit Elena? Das ist unterirdisch.«

»Die hat den Titel ›Beste Freundin‹ nicht verdient, da gebe ich dir recht.«

»Ja«, stöhne ich, »und meine andere Freundin macht gerade ein Auslandspraktikum. Wie ich die beneide.«

»Warum machst du dann nicht auch eins?«

»Witzig, was meinst du wohl, warum ich mein Geld mit einem Liebesroman aufstocken will? Diese Praktika werden doch meistens nicht genug bezahlt.«

»Wo ist das Problem? Weshalb kümmerst du dich nicht um ein Stipendium?«

»Weil ich so blauäugig war und in der Firma von Gerrits Eltern anfangen wollte.«

»Oh je, also ist das Drama noch gar nicht so lange her?«

»Nein, zwei Monate. Können wir jetzt mal über etwas anderes reden?«

Ben zieht scharf die Luft ein. »Ja klar«, antwortet er.

»Wir sind jetzt auch gleich da. Welche Hausnummer habt ihr?«, fragt er, während er die Fahrt verlangsamt.

»Siebenunddreißig.«

»Hier ist es, die Dame. Ein hübsches Häuschen habt ihr da.«

»Dass du dich noch mal an das Damenthema ran traust ...«

»Ups ... ja, wir sollten es entspannt sehen, oder?«

»Du bist ganz schön frech. Bist du immer so?«

»Jep. Wenn jemand ein Problem damit hat, würde ich sagen ... ist ja seins«, antwortet er und grinst mich mal wieder an.

»Diese Antwort hätte von mir sein können«, erwidere ich.

»Stimmt genau, deswegen finde ich dich ja auch so sympathisch.« Er kneift ein Auge zu, während er mich anlacht.

»Charmebolzen.«

»Kratzbürste.«

»Kommst du eigentlich gut mit deinem Buch voran?«, fragt er, als er den Motor ausgestellt hat.

»Hm. Geht so, deshalb wollte ich mich ja auch von der Veranstaltung heute inspirieren lassen.«

»Gib es doch einfach zu. Dir fehlt mein Musenkuss. Apropos, was bekomme ich eigentlich fürs nach Hause bringen?«, raunt er dunkel.

Bei mir bildet sich eine Gänsehaut.

Mann, das hat ja mal wieder gedauert. Am liebsten würde ich ›na endlich‹ sagen. Cool bleiben Mia, du darfst jetzt auf keinen Fall begeistert wirken. Wenigstens das sollte von der geheimnisvollen Flirtkanone übrig geblieben sein.

»Wusste ich doch, dass du darauf wartest«, sagt er, während er mich packt und zu sich heranzieht.

Memo an mich selbst: Du bist eine lausige Schauspielerin.

Kapitel 9

HEIßHUNGER

Wie Wachs zerfließe ich unter seinem Vorstoß.
Jede einzelne Zelle meines Körpers strebt ihm entgegen. Meine Aufregung wächst, als ich seinen überwältigenden Geruch wahrnehme. Soweit es möglich
ist, rücke ich nah an ihn heran. Ich kann nur noch an
eins denken: Denke ich überhaupt noch?

Meine Augen schließen sich, um die Berührung intensiver wahrzunehmen. Die Wärme, die von seinen
Lippen strahlt, lässt meine Vorfreude wachsen. Es ist
ein unbeschreiblich gutes Gefühl, als sie sich erst
sanft und dann immer fester auf meine pressen. Wie
selbstverständlich öffnen sich unsere Münder und
wir streicheln, forschen, ertasten uns hingebungsvoll
im Spiel unserer Zungen.

Dies ist jetzt unser dritter Kuss. Bei jedem wird
mein Verlangen stärker. Mein Körper will eindeutig
mehr von ihm. Das warme Gefühl in meinem Inneren breitet sich immer weiter aus.

Ich werde in die harte Wirklichkeit zurückgeholt,
als Ben den Kuss unterbricht. Er rückt ein wenig ab
und sieht mich besorgt an.

»Du zitterst ja. Es wird Zeit, dass du in die heiße
Badewanne kommst.«

»Och nöö«, maule ich, »ich möchte noch mehr,
mehr von dir ... bitte.«

»Ich möchte aber keine Schuld haben, dass du krank wirst.«

»Ich werde nicht krank, mir ist ganz warm«, versichere ich.

»Das glaube ich nicht. Deine Haut fühlt sich kalt an und du zitterst.«

»Mir ist ganz warm und ich zittere vor Aufregung. Nimm mich doch bitte noch fester in den Arm.«

»Schluss jetzt. Ich mache mir doch nur Sorgen. Du gehörst in die heiße Badewanne.«

Die Vorstellung, mit ihm in einer heißen Badewanne voll duftendem Schaum herumzulümmeln ... einfach herrlich. Genießerisch schließe ich die Augen.

»Au ja, das ist genau das, was ich jetzt brauche«, schwärme ich. »Ich seife dich ein.« Zur Abwechslung bin ich es, die grinst. Mit den Händen mühelos über seinen festen, muskulösen Körper gleiten, lustvolle Laute genießen, wenn er sich unter meinen zärtlichen Berührungen windet. Ihn so lange streicheln, bis er vor Sehnsucht vergeht ...

»Das klingt verlockend, ich würde dich auch nur zu gerne einseifen, aber ich habe noch einen Termin.«

»Am Samstagabend? Ein Date?« Wieder erfasst mich Misstrauen. Dabei geht es mich doch gar nichts an. Er ist ein freier Mensch ... noch ... Oh Mia, du bist ein hoffnungsloser Fall.

Er nimmt mein Gesicht zwischen seine Hände. »Bitte glaube mir, ich würde meine Zeit jetzt liebend gerne mit dir in der Badewanne verbringen. Aber es geht wirklich nicht, ich habe es meiner Mutter versprochen.«

Puh, er hat doch kein Date. Ich seufze.

»Na ja, ist vielleicht auch gut so. Sind wir doch mal realistisch, die Inquisition meiner Mutter wäre dir sowieso zu viel. Sie wird unendlich enttäuscht von mir sein, dass ich nicht mit Gerrit zurückkomme.«

»Es liegt an dir, ob sie sich daran gewöhnen muss.«

»Was soll das heißen ...?«

»Ich möchte dich wiedersehen.«

Geschafft! Das entlockt mir ein vorsichtiges Lächeln. In meinem Kopf dagegen reiße ich die Arme in die Luft, meine Brust schwillt ... Tschakka! Aber Achtung! ... Cool bleiben, Mia.

»Wollen wir morgen etwas zusammen unternehmen?«, schlägt er vor.

»Klingt gut. Was stellst du dir vor?«, antworte ich möglichst gelassen.

»Das Wetter soll morgen wieder schön sein. Lass uns irgendwo hinfahren, wo es schön ist. Ich hol dich ab, Okay?«

»Okay, und wann?«

»Das schreibe ich dir noch. Ich muss vorher etwas vorbereiten. Du wolltest mir doch sowieso deine Handynummer geben, oder?« Er zieht sein Handy aus der Tasche und hält es mir entgegen.

Während ich meine Nummer in sein Smartphone tippe, streicht er mir über das Haar und steckt es hinter mein Ohr.

»Es ist immer noch nicht trocken. Versprich mir, dass du sofort in die Badewanne gehst, hörst du?«

»Ja, Papa, versprochen.«

»Pass auf dich auf, ich möchte nicht, dass unser Date wegen einer Erkältung ausfällt.«

Ich gebe ihm das Handy zurück. Jetzt bin ich es, die sein Gesicht zwischen die Hände nimmt.

»Ich werde verantwortungsvoll mit mir umgehen, versprochen. Und du wirst mir in der Badewanne gleich fürchterlich fehlen. Genügt dir das?«

Auf seinem Gesicht erscheint ein breites Grinsen. »Das mit dem Einseifen, das holen wir nach, versprochen, hoch und heilig. Genügt dir das?«

Bereitwillig lässt er sich von mir zu einem Abschiedskuss heranziehen. Die Sinnlichkeit seines Zungenspiels raubt mir den Verstand. Dazu seine Hände, die über meinen Rücken wandern ... das lässt mich wieder einmal zu einem willenlosen Opfer meiner eigenen Sinne werden.

Willenlos? Nein, ich will nur noch eins ... IHN! Gefügig drängt mein Körper in seine Richtung und entlarvt mein Verlangen. Sein Atem geht schneller und ein leises Knurren entfährt seiner Kehle. Cool bleiben unmöglich ... ich stöhne.

Doch er unterbricht. »So geht das nicht. Wenn ich jetzt nicht aufhöre, reiße ich dir gleich die Kleider vom Leib.«

»Warum macht mir das nichts aus?«, erwidere ich.

»Es macht dir nichts aus? Was werden deine Nachbarn sagen?«

Die werden sicher verstehen, dass man bei so einem smarten Typen schwer Nein sagen kann. Dieser Kerl macht süchtig.

»Ich will mich nicht trennen«, murmel ich und starte einen erneuten Vorstoß. Jetzt kommt er mir wie das willenlose Opfer vor und nur zu gerne lässt er sich darauf ein. Ich vergesse die Zeit, will alles vergessen ...

Auf einmal klopft es an die Scheibe.

»Mia?«

Die vertraute Stimme meiner Mutter jagt mir einen Schauer über den Rücken. Warum fühle ich mich gerade wie ein dummer Teenager, der bei etwas Verbotenem erwischt wurde? Ich presse meine Lider aufeinander und sende ein Stoßgebet zum Himmel, dass Ben sich davon nicht stören lässt. Natürlich klappt das nicht. Mein Draht nach oben könnte wirklich besser sein.

»Mia warum kommst du nicht rein?«, erkundigt sie sich und blickt neugierig durch das Autofenster. Widerwillig drehe ich meinen Kopf zu ihr hin. Mit einem verächtlichen Gesichtsausdruck mustert sie Ben.

Der schickt ihr, anscheinend unbeeindruckt, ein höfliches »Guten Abend« und sendet sein unwiderstehliches Lächeln gleich dazu.

Meine Mutter lächelt zurück – gekünstelt.

»Gerrit hat schon zweimal angerufen. Er macht sich Sorgen.«

»Ach nein, wirklich? Der besorgte Gerrit hatte eben noch Besseres zu tun. Er musste unbedingt ein Kleid für meine Mutter ersteigern. Dafür hat er mich dort patschnass stehen lassen.«

»Wenn du so nass bist, warum kommst du nicht rein und ziehst dir etwas Trockenes an?«, beharrt sie.

»Sie hat recht«, stimmt Ben zu, »und ich muss auch los.«

Seufzend füge ich mich meinem Schicksal und öffne die Tür. Ein Wangenküsschen und ein »bis Morgen«, kann ich mir aber nicht verkneifen.

Sein Blick verrät mir, dass es ihm auch nicht leicht fällt, sich von mir zu trennen. »Bis Morgen«, raunt er. Wieso zieht eigentlich jedes Wort von ihm direkt in meinen Unterleib?

Frustriert schlage ich die Autotür zu und der Motor startet. Eine Böe streicht mir durch das immer noch feuchte Haar, als ich dem davonbrausenden Auto hinterherschaue. Erst jetzt merke ich, dass ich immer noch seine Trainingsjacke anhabe. Ein winziger Hauch von seinem Duft steigt mir in die Nase und spendet ein Quäntchen Trost.

»Komm rein Kind«, flüstert meine Mutter. Fürsorglich legt sie den Arm um meine Schulter. Aber schnell winde ich mich wieder aus ihrer Umarmung heraus. Mir ist jetzt gar nicht nach solch ›gut gemeinter‹ Zuwendung.

»Zieh dich schnell um, Gerrit muss jeden Moment hier sein«, sagt sie, als sie die Haustür hinter uns schließt.

»Weißt du Mama, es gibt eigentlich nichts, was mich gerade weniger interessiert. Gerrit ist bei mir unten durch ... endgültig. Ich will mit diesem Egomanen nichts mehr zu tun haben. Du kannst ihm einen schönen Gruß von mir bestellen, mehr AUS geht nicht. Ich gehe jetzt in die Badewanne. Sollte er bei mir auftauchen und mich womöglich beim Baden stören, oder überhaupt irgendwann stören, dann bist auch du bei mir unten durch. Ich erwarte, dass du das respektierst.«

Mit diesen Worten habe ich mich schon umgedreht. Zielstrebig lenke ich meine Schritte zur Treppe, denn ich kann mir nicht vorstellen, dass meine Mutter sich damit zufriedengibt.

»Ach Kind, ich meine es doch nur gut. Du sollst keine Sachen machen, die du irgendwann einmal bereust«, ruft sie mir hinterher.

Ich kann diese Leier schon lange nicht mehr hören. Trotzdem drehe ich mich auf der Treppe noch einmal um. Eigentlich ist es ein Kampf gegen Windmühlen. Aber wie man so schön sagt, steter Tropfen höhlt den Stein.

»Mama, das ist MEIN Leben. Und wenn ich irgendwann einmal Fehler bereue, dann wohl eher, weil du sie mir eingeredet hast. Jeder Mensch hat das Recht auf seine eigenen Fehler ... und ich kann auch nicht deine vermeintlichen wieder gutmachen.«

»Ist gut Schatz, wir reden morgen noch einmal drüber. Bade du nur und ruhe dich ein bisschen aus. Der Tag war sicher anstrengend.«

»Ja, das war er, nicht zuletzt deinetwegen«, murmle ich, während ich die Augen verdrehe. Für heute habe ich keine Lust mehr zum Streiten und ich möchte auf keinen Fall auf Gerrit treffen.

Mit einem Knall schlage ich die Zimmertür hinter mir zu. Das tat gut. Aber ich wollte ja baden ... Also muss ich noch einmal über den Flur, um das Wasser einlaufen zu lassen.

Da meine Mutter und ich große Badefans sind, haben wir eine große Auswahl von Zusätzen. In die engere Wahl kommt ein Orangen-Badesalz oder ein Lavendel-Schaumbad. Ich entscheide mich für das Lavendelbad, das hat eine beruhigende Wirkung.

Ich liebe diesen Duft, denn er erinnert mich an meine Oma, die bis zu ihrem Tod bei uns mit im Haus wohnte. Sie hat mich sehr beeinflusst, oder ich habe ihre Gene, wie meine Mutter vermutet. Ob sie selbst wohl die Gene von ihrem Vater geerbt hat?

Zurück in meinem Zimmer werfe ich meine Kleider dort wo ich gerade stehe auf den Fußboden. Hoffentlich sieht meine Mutter das morgen, damit sie sich auch ein bisschen über mich ärgern kann. Ich weiß, dass das kindisch ist, aber ich kann gerade nicht anders. Es wird wirklich Zeit, dass ich hier ausziehe.

Ein Kleidungsstück jedoch behalte ich in der Hand. Bens Jacke. Verträumt schmeiße ich mich auf mein ungemachtes Bett und schnuppere daran. Das riecht einfach großartig.

Von unten höre ich Stimmen, Gerrit scheint da zu sein. Von dem will ich nichts hören und sehen, daher stecke ich die Kopfhörer meines Smartphones in die Ohren und höre ›Sound of Silence‹. Das erinnert mich an meine Oma, mit der ich die Version von ›Simon and Garfunkel‹ oft zusammen gehört habe. Sie liebte dieses Lied, fand es so poetisch. Meine Mutter hat dagegen gespöttelt, es wäre ein Lied über Tinnitus.

Mit geschlossenen Augen schnuppere ich an der Jacke und träume mich zu ihm. Ich denke an unsere Küsse, die so lang waren und mir so kurz vorkamen. An seine verrückten T-Shirts, von denen er sicher noch eine Menge im Schrank hat. Und dann der Blick, mit dem er mich immer ansieht, als wäre ich etwas Besonderes.

Es ist Zeit, die Badewanne ist fast voll. Wir haben nicht viel Luxus im Haus, aber über die Badewanne waren Oma, Mama und ich uns einig. In dem guten Stück kann man sich ganz ausstrecken. Der optimale Ort, zum Entspannen und Ruhe genießen.

Es wird schon dunkel und ich zünde die Kerzen auf der Fensterbank an, die perfekte Beleuchtung. Dabei steigt mir ein Hauch Lavendelduft in die Nase. Mit den Zehen prüfe ich die Temperatur des Wassers. Die Schaumblasen knistern leise, als ich bis zum Hals in den warmen Fluten versinke. Sofort sind meine Muskeln entspannter. Um es schön plätschern zu lassen, spiele ich ein wenig mit den Füßen. Auch meine Arme bewegen langsam das Wasser, denn ich mag das Gefühl, wenn es sanft um meinen Körper strömt.

Eine Weile genieße ich so, wie die Wärme wieder in meine Glieder zieht, und lausche dem knisternden Schaum. Bislang hatte ich versucht, die Gedanken an Ben zu verdrängen, denn die Sehnsucht nach ihm ist hier unerträglich. Leider bin ich nicht gut darin. Die Erlebnisse von heute steigen immer wieder vor meinem geistigen Auge auf.

Wie souverän er den Kellner gespielt hat. Das Gefühl der Sicherheit, dass ich hatte, als er verhinderte, dass ich auf der Treppe stolpere. Und dann dieser Auftritt ... Mr. Sexy persönlich. Diese geschmeidigen Bewegungen, das Muskelspiel und die Faszination über die Leichtigkeit der schwierigen Figuren gehen mir nicht aus dem Kopf.

Ach, wäre er doch nur hier bei mir. Wir würden in dieser Badewanne herumalbern, in der auch zwei Leute Platz finden. Ich würde ihn mit meinen Zärtlichkeiten ganz kribbelig machen. Die Vorstellung, mit den seifigen Händen über diesen trainierten Körper zu fahren, erregt mich ein wenig. Ein Versuch, meine Fantasie in andere Richtungen zu lenken, scheitert kläglich.

Fast zwanghaft kehre ich im Geist zu ihm zurück. Diesmal stelle ich mir vor, wie er sein Versprechen hält und mich einseift. Zärtlich fährt er mit den Händen über meine Brüste, hhmmm. Sich selbst berühren ist zwar nicht dasselbe, ungefähr so, als würde man sich selbst kitzeln ... aber was soll ich machen?

Mich hat schon lange keiner mehr an die Brust gefasst. Das lag nicht unbedingt an Gerrit, sondern an der Tatsache, dass ich zum Schluss immer weniger Lust auf Zärtlichkeiten mit ihm hatte.

Ich habe zwar nicht so die Vergleichsmöglichkeiten, aber er war kein Genießer, was Zärtlichkeiten anging. Dazu war er oft auch ziemlich unbeholfen, obwohl wir uns doch schon lange kannten. Mit der Zeit wurde der Sex immer verkrampfter, einen Orgasmus bekam ich fast nie.

Nein, Sex stand bei unserer Beziehung wahrlich nicht im Vordergrund. Er sah zwar nicht schlecht aus, aber er hat mich einfach nicht so angemacht ... wie Ben. Ich seufze »Ben« ... und muss tief Luft holen.

Meine eigenen Zärtlichkeiten bescheren mir ein Ziehen im Unterleib, Hitze sammelt sich dort. Die Hände wandern hinunter, über meinen Bauch zum Fokus meines Verlangens. Die Vorstellung, Ben würde mich gerade berühren und meine Lust anfachen, lässt mich stöhnen.

Unvermeidlich wandert eine Hand weiter hinunter, die andere wieder zur Brust. Ahhh, Ben du bist so gut, auch wenn deine Berührungen jetzt keine Überraschung für mich sind. Meine Erregung wächst und schreit nach Erlösung. In meiner Vorstellung küssen wir uns gerade wild, ich öffne den Mund. Meine Hand stimuliert mich, bis der Orgasmus die Geilheit etwas dämpft. Eine richtige Befriedigung war das nicht. Zurück bleiben ein schales Gefühl und ein Hunger nach echter Liebe.

Frustriert tauche ich mit dem Kopf unter Wasser. Mann Mia, du hast es echt mal wieder nötig.

Als ich nach dem Bad in meinen Bademantel schlüpfe, merke ich, dass ich nicht nur Heißhunger auf Liebe habe. Kein Wunder, ich habe ja auch den ganzen Tag praktisch nichts gegessen. Hoffentlich ist meine Mutter schon im Bett, denn auf sie habe ich natürlich gar keine Lust. Ich muss gleich unbedingt noch etwas an meinem Roman arbeiten, damit ich hier endlich rauskomme.

Kapitel 10

FRÜHSTÜCK

Die alte Holztreppe knarzt unter meinen Schritten, als ich nach unten gehe. Das alte Häuschen hat mich so oft auf diese Art verraten. Diesmal sind die Geräusche egal, ich wecke niemanden, denn meine Mutter sitzt in der Küche. Als ich eintrete, schaut sie von ihrem Schlaftee auf, in dem sie gedankenverloren herumrührt.

»Ich dachte, du bist schon im Bett?«, fragt sie, während sie den Löffel aus dem Tee nimmt und beiseitelegt. Sie klammert beide Hände um den Becher zum Mund und bläst leise über die dampfende Flüssigkeit.

»Nein, ich habe auf der Feier nur ein paar Häppchen bekommen. Ich sterbe vor Hunger.«

»Was denn für Häppchen?«

»Na, so beschmierte Brote und so Zeugs.« Es amüsiert mich köstlich, zu sehen, wie meiner Mutter die Kinnlade nach unten sinkt. Solch ein einfaches Essen gehört für sie natürlich nicht auf eine derartige Veranstaltung.

»Oh Mama, natürlich gab es Horsd'œuvre, aber die halten doch nicht so lange vor.«

Mit ein paar Schritten bin ich beim Kühlschrank, öffne ihn und krame darin herum. »Haben wir eigentlich keine Eier mehr?«

»Doch, die restlichen habe ich in die Tür geräumt. Ich hatte mir heute auch welche gemacht.«

Ja, meine Mama ist ordentlich. Sie räumt stundenlang auf, auch Dinge, die gar nicht unordentlich sind. Dabei erwähnt sie ständig, dass alles seine Ordnung haben muss. Es frustriert sie, dass ich es auch mal bunt und chaotisch mag. Ich glaube, das liegt an meiner Oma. Sie hat sich als Kind für ihre exzentrische Mutter geschämt. Die war wirklich manchmal ganz schön crazy und hat gemacht, was sie wollte. Die Meinung anderer hat sie dabei völlig unbeeindruckt gelassen.

»Was war das eigentlich für ein komischer Typ, der dich vorhin nach Haus gebracht hat?«, fragt sie, während ich gedankenverloren die Pfanne heraushole und meinen Arbeitsplatz aufbaue.

»Der Typ heißt Ben und arbeitet bei GET SMARTER«, antworte ich, während ich Eier in eine Schüssel schlage.

»Wie lange kennst du ihn? Musst du diesen komischen Vogel gleich vor unserem Haus küssen? Denkst du eigentlich gar nicht daran, dass die Leute über dich reden könnten? Ist dir eigentlich dein Ruf egal?«

»Im Gegensatz zu Gerrit hat er mich nach Hause gefahren. Ich mag ihn und er ist ganz und gar kein komischer Typ, sondern sehr sympathisch.« Bei diesen Worten bearbeite ich die Eier ziemlich heftig mit dem Schneebesen. Es nervt, dass meine Mutter schon wieder wertet, obwohl sie den Menschen gar nicht richtig kennt. Ich merke, wie mir das Blut in den Kopf steigt, während ich das Rührei in die heiße Pfanne kippe.

»Solch ein, sagen wir mal Zeitgenosse, der stellt doch nichts dar. Wie kannst du dafür jemanden wie Gerrit stehen lassen?«, fragt sie und schlürft danach seelenruhig ihren Tee. Ich wünsche mir gerade, da wären K.O.-Tropfen drin.

»Ich habe Gerrit nicht stehen lassen, sondern er hat mich stehen lassen. Wie oft muss ich das eigentlich noch sagen?« Die Eiermasse schwappt fast über, so heftig rühre ich beim Reden in der Bratpfanne.

»Hm, Gerrit sieht das Ganze aber anders. Da bist du sofort verschwunden, noch ehe er antworten konnte«, zickt sie weiter.

Ich stelle die Pfanne beiseite und drehe mich zu ihr um. »Mama, wann hörst du endlich auf, dich in meine Angelegenheiten zu mischen. Wen ich wann und wo küsse, ist ganz allein meine Sache. Und wen ich wann und wo stehen lasse, übrigens auch.«

»Ist ja schon gut!« Sie stellt ihre Teetasse ab und erhebt ihre Hände. »Ich will doch nur, dass du keinen Fehler machst, den du später einmal bereust. Alle Mütter wollen das doch, es liegt in der Natur der Sache.«

Ich seufze tief und schüttle den Kopf. »Mir hängt diese Diskussion zum Hals raus. Wir drehen uns doch im Kreis. Ich habe es dir schon so oft erklärt ... ich kann nicht mehr.« Das arme Brot, das ich mit der harten Kühlschrank-Butter bestreiche, zerbröselt unter meinen energischen Bewegungen.

Jetzt seufzt meine Mutter tief. Anschließend steht sie auf, stellt ordentlich ihren Stuhl zurück und

räumt genauso ordentlich die Tasse in die Spülmaschine. Mit einem »Nacht« verabschiedet sie sich.
Kommt es mir nur so vor, oder schließt sie die Tür
hinter sich lauter als nötig?

Seufzend fülle ich das Rührei auf den Brotteller
und setze mich an den Tisch. Dabei stelle ich ein
Bein auf den Stuhl und finde es schade, dass meine
Mutter das nicht sieht. Mag sein, dass mein Verhalten ziemlich pubertär ist, aber es ist wirklich be-
quem, so zu sitzen. Ziemlich hastig fange ich an, das
Essen in mich hineinzuschaufeln. Mann, bin ich aus-
gehungert ...

Da geht auf einmal die Tür auf. Mama steckt ihren
Kopf durch den Spalt. Das darf doch wohl nicht wahr
sein, das Grauen kehrt zurück.

»Setz dich doch bitte ordentlich hin, Mia«, kommt
als Erstes aus ihrem Mund. Ich grinse sie trotzig an.
Sie kneift die Augen zusammen und holt tief Luft.
»Ich wollte dir nur sagen, dass ich am nächsten Wochenende zu Eva fahre. Sie feiert Verlobung, ganz
groß. Die hat wirklich Glück, die Gute. Ihr Verlobter
hat Geld und sieht blendend aus. Warum passiert
mir so etwas nie?«

»Vielleicht weil du es zu sehr willst. Brauchst du
dafür das Kleid von der Auktion?«

Sie nickt. »Ich habe es schon anprobiert, es passt
großartig.«

»Es sieht sicher edel aus. Vielleicht beißt dort ja einer an, der auf Äußerlichkeiten steht.«

»Warum bist du nur so gehässig.«

»Weil ich DEINE Lebensträume erfüllen soll. Das
sind aber nicht MEINE.«

Meine Mutter schüttelt den Kopf. »Wenn du das so siehst ... Aber ich möchte nicht, dass du diesen Spinner hier anschleppst und die Nachbarn das mitbekommen«, keift sie und zieht sich zurück.

Wut steigt wieder in mir hoch. »Dieser Spinner heißt Ben. Und falls du das noch nicht bemerkt hast, ich wohne auch hier ... und ich bin erwachsen. Ich mache, was ich will!«

Warum braucht man bei mir nur bestimmte Knöpfe zu drücken? Ich hätte nicht darauf reagieren sollen, denn sie schiebt ihre Rübe wieder durch den Türspalt.

»Du bist wirklich das Abbild deiner Oma«, zetert sie, bevor sie sich abermals zurückzieht. Die Tür fällt wieder ins Schloss und ich mache innerlich drei Kreuze.

Während ich zu Ende esse, kreist es in meinem Kopf nur darum, wie ich hier endlich rauskomme. Dabei beschließe ich, gleich noch etwas am Roman zu arbeiten, denn ich bin inzwischen wieder nüchtern. So voller Tatendrang bin ich versucht, das Geschirr absichtlich stehen zu lassen. Aber dann entscheide ich mich doch für das Erwachsensein und räume es in die Spülmaschine.

Zurück in meinem Zimmer fahre ich zuversichtlich den Laptop hoch ... ja ... und ... das wars auch schon ... leider. Ich sitze davor und mein Kopf ist leer. Wozu habe ich mir diese Auktion jetzt angetan? Ich habe nichts mitgenommen, aber auch gar nichts ... außer einem Eifersuchtsdrama vom Feinsten.

Wieder einmal steigt Ben vor meinem inneren Auge auf. Ich würde jetzt so gerne mit ihm reden, über alles quatschen, so wie im Café ... und noch mehr ...

Soll ich darüber jetzt schreiben? Da fehlt doch der Zusammenhang. Mist! So einfach ist es nun doch nicht, einen Roman zu schreiben. Vor allen Dingen braucht man Ideen, aber auch eine Struktur. Wo fange ich da bloß an? Wie baue ich die Handlung auf? Morgen werde ich das mal googeln, heute bin ich dafür zu müde. Ohne auch nur ein Wort geschrieben zu haben, fahre ich den Computer wieder herunter.

Wenn es so weiterläuft, werde ich nie hier rauskommen. Ich muss mir dringend etwas einfallen lassen.

Müde werfe ich mich auf mein Bett. Ich versuche, mich noch einmal auf das Buch zu konzentrieren, eine Idee zu bekommen. Aber alles, was mir durch den Kopf geht, ist Ben ... immer nur Ben. Wie freue ich mich doch auf morgen. Nur noch einmal schlafen ...

Wie ein Kind an Heiligabend springe ich am nächsten Tag aus dem Bett. So dynamisch war ich schon lange nicht mehr. Frisch geduscht stehe ich vor dem Kleiderschrank und weiß nicht, was ich anziehen soll. Das darf doch nicht wahr sein, das hat mich doch sonst nicht gejuckt. Dann fällt mir ein, was Ben bisher getragen hat und ich entspanne. Jeans und Lieblings-T-Shirt, das wird reichen.

Vor Aufregung bringe ich zum Frühstück keinen Bissen herunter. War das jemals auch bei Gerrit so? Ich kann mich nicht erinnern.

Gut, dass meine Mutter schon im Putzwahn ist, so kann sie mich nicht nerven. Doch als es endlich klingelt, sieht sie neugierig um die Ecke.

Na, da wollen wir doch dem Affen Zucker geben! Ben weiß gar nicht, wie ihm geschieht, als ich die Tür aufreiße und ihm um den Hals falle. Ich tue so, als wollte ich ihm die Kleider vom Leib reißen und auf der Stelle vernaschen.

Ich tue so? Das braucht keine Schauspielkunst, am liebsten würde ich es sofort tun.

Stürmisch presse ich die Lippen auf seine und öffne den Mund, damit sich unsere Zungen hungrig umschlingen können. Er zieht mich an sich und mir wird ganz heiß. Gierig drücken wir unsere Körper aneinander, mein Verlangen wächst.

Er nimmt meinen Kopf in seine Hände, das fühlt sich so intensiv an. Ich kann seine Leidenschaft fühlen. Er sehnt sich genauso nach mir, wie ich nach ihm.

Einen Moment bin ich versucht, ihn hereinzubitten. Doch dann verwerfe ich den Gedanken wieder. Wir hätten sicher keine Ruhe. Wer weiß, was meiner Mutter einfallen würde.

Unser erstes Mal ... ja unser erstes Mal ... sollte bald stattfinden ... sehr bald. Aber es soll nicht stürmisch und gierig sein, sondern langsam und genießerisch. Ich will ausführlich in meinen Empfindungen schwelgen.

Ja, es muss anders sein, als das erste Mal mit Gerrit. Da haben wir nichts genossen. Es war schnell vorbei und ich war froh, dass er endlich fertig war.

Diese Sache hier, die fühlt sich ganz anders an. Sie wird ganz anders werden. Eine zweite Chance für ein erstes Mal ...

Ich weiß nicht, wie lange wir so leidenschaftlich miteinander verbunden sind. Meine Mutter – wer sonst – beendet wieder einmal die Begrüßung. Sie räuspert sich laut. »Guten Tag«, folgt daraufhin, während sie nähertritt und meinem Schwarm die Hand hinhält.

Er unterbricht unseren Kuss, ich seufze tief. Mit einem freundlichen »Hallo« nimmt er die Begrüßung an. Oh, ich muss ihn dabei anhimmeln, seine gewinnende Ausstrahlung ist wieder mal zum Niederknien.

Aber meine Mutter scheint völlig unbeeindruckt. Abschätzend mustert sie ihn von oben bis unten. Er trägt wieder einmal ein beschriftetes T-Shirt, auf dem ›Bin da – jetzt kanns losgehen‹ steht. Wie viele hat er davon wohl im Schrank? Oder ob er die vorher passend druckt? Schon irgendwie verrückt der Kerl.

Ich suche seine Hand und drücke sie fest, damit ich ihn wegziehen kann. Bloß schnell verschwinden. Mit diesem Gedanken im Kopf ziehe ich ihn Richtung Auto. Er ist wieder mit dem Firmenwagen da.

Meine Mutter steht in der Tür und schüttelt doch tatsächlich missbilligend den Kopf. Dass sie ›Tschüss‹ oder ›viel Spaß‹ sagt, hatte ich ja gar nicht erwartet. Aber dass sie so offen ihr Missfallen zeigt, das gefällt mir natürlich gar nicht.

Deshalb küsse ich Ben noch einmal, bevor ich mich anschnalle. Und zwar superlang, intensiv und leidenschaftlich, bis wir einfach Luft holen müssen. Hoffentlich haben das jetzt ein paar Nachbarn gesehen. Ich kann mir einen kurzen Blick zum Haus nicht verkneifen. Mama steht noch immer im Eingang, sie muss sich bestimmt zusammenreißen.

»Junge, Junge, jetzt wird man hier schon vor dem Frühstück vernascht«, raunt Ben beim Anschnallen. »Ich hoffe, du hast noch nicht gefrühstückt. Ich hatte nämlich noch keine Zeit und einen Bärenhunger.«

»Passt, ich auch«, antworte ich augenzwinkernd.

»Ich kenne da ein kleines Lokal mit Blick auf einen See. Die haben ein klasse Frühstücksbüffet.«

»Oh, das hört sich ja gut an.« Voller Vorfreude lehne ich mich zurück, atme tief durch und schließe die Augen. Als der Wagen startet, sehe ich noch einmal zur Tür. Meine Mutter ist im Haus verschwunden.

Nach einer halben Stunde Autofahrt erreichen wir ein altes Fachwerkhaus mit Butzenscheiben und gehäkelten Caféhausgardinen. Idyllisch gelegen, in einem parkähnlichen Wäldchen. Die blutroten Wandrosen an der Hausfront geben einen tollen Kontrast zum braun-weißen Fachwerk.

Innen hält die Ausstattung das, was die Außenanlage verspricht. Holzvertäfelte Wände, antike Massivholzstühle und stoffgedeckte Tische, mit frischen Blumen darauf.

Wir wählen einen Platz mit Blick auf den See. Davor ein kleiner Garten mit Staudenrabatten und ein paar blühenden Rhododendren vor der Grenze zum Wäldchen. Ganz Kavalier rückt mein Begleiter einen der schweren, alten Polsterstühle vom Tisch, damit ich mich setzen kann. Die Stühle sind nicht einheitlich, sondern bunt und zusammengewürfelt, ähnlich, wie in unserem Café. Alles ganz nach meinem Geschmack.

Ben hat wirklich nicht zu viel versprochen. Das Frühstücksbüffet lässt keine Wünsche offen. Selbst gebackenes Brot, Brötchen, Pancakes, Müsli, jede Menge frisches Obst, Würstchen, Speck, alle Sorten Eier, mehrere selbst gemachte Wurst- und Marmeladensorten und dazu eine Auswahl an Säften. Mir schmeckte der selbst gemachte Apfelsaft am besten. Es versteht sich von selbst, dass es auch alle möglichen Kaffees und Tees gibt. Habe ich noch etwas vergessen? Ich schlemme mich durch, will möglichst viel von diesen Köstlichkeiten probieren – bis ich platze. Wir plaudern, halten Händchen, sehen uns tief in die Augen.

»Puh«, stöhne ich. »Das war das beste Frühstück, das ich je in meinem Leben gegessen habe. Ich glaube, ich brauche den ganzen Tag nichts mehr zu essen.«

Ben grinst zufrieden. »Ja, nicht wahr? Besser gehts nicht.« Er sieht mich liebevoll an, ich versinke in diesen warmen Augen. »Am liebsten würde ich dich jetzt küssen, aber das ist wohl nicht der richtige Rahmen hier«, flüstert er.

Wie abgesprochen riskieren wir beide einen Blick nach draußen. Dort glitzert der See verführerisch in der Sonne und lädt zu einem Spaziergang ein. Wir sehen uns an und erheben uns einvernehmlich von den Stühlen.

Kapitel 11

JA, NEIN, VIELLEICHT

Wir treten nach draußen in einen wunderschönen Frühsommertag. Heute wird es sicher ziemlich heiß. Einträchtig fassen wir uns an den Händen und laufen ein bisschen am Seeufer entlang. Es ist merkwürdig, wir verstehen uns auch, ohne zu reden.

Links der See, rechts das Wäldchen. Ich höre Grillen zirpen, Blätter rauschen, Insekten brummen und ein Froschkonzert ... Sound of Silence. Die späte Morgensonne streichelt meine Haut. Jeder hängt seinen Gedanken nach. Hand in Hand laufen wir fast um den ganzen See herum, ohne auch nur ein Wort zu reden.

Immer wieder sehe ich zu Ben hinüber. Er läuft mit gesenktem Kopf, den Blick auf seinen Weg gerichtet. Es sieht so aus, als wäre er in ernsten Gedanken versunken, und nimmt nicht viel von der schönen Umgebung wahr. Will er denn gar nichts mehr sagen? Nein, ich werde ihn nicht fragen. Denn ich habe das Gefühl, ein Annäherungsversuch würde die Stimmung verschlechtern.

Aber als eine Bank am Weg zur Pause einlädt, zieht er mich dorthin. Wieder kommt es mir vor, als hätte er meine Gedanken erraten. Wir setzen uns, er legt den Arm um mich. Er schweigt weiter, blickt versonnen auf den See. Es ist ja ganz nett, aber langsam würde ich ihn gerne küssen.

Ich folge seinem Blick. Es ist wirklich idyllisch hier. Die mittlerweile höher gestiegene Sonne reflektiert auf dem Wasser, man muss ein bisschen blinzeln. Vogelgezwitscher schallt aus dem Wäldchen. Der See ist voll blühender Seerosen. Eine Entenmama schwimmt mit ihren Küken vorbei und hinterlässt glitzernde Ringe auf der spiegelglatten Wasseroberfläche. Wir schweigen immer noch, jetzt bin ich wirklich versucht, ihn zu fragen, was los ist.

»Sag mal«, fängt Ben dann doch plötzlich an. Danach folgt eine Pause, in der er wieder nachdenklich zu Boden blickt.

So wird es mir irgendwann zu lang. »Ja?«, frage ich, ein wenig besorgt. Er sieht mich ernst an und mir wird schummerig im Magen. »Rück schon raus mit der Sprache.«

»Ich habe das Gefühl, deine Mutter mag mich nicht. Kann das sein?«, fragt er, während er sich über das Kinn reibt.

Wer kann ihn nicht mögen? Nur meine Mutter schafft das. »Möglich, aber das darfst du nicht persönlich nehmen. Bei ihr muss man angepasst sein. Sie mag keine Leute, die einfach machen, was sie wollen.«

»Sie kennt mich doch gar nicht«, bemerkt er, während er sich über die Augen reibt. »Sie kommt mir vor, wie ein schwieriger Fall.«

Es scheint ihm wirklich etwas an der Sympathie meiner Mutter zu liegen. »So ist es. Oft denke ich, sie will die Leute gar nicht richtig kennenlernen, damit sie ihre vorgefertigte Meinung behalten kann«, versuche ich, es zu begründen.

»Hm. Kannst du das näher erklären?«

»Sie ist oberflächlich und voller Vorurteile, ganz einfach. Was gibt es da zu erklären?«

»Und weswegen mag sie mich nicht?«

»Du machst nichts her, das hat sie mir schon gesagt. Keine schicken Klamotten, keinen dicken Schlitten. Für sie war Gerrit ein ganz anderes Kaliber.«

»Und jetzt willst du ihr mit mir eins auswischen?« Er hebt die Augenbrauen und sieht mich prüfend an.

»Waaas? Wie kommst du jetzt darauf?« Ist er unsicher? Meinetwegen? So ein toller Typ? Eine kleine Böe streicht über uns hinweg, die wird wohl an meiner Gänsehaut schuld sein. Aber warum ist mir jetzt so flau im Magen?

»Weiß ich auch nicht«, murmelt er, senkt den Kopf und kickt einen kleinen Kiesel weg. »Na ja, vorhin hast du mich so demonstrativ geküsst ... jetzt nicht mehr.«

»Dasselbe kann ich doch auch von dir behaupten ... an der Bushaltestelle, Du erinnerst dich?« Damit dieses flaue Gefühl verschwindet, gebe ich mir einen Ruck. »Sag mal, was ist eigentlich los?«

»Na ja, also ... du küsst mich gar nicht. Wieso?«, fragt er und zieht dabei die Augenbrauen zusammen. Dieser Welpenblick scheint auf dem Y-Chromosom zu liegen ...

»Machst du Witze? Dasselbe habe ich mich gerade gefragt. Ich warte die ganze Zeit darauf, dass du mich küsst.« Mein Gott, es scheint so, als meint er es ernst, denn er wirkt immer noch verunsichert.

»Na, ich wollte nicht, dass du denkst, ich falle gleich über dich her.«

Es ist ihm ernst. Das kann doch nicht wahr sein!

Soll ich ihm jetzt sagen, dass ich mir gerade diesen Kuss mehr als alles andere wünsche? »Sag mal, worauf wartest du eigentlich?« Das klingt etwas unverbindlicher. »Ich wusste nicht, dass du schüchtern bist.«

»Na ja, ich frage mich eben, wie ernst du es mit mir meinst«, sagt er und weicht meinem Blick aus.

»Wie ernst ich es mit dir meine? Das ist eine Frage aus dem letzten Jahrhundert. Da haben sie die Frauen den Männern gestellt.«

Was hat er nur?

»Ich hab eben auch so meine Erfahrungen, okay?«, schmollt er.

»Sag mal, bist du beleidigt? Oder hat dich plötzliche Schüchternheit befallen?«

»Ich komme mir nur gerade benutzt vor, damit du deiner Mutter eins auswischen kannst. Willst du jetzt auf einmal nicht mehr küssen? Oder hat dich etwa plötzliche Schüchternheit befallen?«

»Ja, denn ich habe erkannt, dass du kein Geld hast. Meine Mutter hat recht.«

Jetzt guckt er aber blöd.

Ich muss lachen. »Mann Ben, ich habe dir doch schon bei unserem ersten Treffen gesagt, dass es mir egal ist, ob jemand Geld hat. Ich will nicht abhängig sein von fremdem Geld. Ich will es mir selber verdienen.«

Er atmet erleichtert aus.

»Hmhm«, murrt er und nickt zögernd. »Und warum habe ich das Gefühl, du bist so auf Distanz? Vielleicht willst du dich ja doch noch austoben, nach dieser langen Beziehung. Du musst doch das Gefühl haben, etwas zu verpassen, oder? Willst du nicht noch viele andere Männer küssen?«

»Was denkst du denn von mir? Ich habe gedacht, es ist schön, dass wir so gut zusammen schweigen können. Und ich habe mich genauso gerade gefragt, warum du mich jetzt nicht endlich küsst. Das hast du doch sonst auch ohne Hemmungen gemacht.«

»Da war mir ja auch noch nicht klar, wie ernst es mir mit dir werden wird. Ich bin mir gerade unsicher, wie ernst du es mit mir meinst. Vorhin jedenfalls hatte ich das Gefühl, du willst deine Mutter ärgern. Und jetzt warte ich und es kommt nichts.«

»Ja, du hast recht, wollte ich auch«, gebe ich zu. »Aber kann es sein, dass du das falsche T-Shirt anhast?«

»Wieso?«

»Kann es sein, dass darauf stehen müsste: Willst du mit mir gehen? Ja, nein, vielleicht, mit einem Kästchen davor?«

Kurz blitzt ein Lächeln über sein Gesicht. »Und? ... Was würdest du ankreuzen?«, fragt er mit dem gewohnt frechen Lächeln.

Gott sei Dank, der alte Ben kommt zurück.

Aber, was für Gründe kann diese Unsicherheit haben? Eigentlich lässt es nur einen Schluss zu. Er scheint genauso vom anderen Geschlecht enttäuscht worden zu sein wie ich und wartet jetzt auf ein Zeichen von mir.

Da kommt mir eine alte Flirtregel meiner Mutter in den Kopf: Ein Mann darf sich einer Frau nie zu sicher sein. Sie sollte sich immer etwas Rätselhaftes bewahren.

Aber sofort danach ermahnt mich mein Bauch: Vergiss das Desaster mit der geheimnisvollen Flirtkanone nicht. Der verführerische Vamp ist eine Rolle, die mir nicht gerade auf den Leib geschneidert ist. Tja, ich kann eben nur ich sein.

Und ich mag es nicht, wenn man mir etwas vormacht. Genauso mache ich auch nicht gerne Anderen etwas vor. Deshalb werde ich ihm jetzt einfach Gewissheit verschaffen ...

»Also, dann muss ich dir wohl die Wahrheit gestehen. Ja, vielleicht hast du recht. Ich sollte mir wirklich die Hörner abstoßen, bevor ich mich in eine neue Beziehung stürze.«

An dieser Stelle setze ich erst mal eine dramatische Pause, in der ich ihn beobachte. Er senkt enttäuscht den Kopf. Oh, vielleicht bin ich doch keine schlechte Schauspielerin.

»Vielleicht sollte mein nächster Freund doch ein bisschen Geld und eine schicke Wohnung haben, damit ich endlich bei meiner verpeilten Mutter ausziehen kann.«

»Hm, ja, verstehe schon«, murmelt er mit gesenktem Kopf und kickt mit seinem Fuß Steinchen über den Boden. Jetzt tut er mir fast leid, ich erlöse ihn wohl besser.

»Aber da ist dieser tolle Typ, der mir alle Vernunft aus meinem Hirn bläst.«

»Hmhm ... WAS?!« Ben hebt den Kopf und sieht mich erstaunt an. Als wollte er fragen: Wer ist mein Konkurrent?

Ich fange an zu lachen, dann kapiert er.

Wir sehen uns tief in die Augen. Seine Mimik ist umgeschlagen. Ich bin ganz verzaubert von seinem liebevollen Blick. Jetzt muss ich ihn einfach küssen. Er scheint dasselbe zu denken, denn auch er nähert sich meinem Gesicht.

»Soll das heißen, ja?«, raunt er in mein Ohr, so, dass ich mal wieder eine Gänsehaut bekomme.

»Küss mich endlich du Klotz«, flüstere ich zurück und halte ihm meinen halb geöffneten Mund hin.

Mit geschlossenen Augen versuche ich, mich auf die Berührung zu konzentrieren. Hmm, seine Lippen sind so weich und voll. Der Kuss schmeckt so gut. Eine Andeutung seines Duftes steigt in meine Nase. Es riecht so gut. Ich möchte noch stärker mit ihm verbunden sein und öffne den Mund. Erobere mich, zeig mir deine Leidenschaft! Ich spüre seinen Atem auf meiner Wange und lasse mich tiefer in den Kuss treiben. Bitte Zeit, bleib doch ein bisschen stehen ...

Auf meinem Rücken spüre ich, wie sich seine Hände spreizen und hinunterwandern. Er zieht mich noch fester an sich heran und ich lege ein Bein zwischen seine Schenkel. Lass uns so eng verschlingen, wie es möglich ist. Unser Atem wird schneller. Ich möchte seine Haut fühlen und schiebe die Hände unter sein T-Shirt. Die Haut ist so warm und weich und seine Muskeln fühlen sich so gut an. Ich streichle über sein Sixpack. Er hält die Luft an und bekommt eine Gänsehaut. Ich grinse innerlich.

Eine frische Brise spielt gerade durch mein Haar und weht einen Hauch von Blumenduft in meine Nase. Blätter rauschen, Vögel zwitschern und ich falle tiefer und tiefer. Wir verschmelzen zu einer untrennbaren Einheit. Waren wir jemals getrennt? Seine Hände wandern wieder herauf. Sie streicheln meine Arme, spielen durch mein Haar. Überall, wo er mich berührt, kribbelt es und ich stöhne leise.

Diese Hände verstehen es, mein Feuer zu entfachen. Ich zerfließe zu einem willenlosen Opfer meiner Triebe, als er an meine Brust greift und sie streichelt. Ich will mehr, will ihn mit Haut und Haaren ... fühlen, jetzt, ganz nah. Bitte, streichle mich auch unter dem T-Shirt, denke ich und schiebe seine Hand dorthin. Dabei unterbreche ich den Kuss und setze kleine Küsse auf seinen Hals. Jetzt kann ich diesen wunderbaren Geruch noch besser wahrnehmen. Langsam rücke ich noch ein bisschen näher an ihn heran.

Er wirft seinen Kopf mit geschlossenen Augen zurück, streckt mir den Hals entgegen. Seine Erregung lässt die Luft vibrieren. Er macht mich so an, dieser ganze sexy Kerl ...

Mein Verlangen wird unzähmbar, auch er verliert sich und lässt einen leisen Knurrlaut hören. Alle meine Sinne konzentrieren sich nur auf ihn. Oh Mann, das fühlt sich so gut an. Wann habe ich Zärtlichkeiten so genossen? Die Berührung sendet Blitze in meinen Unterleib und lässt meine Leidenschaft noch weiter wachsen.

Meine Gedanken haben sich praktisch aus der Wirklichkeit verabschiedet. Nimm mich, egal wie, wann und wo ...

Da werde ich aus meinem Traum gerissen ...

Wir fangen Gesprächsfetzen von ein paar Fußgängern auf und Ben rückt sofort etwas von mir ab.

»Och nö«, schmolle ich. »Lass dich doch nicht von so ein paar dämlichen Fußgängern stören.«

»Komm, ist besser so, sonst reiße ich dir gleich die Kleider vom Leib.«

»Oh ja, bitte!«

»Mia, bitte, lass uns einfach ein stilleres Plätzchen suchen.«

Er steht auf, packt meinen Arm und zieht mich hoch. Seufzend erhebe ich mich.

»Komm, lass uns zum Auto gehen, dort habe ich eine Decke und etwas zu trinken.«

»Wenn du meinst.«

»Ja, meine ich«, antwortet er und wir steuern Richtung Wagen.

Arm in Arm hat unser Spaziergang jetzt eine ganz andere Qualität. Ben wirkt, als hätte man ihm eine Last von den Schultern genommen. Ständig zieht er mich heran und drückt mir Küsschen auf die Wange. Wir scherzen, lachen, kitzeln uns, bleiben stehen und küssen uns.

»Was macht eigentlich dein Roman? Kommst du voran?«, fragt er, kurz bevor wir das Auto erreicht haben.

»Oh, musst du mich jetzt daran erinnern?«

»Sorry, mich hat nur interessiert, welche Qualität ich als Muse habe.« Er sieht mich an und grinst erwartungsvoll. Juhu, der smarte Ben ist zurück.

»Hm, ja, ehrlich gesagt habe ich gerade eine Schreibblockade.« Ich sehe unauffällig in die schöne Landschaft, denn ich weiß ja, dass ich die schlechteste Lügnerin der Welt bin.

»Und wie kommt das? Ich hoffe, ich bin nicht der Grund.«

»Nein, natürlich nicht«, stammle ich. »Ähm, ich kann mich nicht für einen Handlungsstrang entscheiden. Die Auswahl ist überwältigend.«

»Und wo ist das Problem, wenn die Auswahl überwältigend ist?«

»Dass nichts davon neu ist. Alles schon mal gewesen.« Das ist zwar nicht ganz die Wahrheit über meine ›Schreibblockade‹, aber ich finde es nachvollziehbarer.

»Ja«, seufzt er, »ein Buch wollen viele Menschen in ihrem Leben einmal schreiben. Nur wenige bringen es auch zu Ende. Und noch weniger haben den Mut, dann damit auch an die Öffentlichkeit zu gehen.«

»Wie wahr«, erwidere ich, ebenfalls mit einem Seufzer. »Klingt so, als hättest du es auch schon einmal versucht.«

»Na ja, ich nicht, aber meine Mutter. Als ich klein war, wollte sie uns damit aus der Sozialhilfe bringen. Ich erinnere mich noch gut an ihre Frustration.«

»Oh, das tut mir wirklich leid.« Was soll ich noch dazu sagen? Ihn noch weiter nach seinen ärmlichen Verhältnissen ausfragen? Nein ich möchte uns die

Stimmung nicht verderben. Also schwenke ich übermütig unsere Hände hin und her, als könnte ich damit seine düsteren Kindheitserinnerungen vertreiben. Gott sei Dank ist der Smart schon in Sichtweite.

»Ich hab mich ein bisschen mit Marketing-Strategien beschäftigt. Du solltest dich an den erfolgreichen Büchern deines Genres orientieren«, schlägt er vor.

Was soll das jetzt werden?

»Aha. Aber leider habe ich keine Lust, die zu lesen. Eigentlich lese ich überhaupt nicht so gerne und wenn, dann nichts, was man als ›Mainstream‹ bezeichnen würde.«

»Hm, du magst nicht lesen ... Dafür aber Schreiben? Ich finde ja, wenn man etwas macht, dann sollte man es mit Liebe machen. Nur dann kann man wirklich Erfolg haben.«

»Ach, ich weiß nicht, möglich. Komm, lass uns nicht mit dieser sinnlosen Unterhaltung unsere Zeit hier verplempern.«

Ben nickt. »Okay, aber mich reizt trotzdem der Gedanke, deine Muse sein zu dürfen. Im Rucksack ist etwas für dich. Das will ich dir zeigen.« Zur Bestätigung hebt er ihn etwas an.

Mit Decke und Rucksack ausgestattet, suchen wir dann ein stilles Plätzchen. Das ist gar nicht so einfach, denn inzwischen wimmelt es hier von Fußgängern.

In Ufernähe, an den Stellen, wo kein Schilf ist, haben sich schon viele Leute eine lauschige Stelle gesucht. Familien, Pärchen, sogar ein paar Jugendliche.

Wir sehen uns an und sind uns einig, wir werden eine ruhigere Ecke suchen.

Am Waldrand, hinter ein paar Büschen vor neugierigen Blicken verborgen, breiten wir schließlich unsere Decke aus. Wir setzen uns drauf und Ben kramt in seinem Rucksack.

»Möchtest du etwas essen oder trinken? Ich habe Kekse, Käse und Gummibärchen mit. Und zu trinken, Wasser mit und ohne.«

»Nein danke«, erwidere ich. »Es gibt da so einen tollen Typen, der hat mich zum Frühstück eingeladen. Das ist gar nicht so lange her. Ich bin immer noch voll.«

»Na, dann ist ja gut. Ich wollte nur sichergehen ... Muss ich auf diesen Typen eifersüchtig sein?«

»Vielleicht. Wieso fragst du das?«

»Na ja, du scheinst ihm ja eine Investition wert zu sein.«

»Ach«, erwidere ich. »Das, was du mitgebracht hast, mag ich eigentlich genauso gern. Ich liebe Picknick.«

»Schön zu hören. Was hältst du davon, wenn ich dir ein bisschen vorlese. Zufällig habe ich ein paar Liebesromane mit, alles Bestseller.«

»Hm, vorlesen klingt gut«, sage ich und lehne mich zurück. Entspannt lege ich meinen Kopf auf den Rucksack.

Kapitel 12

ZU MIR ODER ZU DIR

»Sieh mal hier, kennst du das?«, fragt er mich und hält ein dickes Taschenbuch mit einem dunklen Cover in die Höhe. »Sixtysix Shades of Black.«

»Ja, davon hab ich schon gehört. Ist ein Bestseller, seit etlichen Jahren.«

»Genau. Er zählt zu den Büchern, die angeblich keiner gelesen hat«, sagt er grinsend.

»Woher kennst du dich dann so gut damit aus? Ich dachte, solchen Schund lesen nur Hausfrauen?«

»Hast du dich gar nicht über die Firma informiert, in der du demnächst arbeitest? Die fing einmal mit einem Sexspielzeughandel an. Online-Vertrieb und Partys nach dem Vorbild eines berühmten Plastikherstellers.« Er zwinkert mich an.

»Ja, doch ... aber ...«

»Das hängt alles zusammen. Erst nachdem dieser Schinken herauskam, hat der Verkauf damals sprunghaft angezogen. Ich würde sogar so weit gehen, dass es die GET SMARTER-Group ohne das besagte Buch nicht gäbe.«

»Ich dachte, du hilfst nur in der Kreativabteilung aus?«

Ben räuspert sich verlegen. Oh Mann, das ist mal wieder dünnes Eis, Mia. Warum weißt du eigentlich nie, wann es besser ist, die Klappe zu halten?

»Ja, schon ... ähm ... na ja ...«, stottert er und kratzt sich am Kopf. »Ich bin eben schon länger dabei. Es ist doch wichtig, alles über seine Firma zu wissen.«

»Und dafür liest du solchen Schund?«

»Es ist immer gut, am Puls der Zeit zu sein.«

»Ah ja? Dann komm doch mal her, lass mal deinen Puls fühlen.« Mit einem Griff in seinen Nacken ziehe ich ihn zu mir herunter. Irgendwie habe ich nicht die geringste Lust, über meine erfolglosen Schriftstellerambitionen zu reden.

»Willst du jetzt lieber einen Arztroman schreiben?«, fragt er mich amüsiert.

»Hm, vielleicht keine schlechte Idee. Den Puls kann man auch am Hals fühlen. Genau hier«, sage ich und setze ihm einen sanften Kuss auf die Stelle. Sekundenlang spüren meine Lippen seine warme Haut.

Er legt sich neben mich und streicht mir übers Haar. Langsam, mit zärtlichem Blick, setzt er ein Küsschen auf meine Stirn. »Ich glaube, hier hat jemand Fieber.«

»Oh ja, mir ist schon ganz heiß«, flüstere ich zurück. Wahrscheinlich gelingt mir der Leidensblick nicht so gut, denn Ben lacht leise.

»Ich weiß nicht, ob da Doktorspiele das Richtige sind.«

Mit geschlossenen Augen versenke ich mein Gesicht in seiner Halsgrube. »Ich glaube, nur du kannst ein solches Fieber heilen.« Dabei bekommt er eine Gänsehaut, das entlockt mir ein Grinsen. Behutsam legt er den Arm um meine Schulter, ich lege ein Bein auf ihn. Am liebsten würde ich mich noch enger mit ihm verschlingen. Schade, dass es nicht möglich ist, in ihn hineinzukriechen.

In diesem Moment gibt es nichts Schöneres als die gefühlte Verbundenheit. Entspannt und glücklich lausche ich dem leisen Wind. Der durchstreift die Blätter der alten Bäume, die ein Schattenspiel auf unsere Körper werfen. Aus der Ferne höre ich, wie die Kinder beim Spielen jauchzen, lachen und rufen. Mit geschlossenen Augen atme ich tief durch. Bens Atem ist ruhig, sein Herz schlägt langsam und regelmäßig. Ich fühle mich gerade so sicher und geborgen ...

Seine Atmung wird etwas schneller, als ich mit einer Hand unter sein Shirt schlüpfe. Durch die Berührung spannt sich sein Bauch an und ich kann die Bauchmuskeln ertasten. Noch einmal streiche ich mit den Fingerspitzen ehrfürchtig darüber. Mein Bein spürt, dass er auch darauf reagiert. Der Blick meines Freundes wird glasig. Er wendet sich zu mir und presst seine Lippen leidenschaftlich auf meine. Unsere Münder öffnen sich zu einem langen stürmischen Kuss.

Wie liebe ich doch dieses Gefühl, dass wir verschmelzen. Noch einmal zieht er mich etwas dichter heran. Überall kann ich seine Hände spüren, die meine Sehnsucht anfeuern. Ich möchte mehr, endlich mehr, mit ihm ...

Deshalb unterbreche ich nur ungern diesen Kuss. »Sollten wir nicht irgendwo hingehen, wo wir uns ungestört gegenseitig untersuchen können«, flüstere ich.

»Also doch Doktorspiele? Du meinst, ich bin auch eine gute Muse für einen Arztroman?«, fragt er amüsiert.

»Ich hab da auch noch ein klopfendes Herz, so ein Kribbeln im Bauch und ein komisches Gefühl weiter unten«, kichere ich.

»Ja, ich glaube, das muss wirklich näher untersucht werden.« Dabei umschlingt er mich ganz fest und setzt kleine Küsse auf meine Halsbeuge. Mein Gott, wie genieße ich es, wenn er so in mir versinkt.

Da fliegt ein Fußball mitten zwischen uns, Kinder stürmen auf unsere Decke zu. Ben lässt sofort von mir ab und erntet dafür ein enttäuschtes Murren. Mit einem geschmeidigen Satz springt er auf und schnappt sich das Spielzeug.

»Siehst du, das ist das Zeichen zum Aufbruch«, quengle ich, als er lachend den Ball zurück in Richtung Knirpse kickt. »Sag endlich, gehen wir zu dir?«

»Nein das geht nicht. Meine Schwester hat sich in meiner Wohnung eingenistet. Die Ärmste hat Liebeskummer. Da sollten wir nicht als glückliches Paar auftreten, selbst wenn sie nur Gast ist. Wir können höchstens zu dir.«

»Fuck. Ich kann dir auch schlecht meine Mutter zumuten, da sie uns mit Argusaugen überwachen wird. Ich möchte nicht wissen, was sie sich so alles einfallen lässt, um uns zu stören.« Ich bin so enttäuscht. Wie gerne würde ich dem Gefühlsüberschwang jetzt nachgeben. Es ist das reinste Trauerspiel. »Vielleicht nachher, wenn sie ins Bett geht. Sie geht ja immer pünktlich ins Bett. Sobald sie nichts mehr zum Aufräumen oder Putzen hat.«

»Dann ist es kein Zeichen zum Aufbruch, sondern zum Abbruch.« Er seufzt tief. »Abbruch, uns gegenseitig heißzumachen«, ergänzt er. »Komm, ich lese dir besser etwas vor, dann halten wir es so lange durch.«

Das unwillige Murren, das ich von mir gebe, scheint ihn nicht im Geringsten zu beeindrucken. Er kramt zwei weitere Bücher hervor. »Also, von den Black-Büchern habe ich dir das erste mitgebracht, ›Dark Black‹.«

»Uhu, klingt ziemlich dunkel.«

»Ja, ist es auch, pass auf«, sagt er, während er eine mit Lesezeichen gekennzeichnete Seite aufschlägt.

»Jetzt liege ich gefesselt vor ihm, nackt und ausgeliefert. Eine unerträgliche Spannung lässt die Luft vibrieren. ›Nimm mich endlich‹, möchte ich sagen und hole dafür Luft. Ein lauter Peitschenknall zerreißt die Stille. ›Still!‹, befiehlt er. ›Sonst muss ich dich auch noch knebeln. Ich bin der Einzige, der hier etwas sagt. Du redest höchstens, wenn du gefragt wirst. Hast du verstanden?‹ Er fährt mit der Reitgerte über meine Brustwarzen, die sich sofort zusammenziehen, dann über den Bauch immer weiter nach unten. Sie wandert zwischen meine Oberschenkel wieder hoch über den Venushügel. Ein Schlag damit auf die Oberschenkel lässt mich zusammenzucken. Der Schmerz durchdringt mich und verstärkt meine Erregung. ›Ob du verstanden hast, hab ich gefragt?‹, drängt er und wieder spüre ich die Gerte. Ich muss stöhnen. ›Still‹, befiehlt er. Sein Ton fährt mir in den Unterleib. Ja, denke ich, lass mich deine Härte spüren.«

»Halt!«, rufe ich, Ben unterbricht. »Also, ich weiß nicht, ob ich so was vorgelesen haben will.«

»Muss ja nicht. Ich glaube auch, dass der Erfolg bei diesem Buch nicht nur von der Erotik herrührt, sondern von der Liebesgeschichte. Nur, ohne Sinnlichkeit hat es ein Liebesroman heutzutage sehr schwer. Deshalb solltest du dir genau überlegen, wie du dieses zentrale Thema angehst.«

»Sinnlichkeit? Hab ich was verpasst? Wo war denn da Sinnlichkeit?«

»Na ja, ist nichts für zarte Gemüter. Aber es gibt noch viele andere Beispiele.«

»Mann, du scheinst ja schon viele solcher Schinken gelesen zu haben. Jetzt wird mir auch klar, warum du sofort wusstest, was ich vorhabe.«

»Wieso?«

»Also, es hat mich schon gewundert, dass du dich so gut auskennst ... und dass du sofort im Bilde warst, dass sich der Roman gut verkaufen soll.«

»Jeder will doch sein Buch gut verkaufen. Aber das ist in den Massengenres schwer, als No-Name. Meine Mutter hatte sich das auch einfacher vorgestellt. Damals gab es allerdings das Self-Publishing noch nicht.«

»Ja«, antworte ich einfach nur und schmiege mich an ihn, als er wieder neben mir liegt. Er legt den einen Arm um mich, sodass ich auf seiner Schulter liege. Mit dem anderen hält er das Taschenbuch.

»Sieh mal hier. Das ist doch dein Thema: ›Millionärsgeflüster‹.«

»Kein Wunder, dass mir kein gescheiter Titel ein-
fällt, wenn selbst solch ein schwacher schon verge-
ben ist. Das klingt doch völlig langweilig.«

»Ist aber in Sachen Erotik gefragt.«

»Na dann ... schieß los.«

Ben fängt an vorzulesen und ich schließe die Augen. Mein Kopf hebt und senkt sich mit jedem seiner
Atemzüge. Die Vibration seiner Stimme hat eine beruhigende Wirkung. Aber das, was er vorliest, hat
eher einen anregenden Effekt auf mich.

Ich kenne ja nur die einschlägigen Heftchen von
unserem Klo. In diesen war der Kuss der Höhepunkt.
Der Rest las sich meist so langweilig, dass es mir den
Spaß am Lesen genommen hat. Für die anderen Tä-
tigkeiten auf dem Örtchen zeigte sich die Entspannung durch die Langeweile allerdings vorteilhaft.

Er hat auch in diesem Buch kleine Zettelchen kle-
ben, die oben als Lesezeichen herausschauen. Offensichtlich ist er bestens vorbereitet. Mit seiner freien
Hand streichelt er meinen Arm, während er liest:

»Er legte das T-Shirt neben die Bank und wir lie-
ßen uns küssend darauf fallen. Endlich fuhr seine
Hand den Oberschenkel hoch, unter meinen Rock.

Ich grinste, denn jetzt fühlte er, dass ich keinen
Slip trug, weil ich mich schon den ganzen Tag auf
ihn gefreut hatte. Allein die Gedanken an ihn reich-
ten, um immer geiler zu werden. Mich erregte der
Einfall, keinen Slip zu tragen und er konnte prüfen,
wie sehr ich ihn wollte. Und wie ich ihn wollte, ich
war nass, konnte meine Sehnsucht kaum zügeln. ›Ich
will dich, fick mich‹, hauchte ich. ›Lass mich deinen
harten Schwanz spüren, dringe tief in mich ein und

fülle mich aus.‹ Gierig zog ich ihm die Hose hinunter und zitterte vor Erregung. Sein riesiger, steinharter Schwanz sprang mir entgegen. Ich griff den Beweis seiner Geilheit und pumpte.

Er stöhnte und richtete sich auf. Mit lustverhangenem Blick drehte er mich auf den Rücken. Mit festem Griff nahm er meine Hände und fixierte sie über den Kopf. ›Ich gebe hier den Ton an und ich will dich von hinten ficken‹, raunte er dunkel. Mit seinen kräftigen Armen drehte er mich noch einmal um und hob meinen Hintern. Ich spürte nur kurz seine Härte an meinem Eingang, dann drang er mit einem Ruck in mich ein, füllte mich so schnell aus, dass mir ein lautes Stöhnen entfuhr. Seine starken Hände packten fest meine Hüfte und er rammte immer wieder hart tief mit seinem Riesenschwanz in mich hinein. Ein süßer Schmerz erfüllte mich und ich gab mich meinen Gefühlen hin. Während er immer wieder kräftig in mich stieß, streichelte und knetete er meine Brüste und riss an meinen Haaren. Wow, so wild hatte mich noch keiner genommen.«

Oh Mann ... er liest vom Lecken, Blasen, Ficken und Bumsen. Ich spüre die Wirkung der Worte deutlich ... im Unterleib. Das Geschreibsel kann doch auch an Ben nicht spurlos vorübergehen.

Der Typ, ein echter Macho, fast brutal und dominant. Nach dem Geschlechtsakt wurde er zum Lamm. Wer soll solchen Quatsch eigentlich glauben? Aber um Glaubwürdigkeit scheint es nicht zu gehen, oder um Gefühl ...

»Sag mal, wolltest du nicht den Dampf aus dem Kessel nehmen? Da ist diese Lektüre jetzt aber weniger geeignet.«

»Hm, ja. Möglicherweise hast du recht«, murmelt er.

»Und ob ich recht habe. Das Gehörte reicht mir sowieso. So was werde ich nie, nie, niemals schreiben. Da kannst du dir ganz sicher sein.«

»Ja, kann ich mir auch nicht von dir vorstellen. Also, dann habe ich hier noch ›Meine Sahneschnitte und andere Katastrophen‹. Auch ein Bestseller, aber eine harmlose Komödie.«

Was habe ich mir unter einer Komödie vorgestellt? Etwas Temporeiches, Lustiges, mit witzigen Dialogen. Jedenfalls etwas anderes, als das, was er da vorliest. Meine Lider wandern immer weiter nach unten, sind nur noch kleine Schlitze. Vor Aufregung, dass ich endlich ein Date mit meinem Schwarm hatte, konnte ich nicht richtig schlafen, das rächt sich jetzt. Im Moment bin ich kurz vorm Wegrauschen, da hebt er die Stimme und ich kehre zurück.

Auf einmal sitzen wir wieder auf der Bank von vorhin. Wie sind wir hierhergekommen? Egal, denn wir tauschen ein zweites Mal unseren heißen Kuss. Hm, er schmeckt so gut. Von diesem Mann werde ich niemals genug bekommen …

Erneut wandert seine Hand unter mein T-Shirt. Mein Atem geht schnell und keuchend. Ich zergehe vor Leidenschaft, diesmal werden wir es zu Ende bringen. Egal! Zielstrebig ziehe ich ihm sein Shirt über den Kopf.

Geschickt öffnet er meinen BH und streichelt die Brust. Mir stockt kurz der Atem und es kribbelt in meinem Bauch. Ich fühle, wie die Erregung mich feucht werden lässt, und stöhne vor Lust. Bitte berühre mich auch unten, da wo der Hunger am stärksten ist. Aber er bearbeitet weiter meine Brüste. Sehnsucht wandelt sich immer mehr zur Begierde. Bitte, berühre mich doch unten. Ich muss ein bisschen nachhelfen und öffne seinen Gürtel und die Hose.

Meine Hand fährt hinein, er ist bereit. Anscheinend möchte er das Vorspiel noch ein wenig auskosten und schiebt mein T-Shirt weiter hoch. Meine Brust ist entblößt und er spielt mit ihr, saugt an den Nippeln. Voller brennendem Verlangen streife ich sein T-Shirt herunter und küsse von seinem Hals hinunter zum Schlüsselbein, seine Arme, Schultern. Fahre mit der Zunge ein wenig über die Haut, küsse oder beiße sanft. Sein Becken drängt sich mir entgegen. Meine Hand fährt unter seinen Slip. Seine Sehnsucht ist jetzt auch kaum zu bändigen – gut so.

Er nimmt sein T-Shirt und legt es neben die Bank. Wir legen uns darauf, dicht verschlungen. Endlich fährt seine Hand den Oberschenkel hoch, unter meinen Rock ...

Unter meinen Rock? Ich trage keine Röcke! Ich grinse, denn jetzt fühlt er, dass ich keinen Slip trage, weil ich mich schon den ganzen Tag auf ihn gefreut habe und dabei immer geiler geworden bin. Natürlich soll er prüfen, wie sehr ich ihn will. Und ich bin nass ... Ich will ihn, so sehr. Lass mich deine Leidenschaft spüren, fülle mich aus. Ich ziehe ihm die Hose hinunter und zittere vor Erregung. Er denkt nicht daran, seine Geilheit zu verbergen. Keuchend befreien wir uns gegenseitig von unseren Kleidern.

Wir liegen hinter einem Busch und unterbrechen kurz, als wir Stimmen hören. Leute gehen auf der anderen Seite des Gebüsches den Weg entlang. Was ist, wenn sie uns dabei beobachten? Egal, ich bin so gierig, dass ich es nicht mehr aushalte. Auch ihm scheint alles gleichgültig zu sein. Er rollt sich auf meinen Körper, ich genieße sein Gewicht. Verlangend küsst er noch einmal die Brust, bevor er in mich eindringt ... Merkwürdig, ich kann ihn gar nicht richtig fühlen. Meine Erwartungen bleiben irgendwie unbefriedigt.

Die Stimmen werden lauter. Wir versuchen, möglichst leise dabei zu sein. Ob uns jemand zusieht? Egal ich bin so geil, mich hält jetzt keiner mehr. Ich spreize die Beine noch etwas weiter, damit er noch tiefer eindringen kann. Komm, stoß zu, so tief es geht. Aber ich spüre seine Stöße immer noch nicht. Um leiser zu sein, küssen wir uns die ganze Zeit leidenschaftlich. Mit halb offenen Augen sehe ich Leute näherkommen. Ob die uns beobachtet haben?

Ein Handy klingelt.

Geh bloß nicht ran, mach weiter!

Wieder das Klingeln. Hör auf du blödes Telefon!

Bens Stimme dringt in mein Bewusstsein ... er telefoniert ... nein, er ist doch ...

Fuck! Fuck im doppelten Sinne. Ben telefoniert. Wir sind beide angezogen, ich in Jeans. Also ein Traum, wieder mal Koitus Interruptus. Ich habe das Ganze geträumt. Eine Vermischung von dem unbefriedigten Erlebnis und dem vorhin vorgelesenem Roman. Wäre ich ein Mann, wäre es wohl ein feuchter Traum gewesen. Aber ich fühle, auch als Frau kann man feuchte Träume haben. Ich presse meine Hände aufs Gesicht und reibe fest darüber.

Das darf doch alles nicht wahr sein!

»Ja ... beruhig dich erst mal ... okay ... ja ... ich komme«, beteuert Ben am Telefon. Das hört sich jetzt gar nicht gut an.

»Komm, lass uns die Sachen zusammenpacken. Meine Schwester ... ich muss ... ich bringe dich nach Hause ... dringende Familienangelegenheit.« Er fährt sich nervös über die Haare.

Ich nicke und frage nicht weiter nach, denn er scheint ziemlich aufgelöst.

Kapitel 13

VORWÄRTSEINPARKER GEGEN HYDRANTENPOLIERER

Wir hasten zum Auto und Ben fährt zügig los. Er ist die ganze Tour über ernst und spricht kein Wort. Ich kämpfe mit mir, ob ich ihn fragen kann, was los ist.

Schließlich siegt die Neugier. »Was ist eigentlich genau mit deiner Schwester?«

Ben scheint erst einmal zu überlegen, bevor er antwortet. »Sie hatte einen kleinen Nervenzusammenbruch. Ich habe dir ja erzählt, dass sie Liebeskummer hat. Ziemlich heftig. Ich hätte sie nicht allein lassen sollen. Meine Mutter kommt erst morgen wieder, deshalb war keiner da«, erwidert er schließlich.

»Ach so.« Was kann ich auch darauf Sinnvolles sagen? Ein schlechtes Gewissen, weil ich mich mit ihm getroffen habe, ist ja wohl unangebracht. Ben fällt wieder ins Schweigen. Es sieht so aus, als ob er genervt wäre.

Fast die ganze Fahrt über sehe ich mir sein Profil an. Ist es möglich, dass er immer schöner wird? Oder werde ich womöglich immer verliebter? Irgendwie umgibt ihn etwas Geheimnisvolles ... er erzählt so wenig von sich. Und Hasenfuß Mia traut sich nicht zu fragen ...

Aber, es geht alles so schnell, meine Gefühle rasen wie eine Dampflokomotive ... vielleicht auf den Abhang zu. Die schlechten Erfahrungen sind einfach noch zu frisch. Ach, wenn ich doch nur nicht so ein Feigling wäre. Möglicherweise ein Angsthase, der einen Igel umarmt und sich wundert, dass Liebe wehtut.

»Ach Mia, ich hatte mir unser Date jetzt auch ganz anders vorgestellt«, stöhnt er, als wir in meine Straße einbiegen. »Das abrupte Ende ist besonders blöd, weil ich ab morgen auf Geschäftsreise bin.«

Er auf Dienstreise? Ich beschließe, mir die Fragen zu verkneifen. Angsthase lässt grüßen. Schließlich werden auf Geschäftsreisen auch Assistenten gebraucht, beruhige ich mich. »Und wann bist du dann wieder da? Wir können uns doch nächstes Wochenende treffen, wenn ich hier im Haus allein bin, oder?«

Habe ICH das gerade gefragt? Oh je ... im Haus allein ... mit Ben. Was passiert dann? Wir sehen uns kurz in die Augen und umgehend ist diese intensive Verbindung wieder da, mein Vertrauen kehrt sofort zurück.

Inzwischen hält das Auto vor meinem Heim. Direkt hinter Gerrits Mazda. Dieser Stalker ist schon wieder da. Was er wohl diesmal für Gründe vorgibt? Jetzt möchte ich überhaupt nicht mehr aussteigen und seufze tief.

»Ich möchte mich gar nicht verabschieden, das kannst du mir glauben«, ist Bens Reaktion auf den Seufzer.

Da öffnet sich die Haustür und ich sehe meinen Verflossenen im Rahmen auftauchen. Mama folgt und damit eine Abschiedsszene, die zu mindestens grenzwertig ist. Küsschen rechts, Küsschen links ... aber wie! Die beiden sind immer noch ein Herz und eine Seele.

»Ich seufze auch wegen Gerrit«, erkläre ich und bewege den Kopf in Richtung Hauseingang. »Ich kann seinen Anblick langsam nicht mehr ertragen. Warum gibt er nicht einfach auf?«

»Oh ... bleib lieber cool. Ich kenne diese Typen, von denen lässt man sich besser nicht provozieren.«

»Okay, da bin ich mal gespannt. Pass auf, er kommt«, zische ich. Wie der Bösewicht aus einem Western schreitet mein Verflossener auf unser Auto zu. Nur der Maßanzug unterscheidet ihn von einem Westernhelden. Und dann ist er doch tatsächlich so dreist, an die Scheibe zu klopfen. Der naive Ben öffnet sie auch noch.

»Hallo mein Häschen«, säuselt Gerrit in den Innenraum. »Jetzt habe ich die ganze Zeit auf dich gewartet und muss leider schon wieder weg.«

Mein Blut fängt an zu kochen, die Dämpfe steigen auf und verursachen ein Druckgefühl im Kopf. »Ich müsste lügen, wenn ich sagen würde, dass es mir leidtut«, gifte ich zurück. »Es wäre wirklich schön, wenn du endlich kapieren würdest, dass ich nicht mehr dein Häschen bin.« Oh je, das kam jetzt nicht so cool rüber, also runterfahren. Ich gebe mein Bestes ...

Gerrit schluckt. Meine fast feindselige Antwort scheint ihm zuzusetzen. »Ja, ich seh schon, du verschwendest deine Zeit lieber mit dem Vorwärtsein-parker. Ich weiß wirklich nicht, was du an dieser Tanzwurst findest.«

Es ist deutlich zu hören, dass Ben einatmet. Doch ich nehme mir einfach seinen Rat zu Herzen und versuche cool zu bleiben. »Besser Vorwärtseinparker als Hydrantenpolierer«, kontere ich. Das erinnert ihn sicher an das eine Mal, als er beim schwungvollen rückwärts Einparken einen Hydranten mitnahm. »Tschüss Gerrit«, schiebe ich im energischen Ton nach. Umgehend lasse ich danach die Scheibe wieder hoch.

»Na dann, viel Spaß noch mit deinem Hupfdohlen-hengst«, grummelt er und zieht seinen Kopf zurück.

»Ich weiß wirklich nicht, warum Mia es so lange mit so einem Kleinfingerabspreizer wie dir ausgehal-ten hat«, platzt es plötzlich aus Ben heraus. Und zwar so, dass mir ein Schauer über den Rücken läuft.

»So etwas lasse ich mir bestimmt nicht von einem Dünnbrettbohrer wie dir sagen«, schimpft er, mit ro-tem Kopf, durch den immer kleiner werdenden Scheibenspalt.

Ich glaube, das geht hier gerade in eine ganz fal-sche Richtung. Gut, dass das Fenster gleich oben ist.

»Evolutionsbremse!«, schimpft Ben noch schnell.

»Kampfhamster!«, schnauft Gerrit zurück.

»Trachtentrottel!«

Gott sei Dank ist jetzt die Scheibe oben. Damit mein Ex endlich verschwindet, drehe ich mich zu Ben, nehme dessen Kopf zwischen die Hände und presse meinen Mund auf seinen. Ihm ist wahrscheinlich nicht nach einem Kuss, aber er besinnt sich brav und entspannt.

»Das war wohl nichts mit cool bleiben«, bemerke ich grinsend, als ich Gerrits Wagen starten höre.

»Ganz ehrlich? Der Typ ist ein Hallenhalmaspieler. Solche Bügelfaltenträger verlangen von mir eine unmenschliche Disziplin«, schimpft er verächtlich.

In mir regt sich Unmut. Irgendwie beleidigt er damit auch mich, die so lange mit ihm zusammen war. »Und ich bin die Bügelfaltenhose, die sich diesem Arsch jahrelang angepasst hat, oder wie?«, schmolle ich und ziehe die Stirn kraus.

»Ach nein, natürlich nicht, entschuldige«, seufzt er. »So war das nicht gemeint. Ich bin unter Stress.«

Durch diesen Vorfall endet unser harmonisches Date mit unharmonischen Untertönen. Ich könnte natürlich Gerrit verteidigen, indem ich Ben erzähle, dass er die Trennung einfach nur schlecht wegsteckt. Denn so arrogant ist mein Ex nun auch wieder nicht. Aber möglicherweise ergibt das auch keinen Sinn. Ich will es nicht riskieren, die Stimmung weiter zu verschlechtern.

»Ich gehe jetzt wohl besser rein«, murre ich, während ich mich abschnalle. Vielleicht hat er ja recht. Womöglich zeigt mein Verflossener nun sein wahres Gesicht ... oder auch nicht. »Glaube mir, wenn Gerrit sich immer so benommen hätte, wäre ich nicht so lange mit ihm zusammengeblieben.« Dann schießt mir die Sache mit Elena wieder durch den Kopf und ich finde die Beschimpfungen von Ben mit einem Mal nicht mehr so schlimm.

Ich glaube, es ist wohl besser, wenn ich jetzt reingehe und erst mal meine Gefühle sortiere. »Bis Samstag. Lass uns telefonieren«, beende ich die Unterhaltung schnell.

Ben nickt und ich steige aus. Ich drehe mich noch einmal um und kneife die Lippen aufeinander. Er schließt kurz die Augen. Jetzt sieht er traurig aus ...

»Tschüss.« Meine Stimme ist plötzlich rau.

»Tschüss«, gibt er zurück und räuspert sich.

Ein schaler Geschmack bleibt zurück, während ich mich auf den Weg ins Haus mache. Als ich an meiner Mutter vorbeikomme, halte ich mir die Ohren zu wie ein trotziges Kind. Ihren Kommentar brauche ich jetzt nicht auch noch, außerdem kenne ich den. Sie soll doch froh sein, dass es diesmal keinen exzessiven Abschiedskuss gab.

Mit einer schwungvollen Bewegung lasse ich mich oben auf das Bett fallen und mache mir Musik an. Was war das jetzt? Dieser Tag hat mich im Gefühlschaos zurückgelassen. Bisher habe ich mich in dieses Liebesabenteuer gestürzt, ohne wirklich viel zu überlegen. Aber jetzt wird es ernst ... und damit gefährlicher. Besonders schlimm ist, dass ich niemanden ins Vertrauen ziehen möchte. Ich muss mir unbedingt neue Freunde suchen, denn ›unsere‹ waren genau betrachtet Gerrits Clique und meine ›loyale‹ beste Freundin Elena.

Doch, ich könnte Kira anrufen, meine Freundin, die im Ausland ist. Schnell habe ich die Nummer gewählt ... Mailbox, war ja klar.

Vielleicht sollte ich meine Gefühle doch noch einmal näher auf den Prüfstand schicken. Was ist Ben für mich? Ein Gegenentwurf zum Exfreund? Das rote Tuch, mit dem ich Mama gegen die Wand locken kann?

Wenn sein Bild vor meinem inneren Auge erscheint, dann durchströmt mich Wärme. Steht er als Person vor mir, wird die Wärme zu Hitze. Meine Gefühle sind immer stärker geworden. Die Warnlampen wollten nicht wirklich angehen – aber jetzt.

Da ist sein geheimnisvoller Fluchttrieb. Na ja, so oft haben wir uns doch noch gar nicht getroffen. Nur, ich werde das Gefühl nicht los, dass er da ein Geheimnis hütet ... oder etwas anderes in diese Richtung.

Ich muss einfach mehr Mut haben und ihn ausfragen, denn von selbst gibt er ja nichts preis. Und solch einen mysteriösen Typen lade ich nach Hause ein, wenn niemand da ist ... oh Mann. Im Prinzip könnte er doch ein Serienmörder sein.

Augenblicklich bin ich im Zwiespalt mit mir, ob ich ein Memo an mich selbst schicken soll, mit: Mia, du spinnst doch. Fragt sich nur warum, weil ich die Gefahr sehe, oder nicht sehen will?

Ich seufze. Meine Gedanken drehen sich im Kreis. Ich bin auf einmal unsagbar müde. Ich will nicht mehr nachdenken ...

Am nächsten Morgen wache ich in voller Montur wieder auf. Ich habe tatsächlich durchgeschlafen. Daran kann nur das Schlafdefizit der Nacht vorher schuld sein. Ein Blick auf mein Handy sagt mir nicht nur, wie spät es ist, sondern auch, dass Ben mir noch eine Nachricht geschickt hat, um Mitternacht.

Hallo Mia,

meine Schwester ist endlich eingeschlafen und ich vermisse dich ganz schrecklich. Ich hoffe, du bist auch gut eingeschlafen und träumst selig. Ach ja, vielleicht schaffe ich es nicht, mich morgen zu melden. Mach dir dann bitte keine Sorgen, ich werde immer an dich und unseren schönen Nachmittag am See denken. Ich sehne mich so nach dir und unserem nächsten Treffen.

Küsse dich in Liebe und voller Sehnsucht,

Ben

Ich lege das Handy zurück. Ja Ben, ich sehne mich auch nach dir, küsse dich zurück.

Ob ich ihm zurückschreiben soll? Wahrscheinlich sinnlos, er hat ja doch keine Zeit ...

Wie auch immer, ich erspare mir erst mal das Anziehen. Ein bisschen Wasser im Gesicht dürfte reichen ... vorerst ... da ich hier maximal meiner Mutter begegne. Hoffentlich ist sie shoppen.

Nein, natürlich habe ich da kein Glück. Mutti ist mal wieder dem Putzwahn verfallen. »Wenn ich zu Eva fahre, will ich alles sauber haben«, murmelt sie. Wohl wissend, dass sie mich leider hören kann. »Und wenn ich wiederkomme, will ich es hier genauso wiederfinden.«

»Natürlich Mama«, antworte ich betont gleichgültig. Wohl wissend, dass sie sich darüber ärgert.

Memo an mich selbst: Demnächst solltest du das pubertäre Gehabe wirklich ablegen.

Antwortmemo: Wenn ich hier ausgezogen bin.

Mein Handy pfeift, eine Nachricht. Mutter schüttelt den Kopf, als sie das hört. Sie hasst diesen Ton. Wenn sie wüsste, dass ich ihn deswegen habe.

Eine Mitteilung von Ben:

Hallo meine Schöne,
  sitze am Frühstück und denke an dich. Gleich ruft die Arbeit. Schicke dir deshalb vorher noch schnell tausend Küsse. :-**************
  In Liebe,
  Ben

Oh Mann, er scheint ja wirklich viel an mich zu denken. Wahrscheinlich sind meine Bedenken unnötig. Aber ich nehme mir fest vor, sollten wir demnächst noch einmal richtig telefonieren, will ich mehr über ihn wissen und werde fragen ... egal.

Nach dem Frühstück verdrücke ich mich so schnell wie möglich wieder ins Zimmer. Sonst kommt Mutti womöglich auf die Idee, ich könnte ihr beim Reinigen des sauberen Hauses helfen. In Murphys Gesetz steht, damit etwas sauber wird, muss etwas Anderes schmutzig werden. Bei meiner Mutter gilt das nicht, der vorhandene Schmutz reicht nicht, um etwas Anderes dreckig zu machen.

In meinem Zimmer fahre ich den Laptop hoch. Jetzt kann das Buchprojekt weitergehen. Weitergehen? Ich sollte endlich einmal anfangen. Aber wenn ich versuche mich hineinzudenken, herrscht wieder einmal absolute Leere. Etwas Sinnfreies mag ich nicht schreiben, aber etwas Sinnvolles fällt mir auch nicht ein.

Vielleicht sollte ich Bausteine schreiben, die ich hinterher zu einer Handlung zusammenfüge.

Ein Liebesroman handelt ja von Emotionen. Ich könnte von Gefühlen und Zweifeln erzählen. Also fange ich einfach an. Schreiben, was mir in den Kopf kommt und später kann man es vielleicht irgendwo einbauen. Es fühlt sich komisch an, wie ein Seelenstriptease.

Deshalb unterbreche ich mittendrin, die Handlung fehlt. Besser wäre sicher, wenn ich irgendetwas Erotisches festhalten würde. Aber das ist auch komisch. Wie schaffen diese Erotikautoren das nur? So etwas Intimes zu formulieren, ohne sich peinlich zu finden.

Am Ende des Tages blicke ich auf mein Werk und habe lauter wirres Zeug zusammengeschrieben. Jetzt weiß ich auch, wie das Wort ›Geschreibsel‹ entstanden ist.

Am nächsten Tag versuche ich es noch einmal im Café. Großartig packe ich meinen Ideenblock und die Mappe aus. Da erinnere ich mich an den Titel, den muss ich ja auch noch finden. ›Ein Millionär für alle Fälle?‹ ›Mein Millionär und ich?‹ Ach, was für ein gequirlter Mist! Auch anderweitige Inspiration finde ich hier nicht. Puh, ich reibe mir über die Stirn. Es hat keinen Zweck, ich bin zwar erst gekommen, aber ich gehe besser gleich wieder heim.

Frustriert packe ich ein und lenke meine Schritte wieder nach Hause. Dort geht es genauso weiter ... Hoffentlich kann ich heute Abend mit Ben telefonieren, damit ich wenigstens einen Lichtblick an diesem Tag habe.

Von Ben kommen weiter nur kleine Nachrichten, in denen er schreibt, dass er an mich denkt und mir Küsse sendet. Inzwischen schreibe ich zurück. Unter anderem auch, dass ich in unserem Café war.

Am Donnerstagabend ist es endlich soweit, das Telefon klingelt und reißt mich aus meinen Grübeleien.

»Hallo Ben?«

»Hi Mia, es ist ja so schön, endlich wieder deine Stimme zu hören.«

»Oh ja, ich freue mich so, dass es endlich geklappt hat.« Dann erinnere ich mich, dass ich ja mehr von ihm wissen wollte. »Wie läufts?«, beginne erst einmal unverbindlich.

»Ja, eigentlich ganz gut. Harte Verhandlungen. Aber GET SMARTER scheint einen großen Fisch an der Angel zu haben. Also, wenn wir das Projekt bekommen ... das wäre schon toll.«

»Und du bist bei diesen Konferenzen dabei?«

»Sagen wir, ich leiste meinen Beitrag.«

Na toll, schon wieder ausgewichen. »Weißt du was? Ich habe auch Post von deinem Arbeitgeber bekommen. Ich soll vorbeikommen. Ich glaube, die wollen, dass ich früher anfange. Dann werden wir uns womöglich öfter sehen. Was machst du dort eigentlich genau?«

»Ja? Oh, das ist ja toll, da freue ich mich. Sag mal, und was ist jetzt mit deinem Buch? Kommst du voran?«

Er berührt diesen wunden Punkt und ich merke noch nicht einmal, dass er schon wieder ausweicht. So erzähle ich ihm von meinen schlechten Ansätzen und dem Durcheinander, das ich produziert habe.

»Also, ich bin kurz davor, den Titel ›Wer will schon einen Millionär‹ zu nehmen«, beende ich die Ausführungen.

Ben schluckt, dass ich es durch das Telefon hören kann und es folgt eine merkwürdige Pause.

»Ähm, ich denke, damit ziehst du keinen Hering vom Teller«, antwortet er dann lakonisch.

Ich höre ein Klopfen im Hintergrund.

»Du, ich muss zum Essen. Wir sprechen uns, ja?«

»Ja ... bis dann. Guten Appetit.« Den letzten Satz hätte ich mir sparen können, denn er hat schon aufgelegt.

Kapitel 14

VORBEREITUNGEN

Meine Mutter steht abfahrbereit mit ihrem großen Koffer im Flur. Mit Sonnenbrille im Haar, Tuch um den Hals und Mantel über dem Arm. Bei ihrem Anblick überrollt mich eine kleine Glückswoge. Endlich sturmfrei! Dieses Gefühl von Freiheit habe ich definitiv zu selten.

»Ich werde gleich abgeholt, benimm dich, wenn ich nicht da bin.«

»Ja Mama, du hast deine Erwartungen wirklich ausreichend formuliert«, erwidere ich mit einem ›Und tschüss‹ in Gedanken.

»Ich wollte ja auch nur sicherstellen, dass du jetzt nicht diesen Versager ins Haus holst, der den Gerrit so angepöbelt hat.«

»Angepöbelt? Das ist ja wohl die Höhe! Im Gegenteil, Gerrit hat ihn provoziert.«

»Das kann ich mir kaum vorstellen. Gerrit hat gute Manieren«, sagt sie im anschwellenden Ton.

Bei mir krampft der Magen, das Blut schießt mir mal wieder in den Kopf. »Mama, so wie Gerrit sich in deiner Anwesenheit benimmt, so ist er nicht, wenn wir allein sind.« Ja, mein Ex hat es einfach drauf, meine Mutter einzuwickeln, das muss man neidlos anerkennen.

»Jedenfalls ist er eine ganz andere Liga als dieser, dieser ...«, lässt sie nicht locker und ihr Atem geht schneller. Nervös spielt sie mit dem Gürtel ihres Mantels.

»Ben, Ben heißt er ... und ja, der ist eine andere Liga. Das ist aber mit Sicherheit nicht schlecht, im Gegenteil. Ich hoffe, es ist eine treuere ... Liga«, knurre ich und ermahne mich Luft zu holen.

»Du hoffst? ... Sag mal, was weißt du eigentlich von diesem Ben?«, forscht meine Mutter und zieht skeptisch die Augenbrauen zusammen.

Manchmal frage ich mich wirklich, ob sie Gedanken lesen kann. Aber von meinen neuerlichen Ängsten und Zweifeln werde ich ihr mit Sicherheit nichts erzählen.

»Er ist lieb, nett, großzügig, hilfsbereit und unglaublich charmant. Du willst ihm ja keine Chance geben, das zu zeigen.«

Meine Mutter rümpft die Nase. »So wie der daherkommt ...« Sie schüttelt den Kopf. »Du musst es ja wissen, du bist ja Erwachsen ... wie du immer betonst. Aber heul mir hinterher nicht die Ohren voll.«

Ich nicke nur. Was soll man dazu noch sagen?

Es hupt.

Mama schnappt sich ihren Koffer und stürmt Richtung Haustür.

»Das ist Gerrit«, murmelt sie beim Hinausgehen.

Ich verdrehe die Augen. Wer sonst sollte sie abholen?

»Denk dran, dass du mir nicht diesen, diesen ...«

»Ben«, brumme ich genervt.

»Ja genau, mit ins Haus bringst.«

»Tschüss Mutti, und denk dran: Ich bin erwachsen!«

›Du mich auch ...‹ denke ich, als ich den beiden mit einem gekünstelten Lächeln hinterherwinke.

Ich schließe die Haustür, danach meine Augen und atme erst einmal tief durch. Jetzt wird es aber wirklich Zeit, mir darüber Gedanken zu machen, was ich hier mit Ben so anstellen werde. Möglicherweise reißen wir uns ja sofort die Kleider vom Leibe ... und möglicherweise ist mir das sogar sehr recht.

Aber sollte er das jetzt nicht so toll finden, oder sogar respektlos, dann müsste ich einen Plan B für das Näherkommen haben ...

Ich entscheide mich für den Klassiker, Essen kochen. Zweckmäßigerweise mit aphrodisierender Wirkung, das wäre doch ziemlich sexy. Also mache ich mich erst mal ans Recherchieren ...

Mein Laptop läuft heiß, die Anregungen sind vielfältig.

Erdbeeren, Vanille, Schokolade ... damit lässt sich schon mal ein schöner Nachtisch machen. Chili soll ja auch anregend wirken ... kann ich mir vorstellen. Kaviar, Austern und Shrimps sprengen den Kostenrahmen. Spargel ... schon besser, aber leider ist die Saison schon vorbei. Trüffel ... oh je, das wird ja immer teurer.

Selleriesüppchen? Ja, das krieg ich hin. Und dann werde ich einen Braten mit Kräutern machen, denen auch eine entsprechende Wirkung zugeschrieben wird. Der kann in Ruhe vor sich hin schmurgeln, während wir uns begrüßen. Schokomousse zum Nachtisch ... et voilà!

Beim Besorgen aller Zutaten und ein paar Vanille-Duftkerzen trifft eine neue Nachricht von Ben ein.

Hallo meine Schöne,

Ich werde mich jetzt auf den Heimweg machen und die ganze Zeit über an dich denken. Du kannst dir nicht vorstellen, wie sehr ich mich auf morgen freue. Die Sehnsucht nach dir ist kaum auszuhalten. Ich werde mich noch mal melden, wenn ich wieder zuhause bin.

Bis bald,

Ben

Oh, mein Lieber, wie sehr ich mich erst nach diesem Treffen sehne. Ich werde dir zurückschreiben, sobald ich zuhause bin. Ich stecke das Handy wieder zurück und versinke in Sehnsucht.

Aufregung steigt in mir hoch. Wie wird es sein, ihn wiederzusehen und endlich ungestörte Zweisamkeit zu genießen? Mein Gott, wie bekomme ich bloß diese Aufregung in den Griff? Und schon taucht die Frage nach der richtigen Kleidung auf.

Also, das verstehe ich selbst nicht. Bei Gerrit, der sehr viel Wert auf Äußerlichkeiten legt, war es mir egal, was ich anhatte. Er sollte mich schließlich nicht wegen meines Aussehens lieben. Bei Ben, der offensichtlich weniger Wert auf Äußerlichkeiten legt, ist es mir viel wichtiger, dass ich ihm gefalle. So einen Kopf habe ich mir sonst nie über meine Kleidung gemacht.

Ob ich mir ein neues Teil gönne? Oder einen Rock? Oh Mann ... einen Rock, das erinnert mich an diese Episode aus dem Erotikschinken, aus dem mir Ben vorgelesen hat. Nein, soweit muss ich nun nicht gehen.

Ein heißes Oberteil mit tiefem Ausschnitt, das man schnell wieder ausziehen kann ... Oh, so viele Gedanken habe ich mir auch über ›das Eine‹ noch nie gemacht. Das kann nur einen Grund haben. Meine Gefühle für Ben sind viel tiefer als sie jemals für Gerrit waren.

Ich bin nicht nur verknallt, nein, ich bin wohl schon verliebt. Fuck! Was ist, wenn er meine Gefühle nicht erwidert? Was ist, wenn er mich auf irgendeine Art belügt? Meine Mutter hat wohl recht, wenn sie sagt, ich weiß nichts über ihn.

Was ist, wenn er mich betrügt, so wie Gerrit? Immerhin kann er das nicht mehr mit meiner besten Freundin, denn ich habe ja keine mehr. Zynisch? Ich doch nicht!

Wieso war ich so unvorsichtig?

Memo an mich selbst: Versuche deine Gefühle etwas besser im Zaum zu halten und dafür im Gegenzug die von Ben zu entfesseln. So bekommst du Kontrolle über die Situation.

Ein Tanz auf dem Vulkan, der akribisch vorbereitet werden will. Mein Verstand versucht leider immer wieder, die Möglichkeiten der Kontrolle mies zu machen.

Pah! Ich habe doch alles im Griff!

Maßnahme eins: Ein höllisch sexy Outfit kaufen.

Ich bringe besser erst die Einkäufe nach Hause und kann dann unbelastet in meiner Lieblingsboutique shoppen gehen. Einen Moment frage ich mich, ob ich besser vorher in Mamas Heftchen recherchiere. Dann verwerfe ich den Gedanken wieder, weil meine Mutter als Lotsin bei diesem unübersichtlichen Stapel Schmöker unverzichtbar wäre.

Ich stecke alles Bargeld meiner eisernen Reserven ein. Das fällt mir nicht leicht, aber wie heißt es so schön: Im Krieg und in der Liebe ist alles erlaubt. Hoch motiviert betrete ich damit StreetStyle, den im Moment angesagtesten Klamottenladen.

Eine dürre Verkäuferin mit eingefallenen Wangen und riesengroßen Augen stürmt auf mich zu. »Kann ich ihnen helfen?«, fragt sie und hat offensichtlich Schwierigkeiten, aufgrund tonnenschwerer Schminke, ihre Augen offenzuhalten.

Am liebsten hätte ich ›ich glaube kaum‹ gesagt, aber etwas Beratung werde ich leider brauchen.

»Kommen sie bitte mit«, erwidert sie, nachdem ich meinen Wunsch vom sexy Outfit vorgetragen habe. Ich trotte brav hinter ihr her, während sie zielstrebig einen großen Kleiderständer ansteuert.

»Also total sexy und extrem angesagt ist der Lingerie-Look, hier«, strahlt sie mich an, während sie ein schwarzes Top in die Höhe hält. Offensichtlich ein Seidentop mit Spitze oben. Es erinnert mich kolossal an einen Unterrock oder ein Seidennachthemd. Da sind sie wieder, die topaktuellen Nachthemden, das hatten wir ja kürzlich schon mal.

Aber vielleicht muss ich es einfach nur einmal anprobieren und finde mich damit supersexy. Es wird Zeit, auch für mich, sich von Vorurteilen zu lösen.

Ein Blick in den Spiegel wirkt ernüchternd. Das Top spannt sich geradezu ordinär über meine üppige

Oberweite. Ja, die Models, die solche Kleidung tragen, haben eben kein Holz vor der Hütte. Ich antworte der Verkäuferin mit einem Kopfschütteln. Meine Beraterin beweist geradezu stoische Geduld und schleppt immer weiter Neues heran.

»Oh hallo Mia!«, zischt auf einmal Ellen von hinten. Ich bekomme eine Gänsehaut, denn sie hört sich nicht nur so an, sondern sie ist auch eine Schlange. Nicht nur böse Zungen behaupten dasselbe. Sie ist der Wanderpokal der Clique um Gerrit. »Wird wohl Zeit, dass du wieder was für den Marktwert tust«, schiebt sie mit einem Grinsen hinterher. Ihre übernatürlich weißen Zähne blitzen im künstlichen Ladenlicht noch unnatürlicher.

Ich sehe mich nervös um. Wo ist denn nur die Verkäuferin, wenn man sie mal braucht? »Ja, hallo Ellen«, begrüße ich sie mit einem künstlichen Lächeln. »Es sieht ganz so aus, als ob du das auch mal wieder nötig hättest.«

»Ja, wenn man so einen fetten Fisch wie Gerrit von der Angel lässt, muss man sich etwas einfallen lassen, gell?« Ellen wirft schnippisch ihre Extensions nach hinten und holt schon wieder Luft.

›Ich schenk dir den fetten Fisch, der stinkt‹, würde ich am liebsten sagen. Aber das ist wohl taktisch nicht klug und streng genommen unter meiner Würde.

»Ein Tipp noch, Rot. Rot ist die Farbe, die Männer anlockt«, sagt sie und hält ihren Zeigefinger in die Höhe. Ihre künstlichen Nägel sind knallrot lackiert und stechen mir regelrecht in die Augen.

»Ja genau, Rot wie ein Pavianhintern.« Soll ich dieses dämliche Wortduell weiterfechten? Ich drehe mich genervt um, da rettet mich endlich die Verkäuferin.

Erleichtert wende ich mich noch einmal zu meiner nervigen Bekannten und zucke mit den Schultern. »Sorry, geht hier jetzt weiter.« Schnell verdrücke ich mich mit den nächsten Teilen in die Kabine. So eine dumme Kuh, die hat mir gerade noch gefehlt.

Der Laden schließt, als ich mich endlich entschieden habe. Ich verlasse ihn schließlich mit einem klassischen Neckholdershirt in Schwarz, mit tiefem Ausschnitt. Da kommt auch der Rücken zur Geltung. Dazu eine Skinny-Jeans im Used-Look – fertig. Ich fühle mich höllisch mutig und sexy, als ich wieder auf der Straße stehe.

Aber schon zuhause verlässt mich mein Mut wieder. Solche stark ausgeschnittenen Kleider trage ich sonst nicht. Die Jeans ist geradezu unbequem eng, die Löcher ziemlich groß und das Top lässt beängstigend tief blicken. Ob das Ben überhaupt gefällt? Was solls ... es wird funktionieren, denn es spricht niedere Instinkte an. Wichtig ist ein Erfolg für morgen, danach kann ich ja wieder mehr ich selbst sein.

Uff ... ich bin ja so aufgeregt. Hoffentlich kann ich heute Nacht überhaupt schlafen. Na, erst mal weiter mit den Vorbereitungen.

Ich kann noch den Braten mit den Kräutern marinieren, dann ist der Geschmack bis morgen schön durchgezogen. Geradezu sinnlich reibe ich die Kräuter auf die Bratenoberfläche. Bei dem Gedanken an das aromatische Fleisch läuft mir jetzt schon das Wasser im Mund zusammen.

Die Mousse könnte ich eigentlich auch schon mal vorbereiten ...

Da muss ich herzhaft gähnen. Ich werde es schnell hinter mich bringen, denn ich bin nach dem anstrengenden Shopping ziemlich kaputt.

Oben angekommen meldet sich Ben mit einer kurzen Nachricht:

Hallo meine Schöne,
bin wieder heil zu Hause und völlig fertig. Brauche dringend eine Mütze voll Schlaf. Am liebsten würde ich mich jetzt an dich kuscheln. Ich freue mich unheimlich auf unser Wiedersehen.
Bis morgen,
Ben

So müde ich auch bin, als ich endlich im Bett liege, bin ich glockenwach. Wie schon befürchtet, kann ich vor Aufregung nicht schlafen.

Ob ich noch mal aufstehe und weiter vorbereite? Nein, dann kann ich sicher erst recht nicht schlafen.

Oder schreibe ich noch ein bisschen am Roman? Nein, dafür bin ich zu unkonzentriert.

Ob ich wohl richtig angezogen bin? Wie er wohl angezogen ist? Hoffentlich bin ich nicht overdressed. Soll ich Parfüm auflegen? Was ist, wenn er nichts macht? Ob ich dann die Initiative ergreifen soll?

Oh je, ich drehe immer mehr am Rad. Erst gegen Morgen schlafe ich ein.

Nach einem kurzen, unruhigen Schlaf bin ich wieder früh wach. Und posthum klingelt mein Wecker, denn es ist ja noch einiges zu erledigen ...

Als meine Küchenvorbereitungen fertig sind, gönne ich mir noch ein entspannendes Bad in Duftschaum. Aber leider merke ich von der entspannenden Wirkung nichts. Im Gegenteil, mein Herz schlägt immer schneller. Mein Körper fühlt sich an, als würde er kribbeln und der Appetit auf das Essen wird immer weniger.

Cool bleiben, Mia, schimpfe ich mich selbst. Aber das ist natürlich leichter gedacht, als getan.

Als ich mich in die neue Kleidung zwänge, ist mir fast schon schlecht vor Übelkeit. Oder liegt es vielleicht am chemischen Geruch der neuen Jeans? Das nächste Mal werde ich sie vorher waschen.

Ein bisschen Schminke lege ich auch noch auf und schon ist es so weit, es klingelt an der Tür. Mir zittern die Knie vor Aufregung und ich kann nur kleine Schritte gehen. Ich merke, wie das Blut fast wie heißer Dampf in meinen Kopf schießt. Oh, ich hätte die Schminke doch dicker auflegen sollen, Rotwerden ist doch einfach nur peinlich. Mein Herz schlägt bis zum Hals, als ich die Haustürklinke herunterdrücke ...

»Guten Tag, könnten Sie ein Päckchen für die Nachbarin annehmen?«, fragt der Postbote freundlich, als ich die Tür zögernd öffne.

Entwarnung ... mir entfährt ein nervöses Kichern. Jetzt hält der Austräger mich sicher für gestört. Das Blut weicht mir sofort wieder aus dem Kopf und ich könnte vor Scham versinken. Ich frage mich, was er denkt, als ich mit kaltschweißigen, zitternden Fingern die Annahme bestätige.

Jetzt muss ich mich erst mal setzen und mich vom Schock erholen. Mit Gummigliedern lasse ich mich auf einen Wohnzimmersessel plumpsen.

Doch ich sitze kaum, da klingelt es noch einmal und sofort befindet sich alles Blut wieder in meinem Kopf. Ich habe das Gefühl, mein Herz steht kurz vor dem Zerbersten.

Und diesmal steht Ben leibhaftig vor mir, deshalb muss ich damit kämpfen, nicht in Ohnmacht zu fallen. Ich hätte doch frühstücken sollen, aber ich habe leider keinen Bissen hinunterbekommen.

Sein gewinnendes Lächeln lässt mich nur wenig ruhiger werden.

Er steht mit einer Flasche Rotwein in der Tür und mustert mich. »Toll siehst du aus«, ist das Erste, was aus seinem Mund kommt. Dabei haftet sein Blick wie festgetackert an meinem Busen, der eine verheißungsvolle Botschaft durch den Ausschnitt freigibt.

Wusste ichs doch, es funktioniert.

Männer sind ja so einfach, bestätige ich mir mit einem inneren Grinsen.

»Da bin ich ja froh, dass ich mich auch etwas schick gemacht habe«, ergänzt er.

Ich erwache aus meiner Starre und strahle ihn an. Dabei wird mir bewusst, dass er sehr verlegen wirkt.

Bemerkenswert, er hat nicht das obligatorische T-Shirt an, sondern ein schwarzes Hemd. Zusammen mit den Jeans sieht er einfach zum Anbeißen aus.

»Komm erst mal rein«, schlage ich vor und muss mich räuspern, als ich die Tür ein Stück weiter öffne.

Kapitel 15

BÄNG

Da steht es nun, das Objekt meiner Begierde.

Mit diesem supersexy Lächeln ...

Sein schneller Atem verrät mir, dass er auch sehr aufgeregt ist.

Er fesselt mich, indem er mir die Flasche Rotwein in die Hand drückt. Mit beiden Händen klammere ich mich daran fest. Er umfasst meinen Oberkörper ganz und umarmt mich. Fest drückt er seinen Körper gegen meinen und vergräbt sein Gesicht in meiner Halsbeuge. Ein wohliger Schauer läuft über meinen Rücken, als ich seinen Atem auf meiner nackten Haut spüre. Er scheint es zu spüren, denn er stöhnt ganz leise und sehnlich.

Seine Lippen bahnen sich den Weg nach oben, den Hals hoch, den Kiefer entlang, bis sie meinen Mund finden und ihn stürmisch erobern. Wir versinken beide in einem langen Kuss, der uns unser Verlangen spüren lässt.

Ein warmer Schauer jagt durch meinen Körper. Ben streicht mit seinen Händen zärtlich über meinen Rücken. Meine Knie werden weich und ich merke, wie in meinem ausgehungerten Körper das Blut im Unterleib zusammenläuft. Ben löst sich, als ich auch leise stöhne. Sein Mund wandert wieder zu meinem Hals, den ich ihm hingebungsvoll entgegenhalte.

Ja, nimm mich ... endlich!

Aber die Flasche ist immer noch zwischen uns. Langsam weiche ich zurück ins Wohnzimmer. Meinen Freund scheint das nicht zu stören. Er streichelt weiter meinen Rücken. Seine Hände wandern hoch in den Nacken, kraulen dort meinen Hinterkopf und krallen sich ins Haar, um den Kopf für einen weiteren Kuss etwas nach hinten zu ziehen.

Mit einer verlangenden Geste erobert er wieder meinen Mund, den ich ihm hingebungsvoll öffne. Mein Gott, ein kribbeliges Gefühl zieht durch meinen ganzen Körper, bis in die Füße. Die Knie werden gnadenlos weich, mit diesen Gummibeinen lässt es sich schwerer laufen.

Egal. Ich öffne den Mund weiter, um noch tiefer in den Kuss zu versinken. Mittlerweile sind wir beim Wohnzimmersofa angekommen und endlich kann ich diese störende Flasche abstellen. Ohne den Kuss zu unterbrechen, stelle ich das Mitbringsel hinter mich und dränge meinen Unterkörper dichter an seinen.

Seine Leidenschaft ist deutlich zu fühlen und verstärkt mein Verlangen. Stumm drücke ich mich noch fester gegen seine Härte, um ihm meine Sehnsucht zu zeigen. Er reibt sich leicht gegen mich und nestelt am Knoten meines Neckholders.

Da der nackte Rücken nicht durch Träger verschandelt werden sollte, habe ich auf einen BH verzichtet. Als die Träger fallen, entblößt er meine nackten Brüste.

Ben stockt der Atem.

»Du bist wunderschön«, murmelt er. »Weißt du das eigentlich?«

Ich könnte jetzt sagen, dass viele Männer große Busen lieben. Aber ich genieße lieber seine Erregung, die mir durch die lustverhangenen Augen offenbart wird.

Er greift erst nur zaghaft zu. Ich genieße das Begehren, das es in uns beiden entfacht. Die Berührung elektrisiert meinen ganzen Körper und ich strecke mich ihm etwas weiter entgegen. Das ermutigt ihn, noch etwas fester zuzupacken. Ja, knete sie, sie gehören dir, bitte ich ihn stumm.

Er gehorcht und bearbeitet sie, dass es gnadenlos in meinen Unterleib fährt. Mein Gott, kann man noch heißer werden? Ja man kann ... als er die Brustwarzen stimuliert, zieht diese Berührung fast schmerzhaft nach unten.

All mein Blut scheint dort versammelt zu sein, denn klares Denken ist mir nicht mehr möglich. Jetzt habe ich wirklich nur noch das Eine im Sinn, und niemand, aber auch wirklich niemand, wird mich jetzt davon abhalten, mein Verlangen zu stillen.

Durch den erwachten Heißhunger fange ich an, sein Hemd aufzuknöpfen. Am liebsten würde ich es ihm vom Leib reißen. Schnell habe ich ihn von seinem störenden Stück Stoff befreit und kann seine nackte Haut genießen. Ich bedecke die Schlüsselbeine mit kleinen Küssen und nehme diesen wunderbaren, männlichen Geruch dabei auf.

Als ich über die Brustwarzen lecke, stellen diese sich auf und ich kann sie sanft stimulieren. Ben atmet nur noch unregelmäßig und entlässt ein lautes Stöhnen. Mann, macht mich das an.

Wie gelähmt stockt seine Tätigkeit, als ich an seinem Hosengürtel nestele und ungeduldig die Knöpfe öffne. Schnell ist die Hose mitsamt den Boxershorts unten und seine Lust ragt mir entgegen. Jetzt stockt mir der Atem, denn dass er so gut bestückt ist, hätte ich nicht erwartet.

Als ich ihn endlich in der Hand habe, kann ich die harte Gier fühlen. Ich streichle und pumpe das steinharte Teil und erfreue mich an seiner wachsenden Erregung. Ben scheint immer noch überwältigt von meinen zielstrebigen Zärtlichkeiten. Durch Ausbreiten der Beine verstärkt er seine Standfestigkeit, als ich in die Knie gehe, um ihn mit dem Mund zu verwöhnen.

Gierig packen meine Hände dabei den knackigen Hintern, streicheln den gesamten Unterleib samt Hoden.

Mein Lustobjekt hat die Augen geschlossen und den Kopf genießerisch nach oben gestreckt. Sein Atem geht keuchend.

»Wenn du auch noch etwas verwöhnt werden willst, dann musst du jetzt aufhören«, raunt er und versucht den Unterleib etwas zurückzuziehen. Er greift meine Oberarme, um mich wieder nach oben zu ziehen.

Aber ich genieße gerade die Macht, die ich über ihn ausübe. Mache weiter, mit dem Wissen, dass es für ihn nicht so einfach ist, jetzt aufzuhören. Ich möchte es zu Ende bringen, jetzt und hier, sofort …

Als Ben meine Intention spürt, streckt er sein Becken zu mir und ich nehme ihn tiefer auf. Ich sauge, lecke, fasse fester zu und pumpe schneller. Die andere Hand widmet sich hingebungsvoll seinen Hoden.

Die leichten, erregten Bewegungen und lustvollen Laute feuern mich an. Ich versinke in einem Strudel aus Lust und Freude.

»Ich kann nicht mehr«, stöhnt er nur, was mich innerlich grinsen lässt. Er gibt mir zwar die Chance mich zurückzuziehen, aber ich lasse sie verstreichen. Ich vergesse mich gerade vollkommen und die Konsequenzen sind egal. So entlädt er all seine Lust und sackt danach ein Stück zusammen, während er versucht, wieder zu Atem zu kommen.

Auch ich komme wieder zu Bewusstsein und wundere mich gerade über mich selbst. Bei Gerrit habe ich mich nie so vergessen.

Aber jetzt möchte auch ich mein Recht. Ich möchte eins sein, mit meinem geliebten Freund ...

Ich muss sofort diese verdammt unbequeme Hose loswerden ...

So fummle und zerre ich an dem beengenden Teil, während er noch um Besinnung und Atem ringt.

Memo an mich selbst: Nie wieder so verdammt enge Hosen anziehen, wenn sie schnell wieder ausgezogen werden sollen.

Mein vermaledeiter Freund beobachtet mich mit einem süffisanten Lächeln.

»Hey! Hilf mir lieber, statt dich über mich zu amüsieren. Etwas mehr Dankbarkeit wäre angebracht!«, schimpfe ich, während ich verzweifelt versuche, mich von dem dummen Stück Stoff zu befreien.

»Hey, gib mir doch einen kleinen Moment, damit ich erst einmal wieder zu Kräften kommen kann. Ich muss mich noch ein wenig ausruhen«, lacht er und seufzt erschöpft. »Schließlich hast du all meine Warnungen in den Wind geschlagen.«

»Egal«, grinse ich schelmisch, denn endlich ist die Hose unten und ich kann heraussteigen. Ungeduldig feure ich das unpraktische Bekleidungsstück in die Ecke.

Mit einem So-mein-Lieber,-jetzt-bist-du-fällig-Gedanken, bewege ich mich auf ihn zu. Mein Blick muss einiges Verraten, denn er weicht einen Schritt vor mir zurück. Ich verenge meine Augen und denke: ›Leg dich hin.‹

Die Gedankenübertragung scheint zu funktionieren, denn er gehorcht. Möglicherweise liegt es auch an der natürlichen Bremse, den das Sofa seinem Zurückweichen setzt.

Da liegt er jetzt vor mir und ich verschlinge seinen muskulösen Körper mit meinen Augen.

»Jetzt hol ich mir, was ich will«, raune ich und schreite langsam auf das Objekt meiner Begierde zu.

»Du machst mir Angst«, stottert er.

Auf den Knien positioniere ich mich über seine Beine. Scherzhaft stemme ich die Arme in die Hüften und nicke mit dem Kopf in Richtung seines Lustzentrums. »Wie ich sehe, bist du schon vor Angst erstarrt«, entfährt es mir, als ich sehe, dass sich seine Erregung nicht abgebaut hat.

Seine Augen weiten sich, als ich mit den Knien weiter nach oben wandere, um ihn endlich in mir zu spüren.

»Kondom ... Hose«, stammelt er fast hilflos.

»Keine Angst, ich habe die Pille noch nicht abgesetzt«, hauche ich nur, bevor ich mich lustvoll auf ihn herunterlasse. Ein irres Gefühl überkommt mich, als er mich ausfüllt. Ja, das habe ich so lange vermisst.

Seiner Kehle entrinnt ein animalisches Knurren, bevor sich die Augen wieder verengen. Er atmet tief ein und dann stockt seine Atmung wieder.

Ich muss ihn wachküssen, blitzt es mir durchs Bewusstsein, und ich senke meinen Mund auf seinen. Wild umschlingen sich unsere Zungen ganz tief in unseren Mündern. Ich bin ganz eins mit ihm, genieße hemmungslos die Lust, die unser Bewusstsein trübt.

Als ich es nicht mehr aushalte vor Gier, setze ich mich auf und reite ihn mit leidenschaftlichen Bewegungen. Er beschäftigt sich hingebungsvoll mit meiner Brust, was meine Lust weiter anfeuert. Wir verlieren uns immer tiefer in unserer Leidenschaft.

Der Orgasmus, der mich erlöst, ist gigantisch. Ein gewaltiges Gefühlsfeuerwerk, das man nur erreicht, wenn man sich sehr lange nach Liebe gesehnt hat. So etwas habe ich noch nicht erlebt.

Erschöpft lasse ich mich vornüber fallen und küsse ihn voller Zufriedenheit. Mit einem entspannten Seufzen lege ich meinen Kopf auf seine Brust und genieße das rutschige Gefühl durch den Schweißfilm, der sich auf unserer Haut gebildet hat.

»Wow, wow ... wow.«

Das Vibrieren seiner Stimme überträgt sich auf meinen Körper und lässt Schmetterlinge auffliegen. Ich schließe die Augen.

»Wow, so was hab ich noch nicht erlebt. Das war einfach gigantisch.« Mit seiner Hand streichelt er über meinen Rücken und ich bekomme schon wieder eine Gänsehaut. »Wie ein Sturm der Leidenschaft. Ich hatte gar keine Chance, du hast mich regelrecht verschlungen.« Sanft streichelt er mir dabei übers Haar und küsst mich liebevoll.

Das entlockt mir ein zufriedenes Grinsen. »Kann sein ... ich hab mich einfach völlig vergessen. Ich habe so was auch noch nicht erlebt, das kannst du mir glauben.«

»Das war einfach ... wow«, schiebt er nach. Sein sanftes Streicheln fühle ich jetzt überall.

Mein Kopf ruht auf seiner Schulter. Ich konzentriere mich auf das Heben und Senken seines Brustkorbs und spüre, wie sein Herzschlag ruhiger wird. Meine Hand fährt zärtlich über seine Brust, seinen Hals und umschließt schließlich seine Wange. Sanft drehe ich seinen Kopf zu mir.

Wir sehen uns in die Augen und erkennen so viel Gefühl darin.

Dieser friedliche und zärtliche Moment ist fast so schön wie der leidenschaftliche vorhin. Wieder einmal wünsche ich mir, die Zeit würde stillstehen.

Mit geschlossenen Augen schwelge ich weiter in meinem Wohlgefühl, als ein unheilvoller Geruch in meine Nase zieht.

»Sag mal, hast du etwas im Ofen?«, fragt mich Ben.

»Fuck! ... Ja, mein Braten brennt an!« Blitzschnell bin ich aufgesprungen und haste zum Backofen. Ben springt hinter mir her.

Ich reiße die Tür auf und eine dunkle Wolke hüllt meinen nackten Körper ein. Hilflos versuche ich, mit der Hand die stinkenden Rauchschwaden beiseite zu wedeln.

»Pass auf, sonst verbrennst du dich!« Fürsorglich schiebt mich mein Freund beiseite und greift zu den Topflappen. Dann zieht er ein Schwarzes, völlig verbrutzeltes Etwas aus der Röhre. »Das Teil ist bestimmt gar«, bemerkt er lachend.

Frustriert lasse ich mich auf den Küchenstuhl sinken. »Ich finde das gar nicht witzig«, seufze ich. »Ich hab mir so viel Mühe gegeben und jetzt müssen wir wohl eine Pizza bestellen.«

»Ach was! Mit ein wenig Kreativität ist da sicher noch etwas zu machen. Man schneidet das Schwarze einfach weg und zaubert ein lecker Sößchen dazu.« Er dreht sich zu mir um und zwinkert tröstend.

Mir entfährt ein spöttisches Lachen. »Ja klar!«

»Glaubst du nicht? Wo sind eure Vorräte? Ich mach das schon«, verspricht er mit gekünstelter Begeisterung in der Stimme.

Mein Grinsen ist sicher schief, als ich auf die Tür zum Vorratsraum zeige, in dem Ben sofort verschwindet. Denn er macht sich, splitternackt, wie er ist, eifrig ans Werk.

Nach einiger Zeit taucht er wieder auf und mein Blick haftet an ihm, hartnäckig wie Sekundenkleber.

»Gefällt dir, was du siehst?«, lacht er.

»Klar, ich finde Männer, die kochen, immer sexy«, antworte ich grinsend. Ich bin mir sicher, dass er nicht das meinte ... und ich natürlich auch nicht.

Ich sitze weiter auf dem Küchenstuhl und verschlinge seinen Knackarsch mit meinen Augen. Er hat einen göttlichen Körper, dessen Muskelspiel mich regelrecht hypnotisiert.

Ab und zu dreht er sich zu mir und fragt nach irgendwelchen Zutaten, deren Platz ich ihm verrate. Jedes Mal grinst er mich wissend an. Es ist wohl nicht zu leugnen, dass ich diese Szene genieße.

»Ist dir gar nicht kalt?«, fragt er irgendwann.

»Das ist schlicht unmöglich, bei dem heißen Anblick«, gebe ich lachend zurück. Und so kalt ist es nun wirklich nicht. »Aber du kannst mich ja trotzdem ein bisschen wärmen«, schlage ich vor und stehe auf. Ich trete von hinten an ihn heran und schlinge meine Arme um seinen Oberkörper.

Mein Freund seufzt leise. »Vorsicht, lenk mich nicht zu sehr ab, sonst mache ich noch einen Fehler und dann ist da nichts mehr zu retten.«

Entgegen seiner Warnung schmiege ich mich noch ein bisschen dichter an ihn und lege meinen Kopf an seinen Rücken.

Er scheint die Geste trotz Behinderung zu genießen und sagt nichts mehr. Eifrig werkelt er weiter.

»So, Mission erfüllt. Das Essen ist gerettet. Lass es uns gleich probieren, ich habe einen Bärenhunger.«

»Komm dreh dich um und lass mich dir danken mein Retter«, lache ich und küsse ihn zärtlich, voller Dankbarkeit.

Er erwidert den Kuss innig und ich spüre Topflappen auf meinem nackten Rücken.

»Komm, lass uns zum Essen wieder etwas überziehen, sonst erkältest du dich noch«, schlägt er vor.

Mit Grauen denke ich an diese vermaledeit enge Jeans und möchte dann doch lieber nackt bleiben. Diese Hose ziehe ich nicht noch mal an.

»Nein, mir ist nicht kalt, wirklich nicht«, versichere ich. Lass uns doch einfach nackt essen, dann fühle ich mich so frei.

Ben nickt zögernd.

»Setze dich doch schon mal. Ich habe auch eine Suppe vorbereitet. Eins kannst du mir glauben, ich habe auch etwas Stärkung nötig.«

Kapitel 16

DU BIST MEINE DROGE

Wir setzen uns an den einfachen Küchentisch. Den liebevoll vorbereiteten, und mit Rosenblättern geschmückten Wohnzimmertisch, finde ich nicht angebracht, denn wir sind in Unterhosen. Ich habe wirklich keine Lust mehr, mich wieder in die enge Kleidung zu zwängen. Ben hat drauf bestanden, dass wir wenigstens Unterhosen anziehen. Im Moment genieße ich einfach nur das ultimative Gefühl der Freiheit. Ja, so schön wäre es in einer eigenen Wohnung. Man könnte machen, was einem spontan in den Kopf kommt.

Ach, wenn meine Mutter das doch sehen könnte. Ich glaube, sie würde in Ohnmacht fallen. Jede Form von Freiheit ist ihr suspekt. Schlimm finde ich, dass sie dabei auch anderen die Freiheit nicht gönnt. Nur weil man sich selbst so reglementiert, müssen andere das doch nicht auch machen.

›Leben und leben lassen‹, hat meine Oma immer gesagt. Sie stand mir damit viel näher als meine Mutter. Sie war auch diejenige, die sich für MICH, mein Innerstes, interessierte. Meiner Mutter war immer viel wichtiger, was die Leute sagen könnten. Hauptsache die Fassade stimmt, auch wenn innen alles ›Bruch und Kompanie‹ ist.

»Nächstes Mal ziehst du dir aber besser auch etwas über den Oberkörper«, bemerkt Ben mit einem Grinsen. »Ich kann die ganze Zeit nur an den Nachtisch denken ... und diesmal bin ich es, der nascht. Das kannst du mir glauben.«

»Oh, dagegen werde ich bestimmt nichts haben. Aber jetzt probier doch erst mal dein Selleriesüppchen, wir haben Stärkung nötig.«

»Sellerie? Du hast wirklich stärkende Absichten ... eindeutige Absichten«, lacht er. »Das klingt fast wie eine Hexe, die einen Liebestrank verabreichen will.«

»Hexe? Du bist ganz schön mutig, das einer solchen ins Gesicht zu sagen«, kichere ich hexenhaft. Ben spielt scherzhaft den Erschreckten, deshalb zwinkere ich ihm zu. »Woher weißt du eigentlich, dass Sellerie als Aphrodisiakum gilt?«

»Na ja, der Erotikversandhandel hat natürlich auch Kochbücher mit ›anregenden‹ Zutaten im Angebot«, murmelt er mit einem unschuldigen Augenaufschlag. Beim Wort ›anregenden‹ macht er Gänsefüßchen mit den Fingern.

»Und da kennst du dich so gut aus? Liebesromane, Kochbücher ... Alles durchgekocht?«

Er räuspert sich. »Nun, ich bin eben schon lange dabei, in der Firma. Ein Urgestein, sozusagen.«

Und dann hat er es nur zur Hilfskraft gebracht? Aber dieses Thema wollte ich ja außen vor lassen. Trotzdem, das ist jetzt DIE Gelegenheit ein bisschen mehr von ihm zu erfahren. »Und mit den Kochkünsten aus diesen einschlägigen Büchern machst du dir die Frauen gefügig?«, versuche ich nebensächlich zu fragen. Ist das etwa mit der Tür ins Haus fallen? Egal, irgendwie muss man ja anfangen.

»Nein, natürlich nicht, aber ich koche gerne. Ich bin zwar sportlich, aber Frauen flachlegen gehört nicht zu meinen Sportarten. Wohl eher zu deiner.«

»Frauen flachlegen? Ich steh auf Männer«, erwidere ich mit einem Grinsen. »Und du weißt schon, dass ich bisher nur einem Mann treu war. Aber wie steht es eigentlich sonst so mit deinem Liebesleben? Von dir weiß ich nicht besonders viel.«

»Offensichtlich traust du mir ja auch gar nicht viel zu, denn sonst hättest du sicher ein Kondom benutzt.«

Dass ich gerade alles um mich herum vergessen habe, verrate ich ihm besser nicht. »Hm, ja, es ist merkwürdig«, überlege ich laut. »Wenn ich mit dir zusammen bin, fühle ich mich immer vollkommen sicher.« Das ist ohnehin schon zu viel verraten.

Jetzt habe ich doch eine gute Gelegenheit noch mal anzusetzen. »Erzähl mir von dir«, fordere ich ihn unverhohlen auf.

»Später. Jetzt lass uns erst etwas essen, sonst wird dein schönes Zaubersüppchen noch kalt.«

Grrr, er weicht schon wieder aus! Unzufrieden puste ich über meinen Suppenlöffel.

Aber ich habe keine Zeit, mir weiter darüber Gedanken zu machen, denn das nächste Desaster wird offenbar, als ich von der Suppe koste.

Zeitgleich heben wir unsere Köpfe und sehen uns verwundert an. Irgendetwas stimmt nicht mit dem Geschmack. Die Suppe schmeckt fade und leicht süß, ziemlich ekelhaft.

»Da fehlt doch Salz«, bemerkt Ben mit gekrauster Nase. »Und ich dachte immer, Verliebte versalzen das Essen.«

Diese Bemerkung hätte er sich wirklich verkneifen können. »Ja, das lässt nur einen Schluss zu, ich liebe dich nicht«, kontere ich. Natürlich ärgere ich mich, dass er damit schon wieder meinen wunden Punkt getroffen hat. Es ist wirklich nicht einfach, ein frühes Liebesgeständnis zu umschiffen, wenn die Gefühle so übersprudeln.

Ben schluckt und wirkt getroffen. Verlegen kaut er auf seiner Unterlippe. Dies Thema will er wohl auch vermeiden. »Tschuldigung, ist mir so rausgerutscht«, murmelt er verlegen, mit gesenktem Kopf.

Gleich tut er mir wieder leid. Aber das ›Ich liebe dich‹, muss ich mir vorerst sparen. Erst mal sollte ich ihn besser kennenlernen. Dabei – eigentlich habe ich das Gefühl, ich kenne ihn schon ewig.

»Fuck!«, schimpfe ich demonstrativ. »Das ist meine putzwütige Mutter. Sie kocht eigentlich nie, aber putzt mit Begeisterung. Bevor sie weggefahren ist, hat sie wie eine Wilde die Küche geputzt. Und warum man Salz- und Zuckertöpfe haben muss, die gleich aussehen, war mir schon immer ein Rätsel. Grrr ... und wenn man diese Behälter putzt, dann sollte man sie wieder an denselben Platz zurückstellen.« Ich schiebe den Teller in die Mitte des Tisches.

»Ach versuch es doch erst mal mit nachsalzen«, schlägt Ben vor. »Das bisschen Zucker wird man dann nicht mehr schmecken.«

»Ahhh Shit! Viel schlimmer ist, dass jetzt die Mousse wahrscheinlich versalzen ist«, spreche ich meine Gedanken laut aus. Ich haste zum Kühlschrank und finde meine Befürchtungen bestätigt.

Frustriert lehne ich mich an die Küchenzeile. »Was für eine Pleite ... Ja, so was kann ich.« Da will man seinen Freund mit seinen Kochkünsten beeindrucken ... Warum muss eigentlich immer alles in meinem Leben schiefgehen? Da kann man doch nur den Kopf hängen lassen.

Ben sieht meine Enttäuschung, steht auf und umarmt mich. Sanft nimmt er mein Kinn und zwingt mich ihn anzusehen, bevor er mich zärtlich küsst.

»Es gibt Schlimmeres im Leben«, erklärt er, als er sich wieder löst. Zur Bestätigung bekomme ich einen Kuss auf die Stirn.

Mein Körper entspannt und ich lehne meinen Kopf an seine Schulter. Mit geschlossenen Augen tröstet mich gerade nichts besser als sein Duft, die Körperwärme und der leise Herzschlag. Beruhigend streichelt er über mein Haar und setzt Küsschen darauf.

»Komm, lass uns weiter essen. Wir haben doch danach auch noch das Fleisch«, fordert er mich auf. Ich nicke und wir setzen uns wieder.

Nachgesalzen schmeckt die Selleriesuppe tatsächlich passabel.

Am Hauptgang angekommen, werde ich stutzig. »Woher hast du eigentlich die Pilze?«

»Die waren auf dem kleinen Regal in der Ecke. Wieso?«

»Was stand darauf?«

»Pilzmischung ›Intensiv‹, handbeschriftet. Wieso?«

»Holy Shit, das sind noch Pilze von meiner Oma ...« Ich unterbreche das Essen und sehe zu Ben. Den scheint es nicht zu stören, denn er schaufelt mit großem Appetit weiter. »Ich wäre vorsichtig damit.«

»Nun erklär es mir doch endlich«, drängelt er.

»Ähm, wenn du meine Oma gekannt hättest ...«

»Was willst du damit sagen?«

»Na ja, meine Oma war sehr experimentierfreudig ...«

»Ja und?«

»... Auch was Drogen angeht.«

Ben fällt der Löffel aus der Hand. »Willst du damit sagen, dass ...?«

»Genau, dass man vorsichtig sein sollte, bei den Pilzen.«

»Ach du Scheiße! Und da hast du mich nicht früher gewarnt?« Er reibt sich nervös über die Stirn.

»Ich konnte ja nicht ahnen, dass du ihre Pilze nimmst. Vielleicht sind die von einer ihrer berüchtigten Partys.«

»Wilde Partys? Erzähl mir mehr von deiner Oma.«

»Meine Oma ist vor zwei Jahren gestorben. Es hat sie nie gekümmert, was Andere über sie dachten. Sie hat einfach ihr Leben gelebt. Komm mit«, sage ich und strecke ihm die Hand hin.

Hand in Hand, nur mit unseren Unterhosen bekleidet, gehen wir über die knarzende Holztreppe zum Dachzimmer meiner Oma. »Sie hat mir den Schlüssel gegeben, bevor sie starb. Sie wollte nicht, dass dieser Raum meiner Mutter in die Hände fällt. Die hätte bestimmt gleich alles auf den Sperrmüll gegeben. Ich war bestimmt ein halbes Jahr nicht mehr hier. Aber kurz nach ihrem Tod konnte ich ihr hier nah sein«, erkläre ich, während ich die Tür aufschließe.

Sie quietscht ein bisschen, als ich sie öffne. Wir treten ein und Ben sieht sich staunend um. Die Abendsonne scheint durch das große Dachfenster. Durch die gelben Wände, die ihre Strahlen reflektieren, taucht sie alles in ein goldenes Licht. Unter dem Fenster steht immer noch das abgedeckte Kingsize-Bett aus Amerika, das Oma unter großen Mühen in Deutschland aufgetrieben hatte.

»Puh, ist das ein warmer Mief hier. Ich mache erst mal das Fenster auf.«

Während ich die Dachluke öffne, sieht Ben sich staunend um. Er steuert geradewegs auf den Eyecatcher, die große Fotowand, zu.

»Das ist ihr ganzes Leben, festgehalten auf Fotos.« Er dreht sich um und blickt zu mir. »Das ist sie als Kind«, erläutere ich und zeige auf ein Schwarz-Weiß-Foto. »Hier beim Abitur. Ja, und dann zog es sie, zum Missfallen ihrer Eltern, in die Welt.«

»Erst nach Hamburg, in die alternativen Wohngemeinschaften, dann durch ganz Europa. Irgendwann lernte sie dabei meinen Opa kennen. Sieh mal, sie waren zusammen in Poona.«

»Poona? Kommt da nicht dieser Sex-Guru her?«

»Jep, Osho. Er nannte sich unter anderem auch Bhagwan. In seiner Sekte spielte Sex als Befreiung eine Rolle. Da muss es ganz schön wild zugegangen sein, damals.«

Ich nehme die Wasserpfeife und hebe sie an. »Hier die Shisha hat sie von ihren Reisen mitgebracht. Ansonsten waren alle Reisen immer nur mit ganz kleinem Gepäck.« Ben nimmt einen Schlauch in die Hand und spielt mit dem Mundstück.

»Da ist meine Mutter geboren. Dann wurde ihr Leben natürlich um einiges ruhiger, ein neuer Abschnitt. Kurz darauf starb mein Uropa in Amerika und mein Opa ging mit Omi zurück nach Kaliforniern.«

Staunend sieht Ben auf die vielen Fotos. »Ah, das ist Woodstock«, bemerkt er.

»Ja, da waren sie natürlich auch. Sieh mal, da sind sie mit Bob Dylan ... und hier mit Janis Joplin.

»Live fast, love hard, die young ... «, murmelt Ben nachdenklich.

»Nein nicht für Oma, sie liebte das Leben.«

»Und die Liebe.«

»Genau ... und die Freiheit.«

Ben kommt auf mich zu umarmt mich und sieht mich liebevoll an. Er öffnet den Mund, als wollte er etwas sagen, und schließt ihn wieder, als hätte er es sich anders überlegt.

Also fahre ich fort. »Mein Opa hatte eine Menge Geld. Sie konnten reisen, wohin sie wollten. Er hat ein riesengroßes Weingut in Napa Valley. Aber auf seinem Weingut gefiel es meiner Oma nicht. So ging sie wieder zurück, als meine Mutter eingeschult werden musste.«

»Wow, was für eine interessante Frau. Und wirklich hübsch, sie hat ein bisschen Ähnlichkeit mit dir.«

»Ja, das sagen viele. ›Und nicht nur äußerlich‹, sagt meine Mutter dann immer ... Jedenfalls konnte man sie mit Vielem beeindrucken, aber nicht mit

Geld. Sie hat kein Geld von meinem Großvater genommen und heiraten wollte sie ihn schon gar nicht. Mit meiner Mutter ist sie schließlich in das Haus gezogen, das er ihr gekauft hatte, aber nur meiner Mutter zuliebe. Die wollte nämlich, dass das Nomadenleben aufhört.«

»Und wovon hat deine Oma dann gelebt?«

Ich muss grinsen. »Was glaubst du?«

»Schmuckdesign? Irgendetwas Kreatives?«

»Ja, auch. Aber sie hat auch Tantra-Kurse gegeben. Die Kräuteröle dafür hat sie selbst hergestellt. Dies ist eins mit Marihuana-Extrakt.« Ich halte eine Flasche in die Höhe. »Das soll auch aphrodisierend wirken. Tantra kennst du oder? Du kennst dich doch mit diesem ganzen Kram aus.«

»Ja, na klar. Wir haben entsprechende DVDs im Sortiment.« Er kommt auf mich zu und lächelt.

»Die kennst du sicher in- und auswendig.«

»Na ja, soweit würde ich jetzt nicht gehen. Ich hab sie mir mal angesehen. Das ist zwar erotisch, hat aber auch viel mit Achtsamkeit zu tun. Keine Jagd nach dem Orgasmus. »

»Genau, zärtliche Berührungen ...«

»Oh, ich hatte aber noch keine praktischen Erfahrungen. Reibst du mich damit ein? Gerne auch mit Tantra-Regeln.«

»Das kann ich mir vorstellen. Nein, das Öl wird schon verdorben sein. Sie hat schon lange keine Kurse mehr gegeben. Außerdem war ich natürlich nie dabei. Und meine Mutter hat sich dafür fast zu Tode geschämt. Fremdgeschämt. Oma hat sich später mehr zur Kräuterhexe entwickelt und auch dafür

Kurse gegeben. Als ich klein war, wohnten manchmal ihre Männer mit im Haus, die haben auch Geld gegeben.«

»Und deine Mutter und du, ihr habt auch noch hier gewohnt? Das war sicher eng.«

»Nein, wir haben mit meinem Vater zusammengewohnt. Erst als meine Mutter geschieden wurde, musste sie zurück zu meiner Oma, weil Papa nicht viel bezahlen konnte.«

»Also war Geld ein großes Thema bei euch.«

»Klar, für meine Mutter immer. Wenn die nicht mehr shoppen kann, stirbt sie. Sie hat es Omi oft vorgeworfen, dass sie kein Geld von Vater nehmen wollte. Sie hat meiner Oma so viel vorgeworfen, schon allein ihr Name, Lily-Rose. Sie hat ihn gehasst. Ganz besonders hat sie das Naserümpfen der Nachbarn gehasst. Deshalb hat sie früh geheiratet, nur um von ihrer Mutter wegzukommen.«

»Deine Mutter war das Gegenteil deiner Oma und dir geht es jetzt ähnlich.«

»Schon, die Kinder sind eben oft der Gegenentwurf der Eltern. Ich liebe die Freiheit, wie Omi. Ich will mein Geld selbst verdienen. Mich kann man nicht kaufen. Meine Oma war auf diesem Weingut unglücklich. Sie hat immer gesagt, wenn Freiheit der Preis für Geld ist, dann ist ihr der Preis zu hoch.«

Ben nickt. Aber irgendetwas ist in seinem Blick, fast so, als würde ihn etwas stören. Es muss ihm doch gefallen, dass ich mich nicht für Geld versklaven lassen würde. Wir sollten das Thema wechseln. Ich werde nachher noch einmal einen Versuch starten.

»Sieh mal hier, ein echter Plattenspieler und richtige Vinylplatten. Da sind die besten Stellen angekreuzt, hat meine Oma immer gesagt. Das Knistern und Knacken hat einen ganz eigenen Charme«, versuche ich, ihn abzulenken. »Soll ich dir mal meine Lieblingsplatte vorspielen?«

»Ja, klar. Welche ist es denn?«

»Sounds of Silence, von Simon and Garfunkel.«

»Hatte sie den Plattenspieler auch auf Reisen mit?«

»Ach du Scherzkeks ... Nein, natürlich nicht. Den hat sie sich erst später gekauft.«

Er tritt an mich von hinten heran, während ich den alten Apparat in Betrieb nehme. Es macht mir eine Gänsehaut, als er mich umarmt und kleine Küsse auf meinen Nacken setzt. Seine Hände streicheln meine Vorderseite, gleich regt sich bei mir etwas und ich stöhne leise.

»Ich dachte, du musst noch ein bisschen Kraft schöpfen?«, scherze ich.

»So ein Nachtisch baut doch auch Kräfte auf. Ich dachte, ich bekomme dich zum Nachtisch. Nicht? Schade!«

»Doch, aber ich dachte etwas später.«

»Dann lass uns eine Stärkung mit Kaffee und den Keksen da nehmen.« Er zeigt auf eine Dose, die entsprechend beschriftet ist.

»Die Kekse? Ich habe mich nie getraut, die zu essen. Könnten auch aphrodisierend sein«, spekuliere ich zwinkernd. »Mittlerweile sind sie sicher auch nicht mehr gut, wie das Öl«, lache ich. Er stimmt in mein Lachen ein. »Komm, lass uns einfach nur die

Platte hören und durch das Dachfenster in die Sterne sehen.«

Der Bettüberwurf wirbelt ein wenig Staub auf, als ich ihn abziehe. »Keine Angst, das Bett ist frisch bezogen«, beruhige ich Ben, der die Aktion skeptisch beäugt.

»Frisch? Gestern?«

»Nein, aber es war doch abgedeckt. Hast du auch einen Hygienefimmel, wie meine Mutter?«

»Hygienefimmel? Willst du mich beleidigen?« Er lächelt und kommt dabei scherzhaft drohend auf mich zu. »Hygienefimmel?«, fragt er noch mal und schmeißt mich mit dem Rücken auf das Bett. »Sag das noch mal!«

Wir balgen eine Zeit lang zärtlich miteinander. »Ergib dich!«, drohe ich ihm, als ich kurz die Überhand habe. »Und jetzt erzählst du mir endlich mehr von dir!«, befehle ich.

»Oh, ohhh«, ruft er schockiert. »Siehst du das auch?«

»Was?«, frage ich verdutzt. Er dreht seine Hand vor seinen Augen.

»Krass! Meine Hand ist riesengroß!«

»Waaas?« Erschreckt sehe ich, dass er schielt.

»Das muss an den Pilzen liegen!« Er hält seine Hand ganz dicht vor die Augen und dann weiter weg. »Mir ist ganz schwindelig. Und diese Töne ... nein, Stimmen ... hörst du sie auch?«

»Stimmen?« Schon hat er die Oberhand. »Ja, Sounds of Silence.« Er grinst mich an.

Er veräppelt mich und nutzt meine Irritation aus. Na warte!

»Ja ... Jaaa! Ich höre sie auch! Hoch und gespenstisch. Hast du gehört? Du musst ihnen gehorchen.«

Na, dem werde ich mal eine Lektion erteilen!

Ich stehe auf und strecke die Arme wie ein Schlafwandler nach vorne. Ein Blick aus dem Augenwinkel sagt mir, mein Freund ist irritiert.

»Ja, ja ich komme. Natürlich werde ich gehorchen ... ja, natürlich«, murmle ich wie in Trance. Diese Showeinlage braucht jetzt all meine Schauspielkunst. Gut, dass ich damals im Schultheater war, denn Ben hat entsetzt den Mund aufgerissen. Ha! Weiter so! ... Nichts verraten.

Wie an unsichtbaren Fäden geführt ziehe ich das Dachfenster weiter auf. Langsam und bedächtig erklimme ich den Hocker. Ben hat sich aufgerichtet und schaut mir kurz wie gelähmt zu, bis er reagiert.

Als ich »ja, ich weiß, dass ich fliegen kann« raune, ist er augenblicklich bei mir und zieht mich vom Fenster zurück. Er weiß natürlich nicht, dass da eine Stufe ist.

»Mia, halt, was machst du für einen Mist!«, ruft er und reißt mich in seine Arme.

»Komm flieg mit mir«, flüstere ich. Aber dann kann ich nicht mehr und breche in schallendes Gelächter aus.

»Oh! Du ... du ...«, schimpft er erleichtert und wirft mich aufs Bett.

»Das ist die Strafe dafür, dass du vorher deine Freundin auf die Schippe genommen hast. So etwas tut man nicht.« Bei diesen Worten hat er meine Hände über dem Kopf fest im Griff und meinen Körper zwischen seinen Beinen fixiert. Einen winzigen Moment blitzt mir die Szene aus dem Erotikroman durch den Kopf. ›Ich gebe hier den Ton an.‹

Aber er blickt mich liebevoll an. »Mensch Mia, einen kurzen Moment hast du mir einen echten Schrecken eingejagt.« Seine Augen funkeln und sein Blick dringt in mein Inneres. Mir wird ganz warm ums Herz und die Gefühle brechen sich einen unaufhaltsamen Weg.

»Ich liebe dich!«, kommt er mir zuvor. Er streicht mir zärtlich übers Haar und küsst mich so innig und leidenschaftlich, wie nur er es kann. Unsere Empfindungen schwappen über. Zu den Klängen der alten Platte verschmelzen wir hingebungsvoll. Ein ungezügeltes Liebesspiel, wie beim ersten Mal, nur dass er diesmal den Ton angibt ...

»Das war wie ein Rausch«, flüstert er mir hinterher ganz leise ins Ohr.

»Wenn du bei mir bist, brauche ich keine Drogen. Du bist meine Droge«, flüstere ich zurück.

Unendlich lange genießen wir danach die Nähe, streicheln und küssen uns. Dabei sehen wir immer wieder durch das Dachfenster in den Sternenhimmel, bevor wir erschöpft einschlafen.

Kapitel 17

FREIHEIT

Ich wache auf, weil die Sonne ihre warmen Strahlen direkt auf unser Bett schickt. Da das Dachfenster keine Beschattung hat, ist es höllisch warm. Oder liegt es an Ben, der dicht bei mir liegt und seinen Arm schwer über meinen Oberkörper gelegt hat? Sein Körper strahlt eine ziemliche Hitze aus.

Vorsichtig hebe ich den Arm an und drehe mich zu ihm herum. Es ist ein Phänomen, dass das Gesicht eines Menschen, den man liebt, immer schöner wird. Ich kann mich gar nicht an ihm sattsehen. Wie spät es wohl ist? Ob ich ihn wachküssen kann?

Die Frage wird mir beantwortet, als er die Augen aufschlägt und mich anlächelt.

»Guten Morgen meine Schöne«, flüstert er strahlend. »Es ist wunderschön, neben dir aufzuwachen. Wie oft habe ich mir das in den letzten Tagen vorgestellt«, seufzt er.

»Ja, ich habe auch viel davon geträumt«, erwidere ich glücklich.

Jetzt kann ich sein Gesicht endlich streicheln und küssen. Er genießt die Zärtlichkeiten sichtlich.

Nach einer Weile fängt er an, sie zu erwidern. Der Zug kommt wieder ins Rollen und die Leidenschaft erwacht abermals. Wir schenken uns Liebe und Zärtlichkeiten, als wären wir wochenlang getrennt gewesen.

Wie ein goldener Tsunami überrollt uns beide eine Glückswoge, als wir uns vereinigen. Es ist ein Phänomen, dass frisch Verliebte nie genug voneinander bekommen können.

Noch verschwitzter als beim Aufwachen, liegen wir hinterher auf dem Rücken nebeneinander und ringen nach Atem.

»Ich weiß ja nicht, wie es dir geht. Aber ich habe gerade das dringende Bedürfnis mich mal zu waschen«, erklärt er mir, als wir wieder Luft bekommen. Er dreht sich mit erwartungsvoller Miene zu mir herum und lächelt mich liebevoll an.

»Ganz mein Gedanke. Ich liebe es zwar, deinen Geruch an mir zu haben. Aber wir können uns danach ja wieder frisch darin suhlen«, raune ich zurück, bevor wir uns küssen.

Auch auf dem Weg ins Bad können wir die Hände nicht voneinander lassen. Wir entscheiden uns natürlich gegen eine Dusche – zugunsten eines Vollbades. Schon beim Wassereinlaufen sitzen wir zwei erwartungsvoll in der Wanne und spüren, wie der duftende Schaum immer höher an unseren Körpern hochsteigt.

Ben sitzt am Rand, ich zwischen seinen Beinen. Es ist ein tolles Gefühl, sicher durch seine Arme und Beine eingeschlossen zu sein. Genüsslich schließe ich die Augen, als er mir das duftende Wasser mit dem weichen Naturschwamm über meinen Körper laufen lässt.

Das warme Wasser entspannt meine Muskeln und die zärtlichen Hände meines Freundes entspannen meine Seele. Warum kann es nicht immer so sein?

Immer wieder fährt er mit den Händen oder dem Schwamm über Hals, Arme und Schultern. Ich schnurre wie ein Kätzchen. Ohne Aufforderung scheint er mir noch mehr Entspannung verschaffen zu wollen und massiert meine verhärteten Schultermuskeln. Der Wasserfilm wirkt wie Öl und ich lasse mich, so dicht es geht, gegen ihn sinken.

Nachdem er mit dem Zustand meiner Schultermuskulatur zufrieden zu sein scheint, wandern seine Hände weiter nach vorne. Die mehr als heiße Berührung entfacht mein Feuer erneut. Mein Atem geht schneller.

»Ich weiß nicht, wie du es schaffst, mich mit so wenigen Berührungen wieder zu einem willenlosen Werkzeug zu machen.«

»Also ich frage mich gerade, wer hier wohl das willenlose Werkzeug ist«, flüstert er in mein Ohr und knabbert zärtlich am Ohrläppchen. Unwillkürlich breite ich einladend die Beine aus und seine Hand findet ihren Weg nach unten.

Kurz muss ich an die Szene vor ein paar Tagen denken, als ich mir noch selbst Freude bereiten musste. Dankbar greife ich nach hinten zu seinem Unterleib und wir schenken uns die lang vermisste Zärtlichkeit erneut, bis die Entspannung einsetzt.

»Lass uns frühstücken. Ich brauche jetzt unbedingt eine Stärkung«, schlage ich vor, nachdem wir uns gegenseitig zärtlich abgetrocknet haben.

»Ganz mein Gedanke«, erwidert er und grinst.

Keiner von uns beiden scheint darüber nachzudenken, dass man sich ja vielleicht anziehen könnte.

Er streichelt mich unentwegt, während ich uns ein paar Eier und Toasts mache. Es ist verrückt, aber ich könnte schon wieder ...

Wie hungrig wir sind, fällt uns erst auf, als wir anfangen zu essen.

Ich setze mich auf seinen Schoß und wir füttern uns gegenseitig. Dabei lasse ich ihn deutlich spüren, dass er eben schon wieder etwas in mir ausgelöst hat. Eigentlich brauche ich nicht viel tun, um seine Lust neu zu wecken. Sanft mit den Fingern über seinen Rücken fahren. Ein paar Küsschen auf den Hals und er schlingt mit leisem Knurren seine Arme um mich.

»Ich bin wie Wachs in deinen Händen«, stöhnt er.

»Aber ziemlich festes Wachs«, scherze ich, als ich seine Erregung bemerke. Der Anblick schürt meine und ich setze mich rittlings auf seinen Schoß. Die Zärtlichkeiten, die wir austauschen, werden immer ungezügelter und wir befriedigen unsere neu erwachte Begierde auf dem Küchenstuhl ...

Der Rest unseres Rühreis ist jetzt kalt. Heute scheinen wir hauptsächlich Lust und Liebe zum Leben zu brauchen.

Für mich ist es ein ganz neues Gefühl, einfach dem Wunsch nach Nähe immer wieder nachzugeben. Langsam merke ich, wie strapaziert ich bin. Aber das ist mir egal, unser Hunger auf Zärtlichkeit scheint einfach kein Ende nehmen zu wollen.

Ich sauge jede seiner Berührungen in mir auf, wie ein ausgetrockneter Wüstenboden, der nach Jahren endlich Regen bekommt. Und wie dieser Wüstenboden beginne ich aufzublühen, gelöster zu werden und einfach nur den Moment zu genießen. Alle Zweifel, die ich jemals hatte, sind weiter weg denn je.

Die vollkommene Freiheit von Körper, Geist und Seele.

»Du ziehst wirklich alle Kraft aus meinen Lenden. Du bekommst wohl nie genug«, murmelt er, während er meinen wieder verschwitzten Körper mit Küssen bedeckt.

»Oh, wer hier wohl der Nimmersatt ist und mich mal wieder zum willenlosen Werkzeug gemacht hat«, erwidere ich mit zurückgeworfenem Kopf und lache.

»Ich weiß ja nicht, wie es dir geht, aber ich brauche jetzt definitiv eine Pause.«

Ich spüre in mich hinein und muss mir eingestehen, dass es sich unten fast wund anfühlt. So viel Sex bin ich nicht gewohnt. »Was machen wir jetzt?«, frage ich ihn.

»Zwischendurch mal anziehen? Dann können wir uns ja nach einiger Zeit die Klamotten wieder vom Leib reißen.« Er grinst schon wieder, greift in mein Haar und zieht meinen Kopf heran, um mich leidenschaftlich zu küssen.

Als mein Gehirn wieder funktioniert, stelle ich mir vor, wie ich mich wieder in diese schreckliche Skinny-Jeans zwängen muss und sofort verlässt mich die Lust aufs Anziehen. Ob ich ihm den Anblick einer Jogginghose zumuten kann? Ach, nackt ist doch viel schöner. Wenn Mama das doch sehen könnte ...

Amüsiert stelle ich mir vor, wie ihre Kinnlade herunterklappt.

»Hm, höchstens die Unterhose«, maule ich. »Nackt fühlt sich so ungezwungen an. Ich entdecke gerade ein ganz neues Lebensgefühl.«

»Ja, dann lass uns noch mal nach oben gehen und ein paar kratzige Platten hören«, schlägt er vor. »Dort müssten doch auch unsere Unterhosen sein.«

»Ja, schon«, kommt es von mir zögernd. »Aber wenn wir beide wieder auf dem Bett liegen, dann ist der nächste Sex doch vorprogrammiert. Ich denke, du wolltest eine Pause?«

»Ja«, seufzt er laut, »wir könnten etwas spielen.«

»Hm, vielleicht. Aber nicht Strip-Poker.«

»Mensch ärgere dich nicht?«

»Hallenhalma«, albere ich. Aber eigentlich erinnert mich das an die Zeit mit Gerrit. Da haben wir immer gespielt, wenn wir zusammen waren. Manchmal sogar mit meiner Mutter ... natürlich ›Monopoly‹, ihr Lieblingsspiel.

»Nein jetzt sag mal ernsthaft.«

»Ernsthaft? Ich habe keine Lust auf Spiele, das musste ich mit Gerrit immer machen. Ich würde so gerne mal einen Film sehen. Das wollte er nie, jedenfalls nicht die, die ich sehen wollte.«

»Ja, das mag ich auch. Das ist schön ruhig. Was denn für einen?«

»Keinen Actionfilm. Gerrit war ausschließlich dazu zu bewegen. Davon habe ich für den Rest meines Lebens genug gesehen.«

»Alles, was du willst, nur das, was du magst. Was schlägst du vor? Einen Liebesfilm?«

»Oh ja, da bekomme ich auch gleich Anregungen für mein Buch. Meine Mutter hat das Regal voll mit dem Zeug.«

»Brauchst du noch mehr Anregungen? Ich dachte, ich bin Inspiration und Muse genug?« Er zieht mich fest an sich, während er das sagt.

»Blödmann!« Ich boxe ihm leicht gegen den Arm, er lacht.

»Nein, jetzt sag schon, wie sieht es eigentlich aus mit dem Roman?«

›Welcher Roman?‹, möchte ich am liebsten fragen. »Ich komme nur sehr zäh voran«, antworte ich stattdessen.

»Na ja, dann wirst du ja nach diesem Wochenende Flügel bekommen.«

»Du vergisst, dass ich morgen bei GET SMARTER antreten muss. Wenn ich da anfange, werde ich kaum noch Zeit haben. Aber das ist schon gut so.«

»Ach ja ... Ja, das hatte ich wirklich schon wieder verdrängt.«

»Wo wir gerade bei dem Thema sind, du wolltest mir doch mehr von dir erzählen. Oder erzähl einfach von meinem neuen Arbeitgeber.«

»Später, wir haben doch noch so viel Zeit ... Was hältst du davon, wenn ich jetzt unsere Unterhosen runterhole und du schon mal den Film aussuchst und einlegst?«

Schon wieder ausgewichen! Soll ich ihn jetzt drängen? Nein, im Grunde hat er recht, wir haben wirklich noch Zeit. Hoffentlich den Rest unseres Lebens. Also nicke ich zustimmend und erhebe mich.

»Hier sieh mal«, ruft Ben, als er mit den Unterhosen wieder unten ist. »Was ich hier gefunden habe. Eine VHS-Kassette von ›Hair‹. Können wir uns nicht den ansehen? Den wollte ich schon immer mal sehen. Können wir das hier unten?«

»Den Hippie-Film? Ja klar. Oma hat ihn sogar auf DVD, es war ihr Lieblingsfilm. Den habe ich schon lange nicht mehr gesehen.« Sofort krame ich und hoffe, dass dieser Film nicht dem Ordnungswahn meiner Mutter zum Opfer gefallen ist.

Der Musical-Film erzählt von einem Mann, der in den Vietnamkrieg einberufen wird und auf dem Weg zur Musterung auf eine Gruppe Hippies trifft. Er ist fasziniert von dem ungezwungenen Leben der Hippies und einem reichen Mädchen aus ihren Reihen. Ein Anti-Kriegsfilm mit einem tollen Soundtrack.

»Weißt du eigentlich, was ich gut finde?«, flüstere ich, als wir uns mit einer Decke auf die Couch gelümmelt haben und gerade der Vorspann läuft.

»Was denn?«, fragt er und streichelt dabei über mein Haar.

»Dass du nicht einer von diesen gierigen Säcken bist, die für Geld über Leichen gehen. Die Konzerne heute, das ist moderne Sklaverei. Wer nicht mitzieht und sich nicht auspressen lässt, wie eine Zitrone, der fliegt. Alle ordnen sich diesem System unter, weil jeder ein Stück vom Kuchen abhaben will. Ich mag diese angepassten Typen nicht. Gott sei Dank bist du da anders.«

Sein Streicheln stockt plötzlich. Ich stutze und drehe mich zu ihm. Er lächelt mich an.

»Ich mag diese gierigen Geldsäcke auch nicht«, bestätigt er.

»Und Verlogenheit ... die ist mir auch zuwider. Und Doppelmoral ... die hasse ich.«

»Ja, ich auch«, stimmt er mir zu. »Aber komm, lass uns jetzt den Film sehen.«

»Du hast recht, lass uns den Film sehen.«

Ich liebe diesen Film und die tolle Musik.

Während er läuft, schwelge ich in Erinnerungen an meine Oma. Ben streichelt mich die ganze Zeit und ich fühle mich geborgen wie noch nie.

»Und jetzt? Was machen wir jetzt?«, frage ich, als der Abspann läuft.

»Wollen wir uns eine Pizza bestellen? Ich hab schon wieder Hunger.«

»Ja, meinetwegen. Aber du musst dich anziehen und sie entgegennehmen, wenn sie geliefert wird. Sehen wir uns noch einen Film an? Am besten einen mit einem Millionärs-Thema. Was hältst du von ›Frühstück bei Tiffany‹? Die Klassiker sind doch immer noch die besten, oder?«

»Ja, finde ich auch. Auch auf die Gefahr hin, als Softie zu gelten, ich liebe das Lied ›Moon River‹.« Ich bin schon auf dem Weg zum Telefon, als er das sagt. Ich drehe mich um, er lacht mich aufrichtig an.

»Oder vielleicht doch lieber etwas Modernes? Was hältst du von ›Ein Chef zum Verlieben‹?«

»Was du willst«, grummelt er.

Mir scheint, er findet den Chef zum Verlieben nicht gut, deshalb entscheide ich mich für den Klassiker.

Wir haben tatsächlich großen Hunger und verdrücken unsere Pizza in Rekordzeit. Dazu trinken wir den Wein, den Ben mitgebracht hatte. Ich finde ja, er ist eigentlich zu hochwertig dafür, schließlich ist es nur zum Essen. Aber er meint, dass das die Krönung für dieses tolle Wochenende ist. Er schmeckt einfach köstlich und ich verdränge, dass er wahrscheinlich viel zu teuer für seinen Geldbeutel ist. Irgendwie bin ich auch in Feierlaune.

Als die Pizza etwas verdaut ist, erwacht wieder der Hunger nach etwas ganz anderem. Bens Streicheln wird immer zweideutiger. Ich merke, wie mir mein Unterleib wieder eindeutige Signale sendet und der Film in den Hintergrund rückt.

Wir versinken wieder im Liebesspiel und lassen uns vom Strudel der Gefühle treiben. Unsere Hände sind überall und ich habe Ben schon wieder die Kleidung vom Leib entfernt, als ich Geräusche an der Haustür höre.

»Fuck! Die Inquisition rollt an. Schnell, zieh dich an«, fordere ich. Ich hatte mir zwar eben noch gewünscht, meine Mutter würde mich hier so sehen, aber ich habe diesen Gedanken doch nicht ernst gemeint.

Meine Oma hat immer gesagt: ›Pass auf deine Wünsche auf, sie könnten in Erfüllung gehen.‹ Wie schlau sie doch war!

Memo an mich selbst: Pass auf, was du dir demnächst wünschst.

Aber für heute kommt dies Memo definitiv zu spät. Ich brauche es erst gar nicht zu versuchen, in diese Klamotten zu kommen, das dauert eindeutig zu lange.

Ben hat sich schon hektisch die Jeans übergezogen, als meine Mutter im Wohnzimmer auftaucht. Ich stehe nackt daneben.

»Mia, ich bin wieder da!«, ruft sie noch, bevor ihr die Handtasche aus der Hand fällt.

Man kann richtig beobachten, wie ihr die Zornesröte ins Gesicht steigt. Sie hält den Atem an und presst kurz die Lippen zusammen.

»Also das ist doch jetzt der Gipfel!«, presst sie hervor. »Ich hatte ja schon nicht damit gerechnet, dass du dich nicht an meine Anweisungen hältst und diesen ... diesen ... Typen hier anschleppst. Aber so etwas Widerliches und das auf meiner Couch! Das übertrifft ja noch meine kühnsten Träume«, schnaubt sie. Drohend stapft sie ein paar Schritte weiter auf uns zu und nimmt einen Pizzakarton in die Hand, bevor sie ihn wieder auf den Tisch wirft.

»Und diese Unordnung! Einfach ekelhaft! Ihr seid einfach abscheulich! Verschwindet aus meinem Wohnzimmer! Aus meinen Augen! Aber ganz schnell!« Theatralisch lässt sie sich in einen Sessel fallen und verbirgt ihr Gesicht in den Händen.

Ben steht schuldbewusst da und knöpft sich sein Hemd falsch zu. Mitleidig greife ich seine Hand und ziehe ihn in den Hausflur.

»Das wars mit dem harmonischen Wochenende, mach dir nichts draus. Sie kann nichts dafür. Wahrscheinlich hat sie wieder keinen Millionär abbekommen, auf Evas Hochzeit.«

Tröstend streichle ich ihm das zerknirschte Gesicht. »Wir sehen uns ja morgen, ja?«

»Ich freue mich schon«, verrate ich ihm nach einem kurzen Abschiedskuss. »Ich glaube, es ist besser, wenn du jetzt gehst, sonst rückt sie hier noch einmal an, um dich endgültig rauszuschmeißen.«

Die Trennung fällt schwer. Wie zwei starke Magneten, die mit menschlichen Kräften nicht zu trennen sind, bleiben unsere Hände verbunden. »Du musst jetzt«, drängle ich dennoch.

Am liebsten würde ich mich, nackt, wie ich bin, in die Haustür stellen und ihm Luftküsse nachwerfen. Stattdessen lehne ich mich frustriert gegen die Haustür und kämpfe mit den Tränen. Warum muss so ein harmonisches Wochenende so unharmonisch zu Ende gehen?

Es kostet mich unendliche Kraft, die Keiferei meiner Mutter zu ignorieren, als ich an ihr vorbeischleiche. Am liebsten würde ich über sie herfallen und all meinen Frust an ihr herausprügeln.

Stattdessen gehe ich nach oben, in Omis Zimmer, und lege mich ins Bett. Es trägt noch ein bisschen von Bens Geruch in der Wäsche, das tröstet ein wenig. Ich rolle mich zusammen wie ein Fötus und lasse ein paar Tränen kullern. Aber der Gedanke, dass ich ihn schon morgen wiedersehen werde, tröstet mich irgendwann und ich falle in einen tiefen Schlaf.

Kapitel 18

ENDE MIT SCHRECKEN

Gut, dass man in Omas Zimmer immer von der Sonne geweckt wird, denn fast hätte ich verschlafen. Auch wenn ich nicht genau weiß, was mein neuer Arbeitgeber zukünftig von mir erwartet. Gleich am ersten Tag zu spät, das geht gar nicht! Hastig springe ich aus dem Bett und unter die Dusche.

Ich muss mich wirklich beeilen. Da passt es gar nicht, dass ich mir noch nicht überlegt habe, was ich anziehe. Ratlos krame ich in meinem Kleiderschrank und denke darüber nach, ob die Business-Hosenanzüge, die ich mir für das vorherige Praktikum gekauft habe, nicht overdressed sind. Ben hatte ja gesagt, dass der Dresscode dort sehr locker ist. Aber für den ersten Tag wird es schon nicht verkehrt sein, entscheide ich und schlüpfe hinein.

Wenn meine Mutter nicht gestern noch alles geputzt hat, dann wird sie es spätestens heute Morgen machen. Deshalb schleiche ich mich leise an der Tür zum Wohnbereich vorbei.

Die Sonne scheint und die Vögel zwitschern. Ein perfekter Tag für den Start in ein neues Leben. Beschwingt mache ich mich auf den Weg. Als ich an ›unserem Café‹ vorbeikomme, hole ich mir eins von diesen genialen Muffins zum Frühstück.

Der letzte Happen ist verdrückt, als ich vor dem imposanten Gebäude von GET SMARTER stehe. Geblendet von der Spiegelglasfassade, muss ich die Augen zukneifen, als ich hochsehe. Es ist das höchste Gebäude der Stadt.

Eigentlich kann ich mich glücklich schätzen, dass ich bei dieser erfolgreichen Firma ein Praktikum bekommen habe, wenn nur nicht die schlechte Bezahlung wäre. Aber es ist sicher so, wie Ben sagt. Wenn man sich bewährt, bekommt man die Festanstellung auch. Da er dort so zufrieden ist, und auch schon so lange dabei, wird es sicher in Ordnung gehen.

Nach dem bisschen, das ich von Ben erfahren habe, geht es in dieser Firma legerer zu als in anderen Firmen. Aber als ich eintrete, wird dieser Eindruck nicht gerade bestätigt: Eine Eingangshalle in Marmor mit großer Fensterfront zu einer kleinen parkähnlichen Anlage. Eine Hochwertige Leder Sitzecke und Blumeninsel mit einem Wasserfall in der Mitte.

Alles macht einen sehr edlen Eindruck. Man könnte auch sagen, es stinkt nach Geld. Meine Schritte hallen, als ich über den glänzenden Steinboden zum Empfangstresen gehe. Gleich zwei attraktive Damen arbeiten hier, eine dunkelhaarig, die andere blond.

Da gerade die dunkelhaarige Schönheit im schicken Kostüm frei wird, trete ich zu ihr und blicke sie erwartungsvoll an. Auf ihrem Namensschild steht ›Miriam‹. Sie ignoriert mich eine ganze Zeit lang und ordnet seelenruhig Papiere. Ich räuspere mich, doch ohne mich auch nur zu grüßen, trägt sie etwas darin ein und sortiert weiter, kein ›Moment mal‹ oder Ähnliches. Langsam werde ich ungeduldig, denn ich bin ja ziemlich spät dran. Also beschließe ich, die Initiative zu ergreifen.

»Guten Tag, mein Name ist Mia Becker«, bringe ich etwas heiser hervor. Mensch Mia, reiß dich zusammen. Du wirst dich doch wohl nicht von ein bisschen Marmor und einer arroganten Tussi einschüchtern lassen. Ich weiß gar nicht, wohin mit meinen Händen, deshalb male ich geheime Zeichen auf die Theke. »Ähm, ich bin hier zum Vorstellungsgespräch eingeladen.«

Aus dem Augenwinkel sehe ich, dass das Mädel hinter der Theke stutzt. Sie blickt auf und mustert mich mit ihren riesigen Kulleraugen. »Ach, Sie sind das«, bemerkt sie schnippisch. Mach den Mund zu, würde ich am liebsten sagen. Wieso glotzt die mich jetzt so an wie ein hypnotisiertes Kaninchen?

Vielleicht bin ich hier schon durch Ben bekannt wie ein bunter Hund. Vielleicht ist er doch so eine Art Bürobote und die größte Tratschtante der Firma.

Blitzartig scheint sie sich gefangen zu haben. »Sie werden gleich abgeholt. Den Vertrag hier, den nehmen Sie bitte mit, der wurde vorhin für Sie hinterlassen. Wenn sie bitte so lange noch Platz nehmen möchten«, sagt sie und deutet auf die Sessel. »Ein Mitarbeiter der Kreativabteilung wird Sie gleich abholen.«

Das wird ja immer seltsamer. Seit wann werden Praktikanten großartig abgeholt wie ein wichtiger Staatsgast? Ich werfe einen Blick auf den Vertrag, kann aber daran nichts Außergewöhnliches entdecken. Deshalb setze ich mich und blättere in einem

Firmenprospekt, der auf einem kleinen Tischchen liegt. Vielleicht gehöre ich ja schon bald richtig zu diesem Betrieb dazu.

Ich habe zwar schon einiges über diese Firma recherchiert, aber es noch einmal so in Hochglanz präsentiert zu bekommen, ist schon beeindruckend.

Diese Gruppe ist ganz schön breit aufgestellt. Sie bietet einfach alles, womit man heute noch Geld machen kann. Ganze Werbekonzepte, vor allem in den neuen Medien. Das wird von den kleinen Unternehmen, die sich keine eigene Abteilung für so etwas leisten können, gerne angenommen. Und hier sind offensichtlich die Besten der Besten versammelt, sodass sie ebenso gerne von großen Konzernen in Anspruch genommen wird. Dann noch die Erotiksparte ... ein Klassiker. Sex sells eben immer. Besonders in Zeiten, wo alles unter dem anonymen Internet-Deckmäntelchen verborgen bleiben kann.

»Frau Becker?«

Ich zucke etwas zusammen, als ich, immer noch in die Hochglanzbroschüre versunken, auf einmal angesprochen werde.

»Ja, die bin ich«, bestätige ich und mustere mein Gegenüber. Wenn der aus der Kreativabteilung ist, in der ich auch arbeiten soll, dann geht es da tatsächlich locker zu. Er trägt Jeans und auf seinem T-Shirt steht: ›Ja! Es wird heute noch fertig.‹

»Ich bin Paul. Ich soll Sie zum Chef bringen. Kommen Sie doch bitte mit.«

»Ja, danke«, antworte ich, während ich aufstehe. »Sag mal Paul, sprechen sich hier alle beim Vornamen an?«, wage ich zu fragen, während ich hinter ihm herhaste.

»Ja, in der Kreativabteilung schon.«

»Okay, dann bin ich Mia.«

Er hält kurz an, lächelt und streckt mir die Hand hin. »Schön dich kennenzulernen Mia, ich bin Paul, wie schon gesagt«, antwortet er höflich. Aber ich finde, er könnte freundlicher sein.

»Freut mich auch, dich kennenzulernen.« Dann dreht er sich wieder um und läuft mit schnellem Schritt weiter.

»Ich bin ganz schön aufgeregt«, wage ich einen Gesprächsversuch. Aber Paul ist nicht weiter gesprächig und nickt nur mürrisch. Daher versuche ich, meine Neugier auf später zu verschieben. Im geräumigen Aufzug scheinen wir endlos nach oben zu fahren.

»Das ist aber ungewöhnlich, dass eine Kreativabteilung so weit oben ist«, bemerke ich. Er lächelt spöttisch und dreht sich weg.

»Ich bring Sie ... äh dich, ja auch zu unserem Chef, und nicht in die Kreativabteilung. Die ist im Basement.«

Also nicht in meine zukünftige Abteilung? Merkwürdig. »Wohin denn?«

»Zur Konzernleitung. Der Chef persönlich möchte dich sprechen.«

»Der Chef? Ich denke, es ist eine Chefin? Lana Fröhlich.«

Ich höre, wie Paul unwillig atmet, und beschließe erst mal mit der Fragerei aufzuhören. Ich werde sicher noch jemanden finden, der auskunftsfreudiger ist.

»Ja, aber die ist nicht allein«, grummelt er dann doch noch, als ich mit einer Antwort schon gar nicht mehr rechne.

Der Fahrstuhl hält im obersten Stockwerk und ich haste wieder Paul hinterher. Ich weiß ja nicht, wie es auf den anderen Fluren aussieht, aber hier müssen die Räume schon sehr groß sein, denn die einzelnen Türen liegen ziemlich weit auseinander.

Paul reißt eine von diesen dunklen Edelholztüren auf und winkt mich in das Büro. Ich trete ein und bleibe ehrfurchtsvoll stehen. Mein zukünftiger Kollege hat die Tür schon wieder geschlossen.

Genauso habe ich mir das Büro einer Konzernleitung vorgestellt. Eine riesige Glasfront mit einem tollen Blick über die Stadt. Unvermeidlich natürlich auch die fette Polstersitzecke, für den Plausch unter Chefs. Hier fehlt eigentlich nur noch der große Globus, als Bar, um die Geschäftsabschlüsse zu begießen ...

Als mein Blick weiter zu den Büromöbeln schweift, fällt mir fast der Vertrag aus der Hand. Es sind große, schwere Büromöbel mit dem dunklen Edelholz, das hier überall zu finden ist. Und wer sitzt hinter dem XXL Schreibtisch, auf einem XXL Chefsessel und hat seine Turnschuhe auf dem Tisch?

Ben!

Auf seinem obligatorischen T-Shirt steht: ›Anstaltsleitung‹.

Fuck! Da muss sein Chef aber Humor haben, wenn der ihn erwischt ...

»Ben, steh auf! Der Chef kommt sicher gleich rein«, raune ich ihm nervös zu. »Was machst du überhaupt hier?«

Aber Ben rührt sich nicht und grinst nur vorwitzig. Da fällt endlich auch bei mir der Groschen.

Oh mein Gott! Alle Gedanken, Grübeleien, Zweifel und Spekulationen bilden riesige Gefühlswogen, die in meinem Kopf zusammenschlagen und bis in den Bauch auslaufen. Mir wird ganz flau. Die Beine fangen an zu wackeln, als ich auf den Schreibtisch zugehe.

»Oooh Shit!«, fluche ich, als ich wieder sprechen kann.

Ben fährt sich nervös durch die Haare und bietet mir mit einer Handbewegung den Platz gegenüber seines Schreibtischs an. Oh Gott, wie geschäftsmäßig auf einmal sein Auftreten ist. Wo ist seine Lässigkeit hin?

Mein Freund mutiert zum Scheinriesen. Blitzartig ist der Abstand riesengroß geworden. Und je größer der Abstand, desto größer wird er. Ist das noch mein Freund? Mein Freund, der gestern mit mir auf Augenhöhe war, als wir uns sehr nah waren?

Nur zögernd setze ich mich. Vor lauter Übelkeit kann ich gar nicht mehr nachdenken. Gefickt, ist das Wort, das mir urplötzlich durch den Kopf schießt. Gefickt!

»Du bist ja ganz blass geworden. Möchtest du etwas trinken?«, fragt er mich besorgt.

Ich schüttle stockend den Kopf. Und noch immer sickert die Realität nur ganz langsam in mein Bewusstsein. Wie Tropfen, die auf einen heißen Stein fallen und sich sofort in Dampf verwandeln. Dampf, der der sich explosionsartig ausdehnt und meinen Kopf fast zum Platzen bringt.

Das ist Wut! Die verdutzte Unsicherheit hat sich in ungezügelte Empörung verwandelt.

»Du bist der Chef?«

Ben nickt. Schuldbewusst? Egal! Ich bin zu wütend, um das zu analysieren.

»Da hast du mich ja ganz schön verarscht! Und es fällt dir nicht ein, mir das vielleicht mal früher zu verraten?«

»Mia ... ich ...«

»Was?!«, schnauze ich.

»Ich hab es dir gesagt. Am allerersten Tag. Ich habe gesagt: ›Ich bin ein Millionär, auf der Suche nach einer Frau, die nicht hinter meinem Geld her ist.‹ Erinnerst du dich nicht? Du hast mich nur nicht ernst genommen. Was kann ich dafür? Du hast doch gedacht: so ein Spinner in einem dämlichen T-Shirt, oder? Gibs doch zu!«

»Genau, haarscharf analysiert. Ich hab da einen richtig schlauen Chef. Und als du das gemerkt hast, da hattest du es nicht nötig, das richtigzustellen. Du, du, du ... ach ... du ...!«

»Was ... ich?!«, stottert er und schluckt. »Als mir das klar wurde, habe ich immer nach dem richtigen Moment gesucht.« Er spielt nervös mit einem Kuli. »Es ist doch so, dass du klar gemacht hast, dass du keinen reichen Mann willst. Da habe ich es einfach immer weiter aufgeschoben. Und ehrlich gesagt war ich auch froh, dass du mich gerade nicht wegen meines Geldes magst.«

Nur gut, dass ich mich nicht zu dem Liebesgeständnis hab hinreißen lassen. Denn jetzt hat das Spiel ganz neue Regeln.

Die Geliebte des Chefs? Ohne mich!

»Und jetzt? Was soll das hier werden? Es fühlt sich an, als hättest du mich in einen Topf mit eiskaltem Wasser geworfen. Ich kann die Eisstücke klirren hören.«

Ich brauche Zeit ... Zeit, um nachzudenken und mir über alle Konsequenzen klar zu werden.

»Jetzt möchte ich dich als neue Mitarbeiterin, denn wir brauchen neue Leute für die Projekte, die wir letzte Woche an Land gezogen haben. Darum habe ich dich vorzeitig kommen lassen.« Sein Ton ist auf einmal sehr sachlich und nüchtern.

»Moment! Ich kann nicht so schnell. Ich muss meine Gefühle ganz neu sortieren«, erwidere ich mit hochgehaltenem Zeigefinger.

Ben nickt. »Ja, lass dir Zeit. Es tut mir leid, dass ich dich so geschockt habe«, antwortet er leise.

Ich muss mich beruhigen, einfach runterfahren, denn Wut ist ein schlechter Ratgeber. Also stehe ich erst mal auf.

»Geh nicht, bitte«, fleht er.

»Nein, so schnell nicht. Ich muss runterkommen, bevor ich überlegen kann.« Mit ein paar energischen Schritten bin ich beim Fenster und sehe hinaus. »Ich werde jetzt mal einfach meine Gedanken formulieren.«

»Ja, mach. Kotz dich aus.« Es folgt eine längere Pause, die ihm dann wohl zu lang wird. »Aber sei mal ehrlich. Es kann doch nun wirklich nicht so schlimm sein, dass ich Millionär bin. Ich finde, es gibt schlimmere Schicksale in diesem Land.« Sein hochwertiger Bürostuhl rollt fast unhörbar nach hinten, als er aufsteht. Er kommt mit ausgestreckter Hand, die ich ignoriere, zu mir. Also stellt er sich neben mich und sieht mit mir nachdenklich aus dem Fenster.

»Im Prinzip nicht. Aber warum hast du es mir dann verschwiegen? Du wolltest meine Gefühle auf die Probe stellen. War doch so, oder?«

»Nein, nicht ... höchstens ganz am Anfang. Aber je länger ich mein Geständnis aufschob, desto schwieriger wurde es, die Wahrheit zu sagen. Du hast immer mehr durchblicken lassen, dass du von reichen Leuten nicht viel hältst.«

»Ach und dann hast du gedacht, dass du dich damit auch gut über mich lustig machen kannst? Irgendwann ... wenn ich hier vor dir stehe?«

»Mia, jetzt reichts aber! Du weißt doch, dass ich dich liebe!« Dabei versucht er mich zu umarmen, aber ich schlage seinen Arm weg.

»Was soll das denn für eine Liebe sein, in der man nicht ehrlich zueinander ist? Ich fühle mich ausspioniert«, schimpfe ich und merke, wie mein Blut wieder anfängt zu kochen.

Er senkt den Kopf. »Ja, versteh ich irgendwie ... sorry.«

»Irgendwie sorry ...«, ich schüttle den Kopf. »Das gebe ich jetzt mal zurück.«

Ben schluckt. »Heißt das jetzt, dass du hier nicht mehr arbeiten willst?«, fragt er und sieht mich flehend an.

»Ich weiß es nicht. Ich kann gerade keine Entscheidung treffen.«

»Aber wir brauchen dich. Ich ... wir haben doch das neue Projekt. Dafür müssen wir aufstocken. Paul soll zwei Praktikanten bekommen. Aber wenn du willst, kannst du gleich einen festen Arbeitsplatz haben.«

»Ich glaube, jetzt bist du völlig übergeschnappt. Das Schlimmste, was mir hier passieren kann, ist doch das Gerede, dass ich mich hochgeschlafen habe. Wenn es für mich eine Extrawurst gibt, dann bin ich sofort untendurch.«

»Das wird keiner wagen. Keiner wird dich angreifen, dafür sorge ich.«

»Angreifen wird mich sicher keiner, aber sie werden es mich anders spüren lassen. Ich werde ausgeschlossen werden.«

»Wenn du davor Angst hast, dann arbeite für mich«, bittet er, und versucht meine Hand zu greifen. Aber das kann ich gerade nicht ertragen.

»Sag mal, wieso heißt du eigentlich nicht Fröhlich. Bist du ein Teilhaber?«

»Lana Fröhlich ist meine Mutter. Es ist ein Pseudonym für die Öffentlichkeit. Als sie mit dem Erotikartikelverkauf anfing, war das noch ein schmuddeliges Geschäft. Sie wollte ihre Familie da heraushalten. Dann hatte ich die Idee mit den anderen Geschäftszweigen und meine Mutter hat mich machen lassen. Ich bin aber gerne im Hintergrund.«

Ich nicke und sehe ihn mir an. Das Gefühl der Vertrautheit ist völlig verflogen. Es fühlt sich alles irgendwie falsch an.

»Bitte, nutze die Chance, die wir dir hier geben wollen. Das haben wir schließlich schon beschlossen, als ich dich noch nicht kannte. Wir suchen händeringend gute Leute.«

»Du weißt doch gar nicht, ob ich gut bin.«

»Darum machst du ja auch ein Praktikum und dann sehen wir, wie du dich schlägst und wo du deine Talente nutzen kannst. Du sollst hier glücklich sein.«

Ich seufze, gerade bin ich gar nicht glücklich.

»Aber Ben. Eins muss dir klar sein«, erkenne ich nach einer Pause. Er blickt mich unsicher an, sodass ich nur schwer weitersprechen kann. »Wenn ich hier anfange, dann auf KEINEN FALL als deine offizielle Freundin.«

»Das ist nicht dein Ernst!« Seine Augen weiten sich. »Das kannst du nicht machen, wir sind uns doch so nah. Ich hab das Gefühl, ich kenn dich schon ewig.« Seine Stimme bricht am Ende des Satzes.

»Es tut mir leid. Aber ich bin ziemlich durcheinander. Im Moment habe ich das Gefühl, ich kenne dich gar nicht richtig.«

»Du machst doch nicht Schluss?«

»Doch.«

»Aber warum?«, fragt er verzweifelt.

»Weil ich nur mit jemandem zusammen sein kann, der absolut ehrlich ist. Ich will mich nicht kaufen lassen. Ich will auf meinen eigenen Beinen stehen.«

»Ich will dich doch nicht kaufen. Das ist es doch gerade. Unsere Gefühle, die sind doch echt!«

»Vielleicht, aber darüber muss ich mir erst noch mal klar werden. Und wenn wir doch wieder ein Paar werden, dann werde ich mir eine andere Arbeit suchen.«

Ben nickt stumm. Er sieht so traurig aus, dass ich schon fast wieder weich werde.

»Komm, ich setze jetzt erst mal meine Unterschrift unter den Vertrag und der Rest wird sich dann zeigen.«

»Okay ... und dann stelle ich dich deinen neuen Kollegen vor«, sagt er niedergeschlagen.

Kapitel 19

Schrecken ohne Ende

War das jetzt das Richtige? Keine Ahnung. Offensichtlich hatte mein Bauchgefühl recht mit seinen Zweifeln. Aber mehr ist mir nicht klar. Ich weiß nur, dass ich nicht in der Firma meines Freundes arbeiten will. Da habe ich ja wirklich schlechte Erfahrungen gemacht. Nein, ich will keinen Protektionismus.

Ich will auf meinen eigenen Beinen stehen!

Niemals, aber wirklich niemals, möchte ich abhängig sein und mich zum Sklaven eines Systems machen lassen. Da kann ich meine Oma nur zu gut verstehen, sie hat sich auch nicht ihre Seele abkaufen lassen.

Trotzig sehe ich meinem Freund … ach nein … Ex-Freund ins Gesicht. Ben hat sich ziemlich schnell gefangen und ist wieder ganz in die Rolle des souveränen Geschäftsmannes geschlüpft. Aufmerksam mustert er mich. Ob er jetzt enttäuscht ist?

»Ich hoffe, ich tue dir nicht allzu weh, aber ich kann nicht anders«, versuche ich, ihn zu trösten.

Ben nickt langsam. »Schon klar. Du willst Beruf und Privatleben strikt trennen.«

Er sagt das so kalt … Die Luft zwischen uns gefriert und die heißen Schwingungen sind endgültig erstarrt. Ich fühle mich überhaupt nicht gut und kann nur beten, dass man mir meine Zweifel nicht

ansieht. Leider bin ich eine schlechte Lügnerin ...
Aber egal, mein Entschluss steht ... felsenfest.

»Komm, ich bringe dich jetzt erst mal in Pauls Abteilung. Der wird dich dann in der Gruppe vorstellen«, sagt er und deutet mit einer einladenden Handbewegung Richtung Tür.

Ich nicke und folge ihm. Diese unsichtbare Wand, die gerade zwischen uns getreten ist, lässt mein Blut in den Adern gefrieren. Warum muss eigentlich alles in meinem Leben so schrecklich kompliziert sein?

Ein winziger Hauch seines Geruchs zieht in meine Nase und lässt meinen Körper innerlich vor Sehnsuchtsschmerz aufschreien. Wie soll ich das jetzt aushalten? Das ist doch übermenschlich unmenschlich, was ich da gerade von mir selbst verlange.

Und er? Es sieht so aus, als ob er wunderbar mit dieser Situation zurechtkäme. Seine Gesichtszüge sind seriös und ernst. Scheinbar unbeteiligt, als ließe ihn das Ganze zwischen uns völlig kalt. Wieso können Männer das und Frauen nicht? Das ist doch ungerecht!

Die Rolle des ungerührten Geschäftsmannes spielt er einfach perfekt. Oder ist es womöglich gar keine Rolle? Er hat schließlich nie viel über sich verraten. Ja, ein echter Geschäftsmann lässt sich nicht in die Karten sehen. So ein überragender geschäftlicher Erfolg kommt schließlich auch nicht von ungefähr.

Aber mich kann man nicht bluffen, mein Lieber. Spiel deine Spielchen doch, mit wem du willst, aber nicht mit mir.

Ich bin kein willenloses Häschen, das sich von den Lorbeeren Anderer etwas abschneiden muss. Und ein Playboy-Bunny, Repräsentationspüppchen oder Ähnliches schon mal gleich gar nicht. Oh Mann, kann man sich in Rage denken? Wieso ist der Kerl auch so cool?

In der Kreativabteilung angekommen ist mein Blut schon wieder am Kochen ...

»Sooo, mein lieber Paule. Ich übergebe dir hiermit offiziell deine neue Praktikantin. Um allen Spekulationen gleich den Boden zu entziehen. Wir kennen uns zwar, aber sind kein Paar, Mia und ich. Sie hatte die Zusage von uns, bevor wir uns kennengelernt haben. Und gerade weil wir uns kennen, ich bestehe darauf ... sie besteht darauf: keine Sonderbehandlung. Noch Fragen? Also lass sie alles tun, was bei uns die Praktikanten so machen ... Kaffee kochen und so ...«

Hat man so etwas schon gesehen? So ein arroganter A...!

Paul wirkt überrascht und sieht skeptisch zwischen uns beiden hin und her.

»Okay, Bennylein«, antwortet Paul, nachdem mein Freund ... oh je ... Ex-Freund, seine Ausführungen beendet hat. »Dann werde ich mir mal ansehen, was unsere Neue so drauf hat. Keine Vorzugsbehandlung ... ganz, wie du willst«, ergänzt er und grinst mich an.

Was ist das denn hier? Ich glaube, ich bin gerade im falschen Film ...

Memo an mich selbst: Gleich, wenn ich zuhause bin, werde ich die Stellenangebote sichten.

»Dann geh ich mal wieder ... in die Anstaltsleitung«, murmelt Ben, als er sich abwendet. »Tschau mit au.«

»Was war das denn? Was für Drogen hast du dem verabreicht? So hab ich den noch nie gesehen«, sagt Paul, als Ben sich verdrückt hat.

Was soll ich sagen? Ich auch nicht. Also zucke ich mit meinen Schultern.

»Na, dann komm mal mit, in unseren Projektraum«, fordert er mich auf. Wir gehen auf den Flur, der einmal um den Innenhof läuft. Die Wände zum tageslichtdurchfluteten Atrium sind nur angedeutet. Ein Panoramafahrstuhl bringt die Mitarbeiter aus den höheren Stockwerken herunter. Die Fahrt muss toll sein, denn die Innenfassade ist mit vielen Pflanzen bestückt. Unten stehen Bänke und Rattan-Gartenmöbel um echte Bäume gruppiert. Bewundernd bleibe ich stehen und beobachte eine Gruppe – die Teilnehmer mit Papieren in der Hand –, die wohl eine Besprechung abhält.

»Da machen wir manchmal Pause. Wenn es nicht regnet, gehen wir auch in den Garten«, erklärt Paul, offensichtlich ohne Begeisterung.

Ich hingegen bin ziemlich beeindruckt. »Garten? Ist das der kleine Park dort draußen?«

»Ja, wenn du willst, nenne ihn Park.«

»Wow, das ist hier wunderschön. Arbeitest du hier gerne?«

»Im Prinzip schon, aber es ist immer sehr viel Arbeit. Vor lauter Einarbeiten und Anweisungen geben, kommt man selbst zu nichts.«

»Aber das ist doch normal für einen Chef. Es läuft gut in dieser Firma?«

»Ja, ich finde, manchmal zu gut. Da schaffen auch Wellnessbereich, Massagen und Gym keinen Ausgleich mehr.«

»Na ja, immerhin. Sei lieber froh. In der Firma, in der ich vorher gearbeitet habe, wurde auch viel gearbeitet, aber ohne diese ganzen Extras.«

»Du wirst es ja bald selbst erfahren.«

Hm, also eigentlich eine Firma, wie alle anderen auch ... nur etwas cooler.

»So, hier ist jetzt dein neuer Arbeitsplatz. Tada ... der Raum unserer Gruppe«, eröffnet Paul feierlich, als wir in einen Raum eintreten. »Und das hier ist deine Kollegin Luise.«

Luise, eine blond gelockte Schönheit, blickt mit ihren riesigen blauen Augen auf und lächelt künstlich.

»Hallo Luise, ich bin Mia. Auf gute Zusammenarbeit.«

»Auf gute Zusammenarbeit«, erwidert Luise mit einem Zahnpastalächeln.

Bewundernd sehe ich mich an meinem neuen Arbeitsplatz um. Dieser Raum wirkt nicht wie ein Arbeitsplatz, sondern wie ein Wohnzimmer. Ein Zimmer, in dem die gesamte Ausstattung wie ein Gesamtkunstwerk auf Luise abgestimmt scheint. Pflanzen, Vasen, Bilder ... eine große Obstschale. Alle Farben passen zu Luises Teint und ihrer Kleidung, so etwas habe ich noch nie gesehen.

»Luise ist Spezialistin für visuelles Marketing und unsere Deko-Queen«, erklärt Paul, als könnte er Gedanken lesen.

»Jessi ist gerade krank ... sie ist Programmiererin. Und das ist Noah, dein Mitpraktikant. Er ist hier, weil er sich mit Spielen und YouTube-Inhalten gut auskennt«, fährt er fort und deutet auf ein schmales, blasses Jüngelchen. Der Nerd scheint sehr beschäftigt und sieht nur kurz hoch. »Hi«, grüßt er.

»Hi«, erwidere ich. Ratlos sehe ich zu Paul, aber der zuckt nur mit den Schultern.

»Hier ist dein Arbeitsplatz«, bedeutet mir Paul mit einer Handbewegung und geht. Ich bleibe ratlos stehen und setze mich an den hochwertigen, ergonomischen Schreibtisch. Eine Weile sehe ich mich noch um und revidiere im Geiste meine Meinung von vorhin. Eine merkwürdige Bude hier, wie eine Luxus-Irrenanstalt.

»Komm mit«, fordert mich die schöne Luise im zuckersüßen Ton auf. »Wir machen jetzt Pause und danach ist Lagebesprechung.«

Ich erhebe mich und folge ihr ins Atrium, wo sie zielstrebig einen Tisch mit Kaffeeautomat ansteuert.

»Die Getränke sind hier frei. Nimmst du einen Kaffee oder vielleicht etwas Kaltes, aus dem Kühlschrank?«

»Danke, ein Wasser bitte.«

»Hilf dir selbst, dann hilft dir Gott ... ein geflügelter Spruch hier, an den man sich nicht früh genug gewöhnen kann«, ergänzt sie ihre Ausführungen.

»Nicht zu vergessen den gewöhnungsbedürftigen Umgangston«, sprudelt es mal wieder unkontrolliert aus mir heraus.

»Kann schon sein. Aber wenn man daherkommt wie du ...«

Man muss kein großer Menschenkenner sein, um zu wissen, dass ich hier eine waschechte Bitch vor mir habe. »Ach ja? Wie komme ich denn daher?«

»Na ja, man braucht dich nur anzusehen. Du passt genau ins Beuteschema des Chefs. Und wenn er dich dann noch mit solch einem Buhei einführt ... Was soll man da denken?«

Oha! Ich glaube, mir entgleiten gerade alle Gesichtszüge. Sie legt unverhohlen den Finger in meine frische Wunde. Das fängt hier ja gut an. Leicht beleidigt nehme ich mir Luise genauer unter die Lupe. Sie sieht aus, wie die Barbie-Ausgabe von mir ... Beuteschema des Chefs?

Ob sie wohl auch Bens Opfer war? Ich kann gar nicht glauben, dass er schon mal auf solch eine Plastiktussi reingefallen ist.

»Buhei? Ich weiß nicht, was du meinst.«

»Ich habe mitbekommen, dass er sich lange mit Paul über dich unterhalten hat.«

»Ach ja? Und was?«

»Da habe ich leider nicht genug verstanden. Aber allein die Tatsache dass ... sagt ja schon viel. Ich konnte deinen Namen verstehen, das Wort Praktikantin habe ich mitbekommen und dass Paul ein paar Mal entrüstet war. Was soll man denn davon halten?«

Ja, was soll man davon halten? Von so einer Bitch. Mit so einem Früchtchen als Kollegin kommen höchstens Männer klar. Die Frauen bekommen bestenfalls über kurz oder lang die Augen ausgekratzt. Aber ich werde in die Offensive gehen. Solche Zicken waren in Gerrits Freundeskreis zuhauf zu finden, die beeindrucken mich nicht im Geringsten.

»Ach! Soll ich mal raten? Du bist frisch abserviert worden, oder? Aber ich kann dich beruhigen, ich nehme dir keine Chancen weg. Ich würde niemals etwas mit meinem Chef anfangen.«

Sie grinst nur süffisant. »Wer tut das schon Schätzchen? An unserem Chef haben sich schon viele die Zähne ausgebissen. Der lässt sich nicht so leicht erobern.«

Schätzchen sagt sie zu mir ... Dieser Fall ist härter als gedacht. So leicht kann man dieses Kaliber wohl nicht irritieren. Da muss man aufpassen, dass man nicht selbst in die Falle tritt. Denn im Moment stelle ich mir Ben als Weiberheld vor, der die Schnepfen reihenweise vernascht. Allerdings sagt mir gleichzeitig mein Bauchgefühl, dass das überhaupt nicht zu ihm passt.

Und irgendwie bin ich mir ziemlich sicher, auch wenn er mich jetzt auf einer Ebene enttäuscht hat, auf einer anderen kannten wir uns schon ewig.

Die ›Lagebesprechung‹ ist schnell zu Ende. Im Grunde bin ich nicht viel schlauer als vorher. Anschließend verstehe ich auch nicht, was Paul mit ›vor lauter Einarbeitung komme ich nicht zu meiner Arbeit‹ meint, ich bekomme jedenfalls keine gründliche Einführung. Eigentlich lässt Paul alle Mitarbeiter machen, was sie wollen. Langsam wird mir auch klar, warum auf Bens T-Shirt der Aufdruck ›Anstaltsleitung‹ ist.

Dennoch, gerade die Freiheit, die mir jetzt zugestanden wird, motiviert mich. Als Praktikant einen vollwertigen Arbeitsplatz mit allem nötigen Material, das ist nicht alltäglich. So verbringe ich den Rest des Tages versunken in meinen ersten Basteleien und bin am Ende des Tages ziemlich zufrieden mit dem Ergebnis. Bei der ›Lagebesprechung‹ morgen werde ich schon einen Trailer und einige Tabellen vorweisen können.

Auf dem Rückweg von der Arbeit beschließe ich, mich der Kleiderordnung der ›Anstalt‹ anzupassen. Ich besorge mir ein paar Shirts mit frechen Sprüchen, die vor allem Ben den Wind aus den Segeln nehmen sollen. Jetzt fühle ich mich bestens gerüstet und habe fast schon wieder gute Laune.

Die hält aber leider nicht lange. Um meine Laune zu schonen, wechsle ich an ›unserem Café‹ die Straßenseite. So führt mich der Weg am Moonbucks vorbei. Aber, als ob mir heute nicht schon genug Schlimmes passiert wäre, kommt auch noch gerade Gerrits Clique aus dem Lokal. Um erneut die Straße zu wechseln, ist es leider zu spät.

»Ach sieh mal einer an, wen haben wir denn da? Unsere Hippieprinzessin«, spottet Jakob. Diesen Möchtegernhipster konnte ich noch nie leiden.

»Ach sie mal einer an, unser Plastikprinz«, gebe ich zurück. Doch die Worte bleiben mir im Hals stecken, denn gerade kommt Elena aus der Tür. Meine Augen werden zu Schlitzen.

Verlegen hypnotisieren wir uns mit Blicken und ich kann sehen, wie meine Ex-Freundin den Atem anhält.

»Hallo Mia. Wie geht es dir?«, fragt sie leise und verlegen.

»Was interessiert dich das auf einmal?«, gifte ich nur zurück. Mit einem »Lass mich durch, falsche Freundin«, versuche ich, so schnell wie möglich die Szene zu verlassen. Ich gehe konsequent meinen Weg weiter und scheue auch nicht, meine Ellenbogen einzusetzen. Wie groß Gerrits Freundeskreis doch ist.

»Hey, hey, hey Prinzessin. Wir können nichts dafür, dass dein Prinz eine andere geküsst hat«, kommt es von der Seite. Ich weiß gar nicht, wer das von sich gegeben hat, ist aber auch egal.

»Mia! Warte«, schreit Elena und läuft hinter mir her. »Ich wollte dir noch sagen, dass das mit Gerrit keine Bedeutung hatte.«

»Keine Bedeutung? Umso schlimmer«, blaffe ich zurück.

»Du weißt schon, was ich meine!«

»Ja, weiß ich. Du hast unsere Freundschaft weggeworfen für etwas, dass keine Bedeutung hat«, schimpfe ich und gehe meinen Weg unbeirrt weiter.

»Ach, ich weiß auch nicht, wie das passiert ist«, jammert sie und versucht den Anschluss zu halten.

»Ich aber! Ihr wart scharf aufeinander und habt keine Rücksicht genommen.«

»Mia, nein. Ich war ziemlich betrunken. Lass dir erklären«, fleht sie und stoppt mich, indem sie mich am Arm festhält.

Im ersten Impuls will ich ihr den Arm entreißen, aber dann überlege ich es mir anders. Vielleicht sollte ich ihr wirklich einmal meine Meinung zu der Sache sagen.

»Na dann ... schieß los. Ich bin gespannt.«

»Du solltest wirklich froh sein, dass du den los bist.«

Ich schnappe nach Luft. Das ist ja die Höhe!

»Bevor du dich aufregst, hör zu. Er hat sich bei mir ausgeheult, dass schon lange nichts mehr zwischen euch läuft, und so. Ich habe ihn getröstet und nach und nach kam raus, dass er eigentlich nur mit dir zusammen ist, weil seine Eltern so begeistert von dir sind. Besser gesagt, von deiner Erbschaft. Sie wissen von deinem reichen Opa und glauben, dass du noch einmal kräftig erben wirst.«

Ich muss schlucken.

»Ja! So hat er mir das erklärt«, bekräftigt sie.

»Und mit so einem Idioten hüpfst du in die Kiste?«

»Das war nachher. Wie gesagt, wir waren ziemlich voll.«

Ich senke den Kopf ... umgeben von Idioten.

»Tut mir leid Elena, das tröstet mich leider gar nicht. Aber ich bin in der Tat froh, euch los zu sein. Gerrit, seine dämliche Clique ... und dich. Und jetzt lass mich endlich los!« Ich reiße meinen Arm aus ihrer Hand und fange an zu rennen.

»Es tut mir wirklich leid, Mia!«, ruft sie mir noch hinterher. Am liebsten würde ich mir die Ohren zuhalten. Mit diesem Teil meiner Vergangenheit bin ich durch, ganz und gar.

Kapitel 20

SCHRECK LASS NACH

Mein erster richtiger Arbeitstag. Ich stehe mit meinen neuen Shirts vor dem Spiegel und kann mich nicht entscheiden. Welcher Spruch ist der Richtige? Er soll ja nicht zu frech sein, aber auch meine Laune widerspiegeln. ›Stur? Nee, nur meinungsstabil‹ könnte Paul verschrecken, er ist immerhin mein Gruppenleiter. Ich entscheide mich für ein zurückhaltendes ›Ich bin so, ich kann nichts dafür‹.

Als ich in meinen Gruppenraum komme, begrüßt mich Paul mit einem Shirt, auf dem ›Ich bin kein Klugscheißer – ich weiß es nur besser‹ steht.

Auch Noah scheint an dem Spiel Gefallen zu finden, er trägt eins mit: ›Denken ist wie googeln, nur krasser.‹

Nur Luise will offensichtlich nicht dazugehören, sie hebt sich mit einer blumig bemusterten Bluse vom Fußvolk ab.

Als die Lagebesprechung ansteht, kann ich stolz meine Ergebnisse von gestern vortragen. Nach einiger Zeit kommt auch Ben dazu. Er trägt ein T-Shirt in vertikaler Schrift, auf dem ›Erstaunlich, wie viele Idioten den Kopf drehen, um das zu lesen‹ steht. Ob er wohl selbst versucht hat, die Schrift vor dem Spiegel zu lesen?

Aber in der Runde wird klar, dass er ein hervorragender Moderator ist. Neidlos muss ich anerkennen, dass das Gespräch gut vorankommt. Ben ist kein Freund von Schwafelei.

Um meine Kollegen besser kennenzulernen, höre ich erst mal nur zu. Dabei macht auch Paul seinem Klugscheißer-Shirt alle Ehre. Ich entnehme dem Gespräch, dass er eine psychologische Ausbildung hat, die mit der idealistischen Einstellung von Ben nicht immer übereinstimmt. Im Laufe der Zeit entwickelt sich eine hitzige Debatte über die richtige Vorgehensweise beim aktuellen Projekt.

Was soll ich dazu beitragen? Ich muss mir fast ein Gähnen verkneifen. Aber auch Luise scheint gelangweilt. Ich erwarte jeden Moment, dass sie ihre Nagelfeile herausholt. Noah macht nicht einmal den Versuch, Interesse zu heucheln, sondern spielt mit seinem Handy.

Hatte ich mal gedacht, diese Firma arbeitet mit der besten Manpower? Wie bin ich nur darauf gekommen? Gute Außendarstellung ... Hut ab. Na ja, wenn ich genau überlege, das ist schließlich ihr Job. Wahrscheinlich hat Paul recht, als er mir sagte, dass Kreativität auch ein bisschen Verrücktheit und vor allem Freiheit braucht. Ich muss lächeln, als mir das klar wird.

»Mia hat gestern damit schon mal angefangen. Und wie ich am Lächeln erkenne, ist sie sehr zufrieden mit dem Ergebnis«, reißt mich Paul plötzlich aus meinen Gedanken.

Ich hebe erschrocken den Kopf, ein ›Worum gehts‹ scheint mir nicht angebracht. Unsicher blicke ich in die Runde und erkenne, dass die lieben Kollegen genau wissen, dass sie mich in die Wirklichkeit zurückgeholt haben.

»Ja Mia?« Ben sieht erfreut aus. »Dann zeig mir doch mal deinen Videoclip«, rettet er mich.

Die Gruppe bewegt sich komplett zu meinem Arbeitsplatz. Ich öffne mein Werk und erkläre, was ich gestern noch gemacht habe. Mein Chef steht direkt hinter mir und stützt sich seitlich meines Arbeitsplatzes auf. Ich sehe seinen muskulösen Arm mit den Adern und atme instinktiv diesen herrlich vertrauten Duft.

Wie gerne würde ich mich jetzt einfach nur nach hinten lehnen und mich in seine Arme kuscheln. Das ist jetzt die reine Quälerei! Will er mich provozieren?

Er kommt meiner Sehnsucht entgegen und rückt näher, um auf den Bildschirm zu zeigen. »Stopp noch mal das Bild ... Da seht ihr?«

Mann! Wie soll ich das bloß aushalten? Gleich küsse ich den Arm ...

Mein Kopf geht schon ein bisschen nach hinten. Ich will gerade die Augen schließen, da werde ich von Bens süffisantem Lächeln abgehalten. Der provoziert mich doch!

Irgendwie werde ich das Gefühl nicht los, dass hier alle wissen, was in mir vorgeht. Nur mein eigenes Hirn durchschaut mich nicht.

Aber auch aus diesen Gedanken werde ich gerissen, denn es entsteht wieder eine lebhafte Diskussion. Ben beendet sie, indem er »Wir machen das jetzt noch mal nach den neuen Richtlinien und mit den aktuellen Zahlen, Punkt«, verkündet.

Obwohl ich mich nicht mal in den Streit eingemischt habe, fühle ich langsam eine gewisse Erschöpfung. Und auch diese Gedanken scheint man lesen zu können. Oder liegt es daran, dass ich herzhaft seufze?

Paul sieht mich mitleidig an. »In den Kreativabteilungen geht es immer so zu«, beschwichtigt er mich. »Soll ich dir mein Ja!-Es-wird-heute-noch-fertig-Shirt leihen?« Dieser schelmische Gesichtsausdruck ...

Der Mann hat Humor ... Na ja, er ist ja Psychologe.

»Vielleicht willst du auch mein Das-kannste-schon-machen,-aber-dann-ist-es-Kacke-Shirt, haben«, wirft Ben zu Paul, bevor er geht.

»Danke, ich ziehe morgen mein Falls-jemand-meine-Nerven-sucht,-sie-sind-am-Ende-Shirt an«, ruft er ihm hinterher.

Ich bin hier nur einen Tag in diesem Kindergarten und schon gilt das auch für meine Nerven ...

Als Ben die Tür hinter sich geschlossen hat, ist ein paar Sekunden lang alles ruhig.

»Was war das denn? Irgendjemand muss Ben eine Gehirnwäsche verpasst haben. Wo ist unser smarter Chef?«, fragt Luise fassungslos in den Raum.

Paul zuckt mit den Schultern. »Keine Ahnung ... vielleicht Hämorridenschmerzen?«

»Für Herzschmerzen muss ja erst mal ein Herz haben«, grummelt sie.

»Ja, genau. Deshalb wirst du auch nie wissen, was das ist. Aber ich will nicht mit dir streiten«, kontert Paul.

Interessant, sie scheinen sich nicht so gut zu verstehen. Vielleicht ein Grund für seine ›Erschöpfung‹?

»Mit dir kann man gar nicht streiten, du hast ja doch nie recht«, zickt Luise zurück und schlägt ihm auf die Schulter. So ein Aas! »Komm, ich mach uns einen Starke-Nerven-Tee. Den werden wir jetzt brauchen, es wird eine lange Nacht«, schlägt sie dann überraschenderweise vor.

Was das wohl alles zu bedeuten hat? Ich werde sicher länger brauchen, um das Betriebsklima hier zu ergründen. Will ich mir das überhaupt antun?

Die Projektarbeit geht bis in die Nacht und die Zusammenarbeit ist überraschend harmonisch. Das hat wirklich Spaß gemacht. Ich bin sehr zufrieden, als ich um Mitternacht endlich nach Hause komme und todmüde in mein Bett falle.

Am nächsten Morgen stehe ich wieder vor der Shirtfrage. Mir kommt es fast vor, wie ein Sprüche-Shirt-Contest. Da mir die Arbeit gestern noch gefallen hat, sehe ich mal vom Mir-reichts,-ich-geh-schaukeln-Shirt ab.

Dann muss ich an Bens triumphierendes Lächeln gestern denken und greife wie ferngesteuert zu ›Can you see the FUCK OFF in my smile?‹.

Ja, er kann mich mal! Ich werde cool und souverän meine Arbeit machen. Es wäre ja wohl ein Witz, wenn ich es nicht schaffen würde, Arbeit und Privatleben zu trennen.

Memo an mich selbst: Heute Abend fängst du an, dich um ein neues, wunderbares Privatleben zu kümmern ... oder um eine neue Stelle.

Ja, wenn ich eine neue Stelle finden würde, dann könnte ich wieder mit Ben zusammen sein. Eine Idee, die mir immer besser gefällt.

Das Frühstück bleibt mir fast im Hals stecken, denn ich kann es leider nicht vermeiden, mich der Inquisition meiner Mutter zu stellen.

»Hallo mein Schätzchen. Hast du gut geschlafen?«

Ich nicke nur.

Sie mustert mich abfällig. »Sag mal, willst du dir nicht etwas anders anziehen?«

»Nein, alle in der Gruppe tragen solche Shirts.«

»Tatsächlich? Mit solch ordinären Sprüchen? Können die denn kein Englisch?«

»Mama, hör jetzt auf. Ich hab einen bestimmten Grund, das Shirt zu tragen, aber keine Lust, dir den zu verraten.«

»Tatsächlich?«

»Ja!«

»Und? Wie gefällt dir dein Praktikum so?«

»Viel Arbeit, wenig Lohn.«

»Geht es vielleicht auch noch etwas Genauer?«

Ich werde einen Teufel tun und ihr die ganze Geschichte erzählen. Sie wird mich für verrückt erklären, wenn sie erfährt, dass ich mich schon wieder von einem Millionär getrennt habe. Diesmal würde sie mich nicht nur mit Vorwürfen überhäufen, sondern in den Wahnsinn treiben.

Für viel Geld kann man sich doch schon mal selbst verleugnen. Wobei ... ich bezweifle ja, dass sie überhaupt weiß, wer sie ist. Also kann sie sich theoretisch auch nicht selbst verleugnen ...

»Hallo? Jemand zu Hause? Also, ich schließe daraus, dass du dir das Ganze etwas anders vorgestellt hast. Soll ich noch mal bei Gerrit nachhorchen, ob du nicht doch dort anfangen kannst?«

»Mama! Nein! Es hat mir gut gefallen und die Arbeit macht Spaß. Lass mich einfach in Ruhe, okay?«

»Du bist einer von diesen hoffnungslosen Fällen, die man nicht mal zu ihrem Glück zwingen kann«, grummelt sie mir beleidigt hinterher, als ich die Küche verlasse.

»Ja, und das ist auch gut so«, werfe ich beim Hinausgehen noch zurück.

In der Firma erwartet mich die zweite Runde T-Shirt-Sprüche-Contest. Paul empfängt mich mit ›Je weiter unten du sitzt, desto mehr wirst du beschissen‹. Noah bleibt seinem Stil treu und trägt ›Herr schmeiß Hirn oder Steine ... Hauptsache du triffst‹ auf seiner Brust. Selbst Luise macht heute mit. Sie trägt: ›Stört mich nicht, ich bin schon gestört genug‹. Ob sie keine Angst hat, dass es jemand ernst nimmt?

Aber der Knaller kommt, als Ben eintritt, mit ›Lächle! Du kannst sie nicht alle töten‹. Sein Gesicht ist zu köstlich, als er mein FUCK-OFF-Smile sieht. Diese T-Shirt-Sache macht jetzt richtig Spaß. Kindisch? Vielleicht ... wahrscheinlich ... mit Sicherheit ... aber das innere Kind beflügelt die Kreativität ... sagt Paul, und der muss es doch wissen.

Unsere Projektarbeit wird nun aber gar nicht kindisch unter die Lupe genommen. Ben hat mir mal gesagt, er hilft in der Kreativabteilung. Ich muss zugeben, dass diese Hilfe wirklich wichtig ist. Denn er passt auf, dass wir den roten Faden nicht verlieren – sachlich und kompetent.

Wenn er das Wort hat, hängen alle mucksmäuschenstill an seinen Lippen. Bei mir entwickelt sich solch eine Sehnsucht. Nur noch einmal möchte mein Mund seine Lippen berühren. Diese wunderbar weichen und vollen Lippen, die sich öffnen und schließen, um solch kluge Worte zu entlassen.

Er vermeidet es, überhaupt zu mir herüberzuschauen. Ich kann ihn gerade überhaupt nicht mehr einschätzen. So cool kann man doch nur sein, wenn man keine Gefühle für jemanden entwickelt hat.

Je länger ich ihn ansehe, desto stärker wird mein Wunsch, einfach mitten durch die Runde zu gehen, mich auf seinen Schoß zu setzen, und ihn zu küssen, bis wir schielen.

Ich seufze leise. Krieg dich endlich in den Griff, Mia.

Aber je länger diese Besprechung dauert, desto schwerer wird es, meine Gefühle zu zügeln. Ich sehe nur noch auf seinen Körper ... die breiten Schultern und festen Muskeln unter dem Shirt. Mit geschlossenen Augen stelle ich mir seinen Geruch vor und möchte mich an seinen Hals schmiegen. Ganz langsam kriecht es in meinen Bauch und fängt an zu schmerzen ...

Und Ben? Der redet kühl, sachlich und konzentriert, während mein Gehirn immer mehr wie Öl zerfließt.

Diesmal gehen wir nicht an meinen PC, was mich unglaublich enttäuscht. Gestern habe ich die kurze Nähe so genossen. Mein Gott, wie soll ich das jetzt aushalten? Wie lange kann ich meine Gefühle ignorieren? Das ist übermenschliche Unmenschlichkeit!

Am Ende der Besprechung scheppert sein Stuhl über das Linoleum, als er aufsteht und geht.

Mist! Er kann doch nicht einfach so gehen?! Will er sich nicht wenigstens noch einmal nach mir umdrehen?

Als sich die Tür hinter ihm schließt, fühle ich eine große Leere. Aber nicht nur das, auch mein Hirn ist leer. Ich habe so gut wie nichts von der Besprechung mitbekommen.

Meine Augen brennen und nur durch schnelles Schließen kann ich verhindern, dass Tränen aufsteigen.

Ich muss mich in den Griff kriegen. So kann ich nicht arbeiten. So werde ich auch mit Sicherheit die Festanstellung nicht bekommen.

Aber es gibt noch eine dringlichere Frage. Wie komme ich jetzt bloß an den Inhalt der Besprechung?

Eine ganze Weile sitze ich unschlüssig an meinem Arbeitsplatz und tue so, als ob ich Papiere sortierte. Aber die Eingebung lässt auf sich warten. Ich muss mir dringend etwas einfallen lassen.

Ob ich Luise fragen soll? Niemals! Die Zicke wird das sicher gegen mich verwenden.

Noah? Als ich unauffällig hinter ihm vorbeigehe, sehe ich, wie er virtuelle Tiere auf eine ebensolche Arche lädt. Wo treibt der nur solche Spiele auf? Nein, den frage ich lieber auch nicht.

Paul? Auch die letzte Lösung ist indiskutabel. Da könnte ich mir gleich ein Ich-sammle-Minuspunkte-Shirt anziehen. Mist! Nein, Bockmist!

Frustriert muss ich erst mal ganz tief Luft holen und beiße mir auf die Lippe. Eine Tasse Kaffee ist vielleicht die Lösung ... eine kleine Pause, dann erledigt sich das Problem möglicherweise von selbst.

»Ich hole mir nur schnell einen Kaffee«, erkläre ich, als ich den Raum verlasse. Paul schaut kurz auf und nickt.

Leider habe ich viel zu wenig Zeit, diesen tollen Innenhof zu genießen. Freie Getränke und auch sonst tolle Angebote für Pause und Freizeit, das gibt es ja nicht in vielen Firmen. Das werde ich definitiv vermissen, wenn ich woanders arbeiten werde. Von der verantwortungsvollen Arbeit und den vielen Freiheiten mal ganz abgesehen.

Bleibe ich aber hier, ist Ben der Preis. Und da weiß ich immer weniger, wie ich die Trennung von ihm überhaupt aushalten soll. Warum muss eigentlich alles in meinem Leben immer so kompliziert sein?

Die Sonne scheint durch die Kuppel im Atrium. Ich denke, ich könnte nur mal kurz im kleinen Park das Gesicht in die Sonne halten, während ich den Kaffee trinke. Also mache ich mich auf den Weg.

Die Vögel zwitschern und ein warmer Lufthauch streichelt durch mein Haar, als ich mich auf eine der Teakholzbänke setze. Nur einmal kurz Luft holen, nach den Turbulenzen der letzten Zeit. Ein Gedanke, den wohl auch noch andere haben, denn viele wandern auf den angelegten Wegen. Es sieht so aus, als ob auch viele Besprechungen hier stattfänden.

Da ist Ben! Ein Schmerz durchzuckt mich, als ich mir meinen Kaffee auf die Jeans schütte.

Er läuft durch den Park, hat mir den Rücken zugewandt. Er hat mich wohl nicht gesehen. Aber er ist nicht allein. Jeden Arm hat er um eine Frau gelegt. Die Frauen wiederum einen um ihn.

Aber damit nicht genug, sie küssen ihn jetzt!

Beide!

Jede auf eine Wange.

Ein Bild, wie aus einem Playboy Magazin ...

Fuck!

Was bist du eigentlich für eine naive, dumme Kuh, Mia? Du zerbrichst dir den Kopf über eine neue Arbeitsstelle, um wieder mit diesem Mistkerl zusammenzukommen?

Gehts noch?

Wie blöd kann man eigentlich sein?

Der heult dir doch keine Träne nach und hat schon gleich zwei andere Tussen am Start!

Fuck! Fuck! Fuck!

Kapitel 21

HAPPY ENDE, MIT RESPEKT

Tränen steigen in meine Augen und lassen mich durch einen Schleier sehen. Diese Mistviecher lassen sich immer so schwer herunterkämpfen! Die zugeschnürte Kehle erschwert die Atmung, genauso wie der zu Stein gewordene Bauch.

Ich muss hier raus, ich krieg sonst keine Luft mehr!

Aber mein Gehirn funktioniert nicht mehr, wabert nur noch unzusammenhängendes Zeug in mein Bewusstsein.

Warum macht er das? Warum tut er mir jetzt so weh?

Mein Bauch fängt an zu schmerzen und ich muss mich krümmen. Der Kaffee auf meiner Hose ist inzwischen kalt. So kann ich nicht rumlaufen.

Was soll ich jetzt tun?

Weg hier! Egal!

Was bin ich doch blöd! Darüber werde ich niemals wegkommen!

Ich bin in dem Glauben, ich habe zwei Optionen, aber nix da ...

Tolle Arbeit oder Ben? Gar nichts! Nothing! Nada! Niente!

Diesen arroganten Kerl tangiert das gar nicht! Der tröstet sich schon am nächsten Tag.

Mann, das Leben kann nicht frustrierender sein ... Warum treffe ich eigentlich immer auf solche fiesen Typen? Was mache ich falsch?

Ich will nicht mehr! Mir ist jetzt alles egal. Ich werde nach Hause gehen und mein Leben wieder einmal neu sortieren. Auch wenn ein Leben mit Ben jetzt keine Option mehr ist, die Arbeit hier ist es genauso wenig.

Die Sahne hat sich als Magermilch herausgestellt. Die kann man nicht zu Butter schlagen. Aber ich brauche nicht mal mehr die Butter, um herauszuklettern ... aus dem Topf. Mich wird die rasende Wut beflügeln, die immer mehr Besitz von mir ergreift.

Mit energischen Schritten stapfe ich zurück in den Gruppenraum. Wütend reiße ich die Tür auf und der Luftwirbel lässt Papiere von Luises Schreibtisch herunterwirbeln.

»Gehts noch?«, rüffelt sie mich entrüstet.

Ich beachte sie gar nicht, sondern stürme auf meinen Arbeitsplatz zu. Zum Glück habe ich mich nicht weiter eingerichtet und so muss ich keine Sachen einpacken.

Ich greife nur meine Tasche und stürme mit einem »Ich kündige ... sofort!« aus dem Raum.

»Mia! Was ist los?«, fragt der aufgeschreckte Paul.

Ich schüttle nur mit dem Kopf und halte meine flache Hand in seine Richtung. Ich könnte sowieso nichts sagen, denn ich habe den Kampf mit meinen Tränen verloren.

Als die Tür hinter mir zuknallt, kann ich wenigstens einmal stockend Luft holen ... und jetzt nichts wie raus hier.

Rasend vor Wut haste ich durch das Gebäude, sehe nicht nach links und nicht nach rechts. Die ganze Zeit rumort es in meinem Kopf.

Ich werde mich NIE WIEDER irritieren lassen ... von niemandem!

Zu Hause angekommen bin ich dann aber doch irritiert, denn wieder einmal steht Gerrits Wagen vor der Tür. Mein Gott! Was diese Schmeißfliege wohl wieder für einen Vorwand hat? Na warte, der kommt mir gerade recht, denn ich bin in der richtigen Laune, um ihn mal richtig zurechtzustutzen.

Er soll endlich Ruhe geben!

Ich kann einfach keine Männer mehr sehen, will auch keine mehr sehen ... nie wieder.

Wütend stapfe ich in das Wohnzimmer und bleibe wie angewurzelt stehen. Was ich da jetzt sehe, übersteigt meine bisherige Vorstellungskraft. Mama und Gerrit richten sich auf und rücken erschreckt voneinander ab.

Meine liebe Mutter hat ihre Bluse bis zum Bauchnabel aufgeknöpft. Eine Hälfte ist über ihre Schulter heruntergerutscht und legt ihren Busen frei. Sie sitzt zusammen mit Gerrit auf dem Sofa – er mit nacktem Oberkörper.

Diese Szene ist eindeutig.

Ekelgefühl steigt in mir auf. Das ist jetzt entschieden mehr, als ein einzelner Mensch ertragen kann.

Ich fühle mich gerade so allein, wie sich ein Mensch nur allein fühlen kann. Verwirrt reibe ich mit den Händen übers Gesicht.

Hier kann ich auch nicht bleiben ...

»Mia! Warte! Das ist jetzt nicht so, wie es aussieht!«

Das kann ja wohl nicht wahr sein. »Macht euch nicht lächerlich«, erwidere ich und stürme auch aus diesem Raum.

Wohin jetzt? Ratlos sehe ich mich vor der Tür um. Vollkommen erschöpft setze ich mich auf die Bank vor dem Haus, um mich zu sortieren. Ich fühle mich so leer, als hätte mich jemand vollkommen ausgehöhlt. Womit habe ich das verdient, dass mir alle Freude im Leben genommen wird? Meine Hände werden von den heißen Tränen, die mir hemmungslos über das Gesicht laufen, ganz nass. Irgendwo muss ich doch ein Taschentuch haben, aber ich habe keinen Nerv danach zu suchen.

Wo soll ich jetzt hin? Hier kann ich nicht mehr bleiben. Eher schlafe ich unter einer Brücke, als mit meiner verlogenen Mutter unter einem Dach.

Da naht schon wieder das Grauen. Meine Mutter und Gerrit setzen sich rechts und links neben mich.

»Verschwindet!«, schreie ich hysterisch.

»Pssst!«, beschwichtigt mich meine Mutter.

»Erst, wenn ihr verschwindet!«

»Erst wenn du uns zuhörst«, bekräftigt meine Mutter.

»Lass uns doch erklären«, fleht Gerrit. Ich werde von einem Schluchzen erschüttert, als er mir sein Stofftaschentuch reicht. »Nimm, ist auch nicht gebraucht.«

»Was wollt ihr denn noch erklären. Ich bin aufgeklärt«, schluchze ich und schnaube. »Ich bin über diese ganze fucking Welt aufgeklärt. Und über die

Idioten, die sich Männer nennen. Und über alle, die sich meine Freunde oder Mutter nennen. Ihr könnt mich alle mal.«

Erschreckt streicheln mir beide beruhigend den Rücken und reden auf mich ein.

»Wir wussten doch nicht, dass du schon kommst.«

»Wir konnten nichts dagegen machen.«

»Es ist einfach so passiert.«

»Das hat nichts mit dir zu tun.«

... Ein wahres Feuerwerk an Plattitüden.

Aber beim Schlusskracher vergesse ich sogar, zu schluchzen:

»Wir lieben uns!«

»Wer bitteschön soll das denn glauben? Ihr könnt euch doch nur selbst lieben. Und was soll eigentlich dann die Heimlichtuerei? Ach, ihr kotzt mich an, aber so was von!«

»Mia! Versteh uns doch.«

»Oh ich verstehe euch zu gut. Geht dahin, wo der Pfeffer wächst! Ihr habt euch wirklich verdient!«, gifte ich.

Für diese Sätze ernte ich betretenes Schweigen.

»Dann komm doch wenigstens rein. Lass uns noch mal in Ruhe über alles reden«, fleht meine Mutter nach einiger Zeit.

»Nein, nein!«, schimpfe ich und schüttle energisch den Kopf. »Ich werde hier nie wieder reingehen. Wenn doch, dann nur, um meine Sachen herauszuholen. Und jetzt lasst mich ENDLICH allein.«

Das ist vielleicht vorschnell gesagt, aber ich kann nicht anders. Bleibt die Frage, wohin ich jetzt gehen soll. Zu meinem Vater in die winzige Zweizimmerwohnung? Das kann nicht gut gehen, denn dort ist auch noch seine Freundin. Dennoch, es ist mir fast egal, wo ich jetzt bleiben kann. Zur Not übernachte ich auf der Parkbank.

Das ist der tiefste Tiefpunkt, den man im Leben überhaupt haben kann.

Wie eine erstarrte, leblose Hülle starre ich inzwischen vor mich hin. Ich bin wie gelähmt und kann immer noch nicht richtig denken. Deshalb nehme ich auch gar nicht richtig wahr, dass Bens Smart vor dem Haus hält.

»Mia? Mia, sieh mich an. Was ist los?«

Ich schüttle nur stumm den Kopf.

»Rede mit mir.«

»Mit uns redet sie auch nicht«, beklagt sich meine Mutter.

Bens Blick wandert zwischen den beiden hin und her. Da die Bluse meiner Mutter schief zugeknöpft ist, und Gerrit immer noch einen nackten Oberkörper hat, hat er die Situation sicher sofort erfasst. Ich muss an die Situation denken, wo er sein Hemd schief zugeknöpft hatte, und meine Mutter uns ›in flagranti‹ erwischte. Das lässt mich hysterisch kichern.

»Könnt ihr mich mit Mia allein lassen?«, bittet Ben.

Meine Mutter und Gerrit erheben sich und verschwinden endlich. Erleichtert atme ich stockend, aber tief durch.

Er setzt sich neben mich, umarmt mich mit seinen starken Armen und zieht mich an seine Brust. Ich schließe die Augen, höre seinen Herzschlag und entspanne ein wenig, als er mir tröstend über das Haar streichelt.

Eigentlich müsste ich mich ja aus seiner Umarmung winden, aber es fühlt sich gerade zu gut an. Er sagt kein Wort und ist einfach nur sanft, zärtlich und tröstend. Lange Zeit bleiben wir reglos so sitzen. Es ist sogar möglich, dass ich kurz eingenickt bin, denn auf einmal ist mein Nacken steif.

»Geht es dir wieder etwas besser?«, fragt Ben mich und verstärkt das Streicheln.

Ich seufze nur als Antwort.

»Willst du mir jetzt erzählen, was los ist?«

Auf einmal kommen die Tränen wieder hoch und ich muss schluchzen.

»Mia, Mia, was ist denn bloß los?«, fragt er sanft und hebt meinen Kopf, damit ich ihn ansehen muss.

Er sieht wirklich sehr besorgt aus. »Warum interessiert dich das?«

»Soll das ein Witz sein? Natürlich interessiert es mich. Paul hat mich angerufen, du wärst verstört aus der Firma gelaufen.«

»Es interessiert dich nicht ... Du hast dich doch schon längst getröstet«, jammere ich.

»Waaas? Wieso? Bitte ... sag doch, was du auf dem Herzen hast. Mia ... sieh mich an.«

»Ich hab dich heute in der Firma gesehen. Dich und deine zwei Häschen.«

»Häschen?« Ben stutzt.

Es sieht echt aus. Kann er so gut schauspielern?

»Im Park ... du mit zwei Frauen im Arm.«

»Oh mein Gott! Mia ...« Er schüttelt den Kopf. »Gut, dass meine Schwester nicht mitbekommen hat, dass du sie Häschen genannt hast.«

»Deine Schwester?«

»Und ihre Freundin.«

»Und? Hast du denn mit der was, dieser Freundin?«

»Ich meinte nicht Freundin im Sinne von Freundin, sondern DIE Freundin. Du verstehst? Meine Schwester ist lesbisch. Die beiden haben mich getröstet, weil ich Liebeskummer habe. Ich musste doch erst vor Kurzem meine Schwester trösten. Du erinnerst dich?«

»Du hast Liebeskummer? Also hast du doch eine Neue.«

»Mia«, flüstert er und streichelt mir übers Haar. »Du bist wirklich verwirrt.«

»Oh Shit!«

»Jep ... oder auch nicht ... wo die Liebe eben hinfällt ...«

»Wie wahr.«

»Jep.«

Mittlerweile sitzen wir beide gerade auf der Bank und schauen sinnierend auf das Rosenbeet.

»Man kann nichts für seine Gefühle«, murmle ich nachdenklich.

»Genau, sie sind einfach da und lassen sich nicht steuern.«

»Du hast Glück, deine sind nicht so stark. Du hast dich gut im Griff.«

»Was!? Wie kommst du darauf?« Er dreht sich zu mir und sieht mich an.

»Du warst so cool. Mir ist das Blut in den Adern gefroren.«

»Ich und cool? Jetzt fantasierst du aber.«

»Nicht?«

»Ganz und gar nicht. Frag mal Paul ... und das Laufband im Fitnessraum ... und den Boxsack. Ich war verzweifelt, am liebsten hätte ich die Firma verkauft. Ich war nicht cool.«

Erleichtert schließe ich die Augen und seufze. »Auf mich hat das so gewirkt.«

»Aber meine Mitarbeiter sehen das ganz anders. Sie haben sofort gemerkt, dass etwas nicht mit mir stimmt. Die Besprechungen sind sonst viel harmonischer.«

»Hm.« Dann fällt mir das merkwürdige Verhalten von Luise ein. »Sag mal, was ist eigentlich mit Luise? Die hat so was angedeutet ... von wegen Frauenheld und so.«

»Ach du meine Güte! Diese Schlange. Sie gehört mit zu den Gründen, warum ich immer Angst habe, dass Frauen nicht hinter mir, sondern hinter meinem Geld und sozialem Status her sind.«

»Sie war mit Paul zusammen. Und hat ihn abserviert, weil sie sich Chancen bei mir ausgerechnet hat. Aber da hatte sie sich verrechnet.«

»Oh! Ja! ... dann wird mir einiges klar.«

»Weißt du, das Spiel hab ich schon so oft hinter mir. Immer, wenn ich eine Frau kennenlernte, musste ich feststellen, dass ich ihr nach einiger Zeit nicht mehr genügt habe. Ich habe zwar Geld, aber tauge nicht unbedingt zum Angeben. So wollten sie mich irgendwann verbiegen. Ich sollte schicke Anzüge tragen und an repräsentativen Veranstaltungen teilneh-men. Wussten sie aber gar nicht, dass ich Geld habe, interessierten sie sich gar nicht erst für mich. Ich bin eben kein Standard-Millionär.«

Bei dem Wort Standard-Millionär muss ich lachen. »Nein, das bist du nicht. Aber du bist doch attraktiv genug, dass dich auch so Frauen interessant finden.«

»Stimmt, aber ich habe eben auch Ansprüche«, ge-steht er. »Und die sind gar nicht mal so klein. Eine Frau sollte nicht allzu hässlich sein, zum Beispiel.«

»Ja klar, das kommt als Erstes«, lache ich noch ein-mal.

Er zwinkert mich an. »Jetzt lachst du wenigstens wieder.«

Ich boxe ihm gegen den Arm. »Hauptsache du nennst nicht zuerst große Brüste. Aussehen ist dir so wichtig?«

»Hm, könnte man denken, aber eigentlich nicht. Vielleicht im ersten Moment. Wichtig ist, dass sie klug ist und Herz hat und nicht hinter meinem Geld her ist ... Und das Wichtigste ist natürlich, dass sie mich aufrichtig liebt.«

Dann sieht er mich an und seine Augen haben schon wieder dieses spezielle, liebevolle Funkeln.

»Mia.« Er nimmt meine Hände. »Ich wollte dich nicht verletzen. Aber ich wollte dich auch nicht un-ter Druck setzen. Ich hatte das Gefühl, dass du mich dann verlässt.« Verlegen fährt er mit den Daumen über meine Handrücken. »Ich liebe dich. Und im Ge-gensatz zu dir habe ich dir das auch schon gestan-den.«

250

»Ja, ich wollte es dir schon gestehen, aber hab mich nicht getraut. Ich spürte, dass da irgendwas ist, das zwischen uns steht.«

»Mia.« Er rutscht auf die Knie und sieht zu mir hoch. »Ich liebe nur dich, das ist die nackte Wahrheit. Das weißt du auch, tief in deinem Innersten. Ich würde alles dafür tun, dass wir ein Paar bleiben. Sag mir nur, was ich tun muss. Du glaubst mir doch?«

Ich nicke.

»Bring mich hier weg, egal wohin«, flüstere ich und schlinge die Arme um seinen Hals.

»Wird gemacht Prinzessin. Da drüben steht mein Einhorn. Wenn Mylady bitte so lange mit meinen starken Armen vorliebnehmen würde.«

Bei diesen Worten schiebt er einen Arm unter meine Knie und hebt mich von der Bank.

Dankbar küsse ich ihn.

»Nicht so lange Prinzessin. Mit Verlaub, Sie sind kein Federgewicht«, scherzt er.

»Was? Vorsicht!«, lachend boxe ich noch einmal seinen Arm. »Wir sind noch nicht ganz wieder zusammen, da lässt du schon den Respekt vermissen.«

»Zusammen … sind wir das?«

»Nicht?«

»Doch! Doch! Doch!«, juchzt er und wirbelt mich einmal im Kreis, bevor er mich stürmisch küsst und anschließend zum Wagen bringt.

»Mia, meine Mia. Ich liebe dich! Das weißt du oder?«, fragt er spaßig, als er mich absetzt und die Tür zum Wagen öffnet. »Treten Sie ein, in meine edle Kutsche, holde Prinzessin. Ich werde Sie jetzt in mein Schloss fahren.«

»Oh mein edler Prinz Ben! Ich liebe Sie auch, aus tiefstem Herzen! Nur zu gern werde ich Ihnen folgen«, antworte ich gestenreich, nehme dann sein Gesicht in beide Hände und küsse ihn noch einmal.

Als wir beide im Auto sind, folgt ein langer und leidenschaftlicher Kuss, den hoffentlich alle Nachbarn sehen. Sollen sie sehen, dass ich meinen Prinzen gefunden habe. Als wir uns trennen, riskiere ich einen Blick zum Haus und sehe meine Mutter mit Gerrit hinter dem Küchenfenster.

Gut so! Auch sie sollen sehen, dass ich meinen Mann fürs Leben gefunden habe. Ich freue mich schon auf das dumme Gesicht meiner Mutter, wenn ich ihr erzähle, dass Ben um ein Vielfaches reicher ist, als Gerrit ... irgendwann.

Aber jetzt möchte ich einfach nur bei Ben sein und seine Nähe genießen.

»Habe ich dir eigentlich schon gesagt, dass ich dich liebe?«, lache ich.

»Nein, noch nicht. Aber ab jetzt möchte ich es gerne immer hören ... am besten mehrmals täglich.«

»Ich denke drüber nach, wenn du mir den nötigen Respekt entgegenbringst.«

Auf einmal wird Ben ernst. »Oh, mein Respekt ist riesengroß.«

»Das ist auch gut so. Ich bin kein Püppchen, mit dem man sich schmückt. Ich möchte einen Partner auf Augenhöhe.«

»Ich liebe dich«, erwidert er einfach nur und küsst mich wieder.

In seiner Wohnung angekommen, lässt er es sich nicht nehmen, mich über die Schwelle zu tragen. Ich muss wirklich aufpassen, mich nicht als Prinzessin zu fühlen. Nur kurz kann ich einen Blick in seine Wohnung werfen. Schlichte, aber gemütliche Möbel, alles ein bisschen chaotisch. Genauso habe ich sie mir vorgestellt. Zwei Chaoten, na, das kann ja was geben ...

Aber er lässt mich nicht groß drüber nachdenken, sondern trägt mich direkt ins Schlafzimmer.

Was für starke Arme! Was für ein Bett! Ähnlich wie das von meiner Oma.

Ich lache und strecke mich, als er mich mit einem Schwung darauf wirft.

Er fixiert meine Arme über meinem Kopf und kniet sich über mich.

»Und damit eins klar ist! Auch ich verlange den nötigen Respekt«, raunt er dunkel.

»Oh, mein Respekt ist schon lange riesengroß ... und er wächst immer mehr. Auch wenn es manchmal vielleicht nicht so aussieht«, wimmere ich und versuche übertrieben eingeschüchtert zu wirken.

»Das ist auch gut so«, flüstert er in mein Ohr und ich bekomme eine Gänsehaut.

Und dann küsst er mich wie noch nie. Gefühlvoll, leidenschaftlich, einnehmend ... tiefe Empfindungen hüllen uns ein. Es ist wie ein Rausch.

»Ich liebe dich«, flüstere ich glücklich. Endlich kann ich auch emotional loslassen und gebe mich ganz hin.

Und mein Respekt wird noch größer, je länger diese leidenschaftliche Liebesnacht dauert.

Epilog

Ein halbes Jahr später halte ich meinen unbefristeten Vertrag in den Händen. Alles hat sich zum Guten gewendet.

Wir verbrachten die leidenschaftlichste Nacht unseres Lebens. Am nächsten Tag meldete Ben uns krank ... liebeskrank waren wir ja.

Er hatte recht, dass es kein Problem in meiner Arbeitsgruppe geben würde. Alle glaubten mir, dass ich es allein schaffen wollte und ich schaffte es. Alle waren froh, dass ihr Chef wieder gute Laune hatte. Alle ... bis auf Luise.

Was mich total erstaunt hat, war die Tatsache, dass es tatsächlich Liebe war, zwischen meiner Mutter und Gerrit. Nach einiger Zeit wagten sie den Schritt und machten ihre Beziehung öffentlich. Gerrits Eltern war das natürlich ein Dorn im Auge und sie drohten, ihn zu enterben. Ich glaube, was sie abhielt, war die Tatsache, dass meine Mutter ja auch von ihrem Vater erben wird.

Seit die beiden sich zueinander bekannt haben, ist Mama viel umgänglicher geworden, toleranter. Mit Ben als zukünftigen Schwiegersohn ist sie mittlerweile höchst zufrieden. Wer ist da überrascht?

Und sie arbeitet inzwischen sogar. Sie präsentiert Kosmetik für die ältere Generation auf You-Channel. Ben hat ihr Talent entdeckt und sie geht ganz darin auf.

Ich habe sogar meinen Roman zu Ende geschrieben. Ganz einfach, um zu beweisen, dass ich es kann.

Er trägt den Titel »Hauptsache Millionär«. Es war gar nicht so schwer, denn ich habe einfach unsere Geschichte aufgeschrieben. (Okay, Alica hat mir etwas geholfen.) Ich habe ihn veröffentlicht, unter dem Pseudonym »Mia Benton«. Damals war ich gleich begeistert von dem Pseudonym, weil unsere beiden Namen darin auftauchen. Mithilfe von Bens Marketingstrategien kann es doch eigentlich nur ein Erfolg werden, oder?

Anhang

Ich danke allen, die mir bei diesem Buch geholfen haben. Da sind vor allem meine Testleser zu nennen. Aber auch Kooky Rooster für das tolle Cover. Ella Feitsch für den fantastischen Trailer und die vielen Werbegrafiken. Nicht zu vergessen Doreen Mösel für die Releaseparty bei Facebook. Was wäre ich ohne euch?